Marc Buhl
Das Billardzimmer

SERIE PIPER

Zu diesem Buch

Konstanz, im September 1941: Vergeblich versuchen der jüdische Pianist Helmut Spiegler und seine Frau Eva, über die Grenze in die Schweiz zu flüchten. Nur einer, so heißt es, kann helfen: Gero von Nohlen, ein schwerreicher Immobilienhändler, der Häuser von geflüchteten Juden verwaltet. Tatsächlich nimmt von Nohlen sie unter dem Vorwand, sie seien Verwandte, in das Haus seiner Familie auf. Doch die Hoffnung des Paares auf schnelle Rettung erfüllt sich nicht: Je mehr Grenzübergänge für Flüchtlinge geschlossen werden, desto stärker wird zur Gewissheit, dass ihre Zukunft allein von der Gunst und dem Wohlwollen Gero von Nohlens bestimmt wird. Das Billardzimmer dient ihnen als Versteck und macht sie zu Gefangenen, deren Liebe zerbricht ... Sechzig Jahre lang bleiben die tragischen Ereignisse verborgen, bis Gero von Nohlens Enkel bei Recherchen zur Lebensgeschichte seines Großvaters die Lebenslüge einer ganzen Familie entlarvt.

Marc Buhl, geboren 1967 in Sindelfingen, studierte Germanistik, Anglistik, Politikwissenschaft und Betriebswirtschaft. Er unternahm zahlreiche Reisen, vor allem durch die Wüstengebiete Afrikas, Asiens und Amerikas. Nach »Der rote Domino« und »Rashida« ist »Das Billardzimmer« sein dritter Roman, dem »drei sieben fünf« folgte. Buhl lebt mit seiner Familie in Freiburg im Breisgau.

Marc Buhl

Das Billardzimmer

Roman

Piper München Zürich

Mehr über unsere Autoren und Bücher:
www.piper.de

Von Marc Buhl liegen bei Piper im Taschenbuch vor:
Rashida
Das Billardzimmer

Mix
Produktgruppe aus vorbildlich bewirtschafteten
Wäldern und anderen kontrollierten Herkünften
www.fsc.org Zert.-Nr. GFA-COC-1223
© 1996 Forest Stewardship Council
FSC

Ungekürzte Taschenbuchausgabe
Piper Verlag GmbH, München
Juni 2008

Umschlag: Büro Hamburg. Anja Grimm, Stefanie Levers
Bildredaktion: Büro Hamburg. Alke Bücking, Charlotte Wippermann
Umschlagfoto: Eric McNatt / Getty Images
Autorenfoto: Jürgen Bauer
Satz: Fuldaer Verlagsanstalt, Fulda
Papier: Munken Print von Arctic Paper Munkedals AB, Schweden
Druck und Bindung: CPI – Clausen & Bosse, Leck
Printed in Germany ISBN 978-3-492-25019-1

Meinem Vater

Die Vergangenheit ist nicht tot.
Sie ist noch nicht einmal vergangen.

William Faulkner

I

Konstanz, sagte die Frau, ich erinnere mich. Eigentlich nur eine Zwischenstation, eine Stadt auf dem Weg, kaum der Rede wert. Ein Ort des Übergangs, so war es geplant, doch es kam anders, sonst hätte ich auch den Namen vergessen.

Die Gänge in den Waggons waren genauso voll wie die Abteile gewesen, sodass wir die letzten drei Stunden gestanden hatten, eng aneinander gepresst und geschützt von den schwitzenden Leibern der anderen. Als der Zug endlich hielt, stolperten Helmut und ich auf den Bahnsteig, und er blieb stehen, um die frische Luft zu genießen, aber ich zog ihn weiter. Bahnsteige zogen Uniformen an, hier konnten wir nicht bleiben, sondern ließen uns mit den anderen treiben und landeten auf dem Platz gegenüber dem Bahnhof. Noch 90 Minuten Aufenthalt, bevor der Zug Richtung Zürich abfuhr, nur noch 90 Minuten Deutschland, keine 6000 Sekunden mehr im Tausendjährigen Reich.

Die Sonne schien. Es war einer der letzten warmen Tage des Jahres, und wir genossen ihre Strahlen auf den Holzstühlen im Freien. Ich trank einen Tee, und der Ober brachte uns einen Teller mit Pralinen. Ich wollte sie aufbewahren bis zum Schluss, doch dann fingen sie an zu schmelzen, und ich musste sie gleich essen.

Pralinen mit Cognacfüllung im Herbst 1941: Das

war Konstanz. Der Krieg zog durch ganz Europa und fraß sich bis an die äußersten Ränder vor, nur hier, eingeschüchtert durch die Schweiz oder weil er sich einen Spaß erlauben wollte, ließ er sich nicht blicken. Ein Rest von Frieden klebte am Grenzzaun.

Helmut beugte sich vor und pflückte mir vorsichtig ein gelbes Fädchen von der Bluse. Er hielt es einen Moment ins Sonnenlicht, kniff die Augen zusammen, rollte es zu einem Kügelchen und blies es fort.

Ich musste lachen. Er brachte mich immer zum Lachen; seit ich ihn kennen gelernt hatte, tat er das, obwohl die Zeit nicht danach war.

Noch 60 Minuten.

Ich wollte los. Lieber nicht zu lange an einem Fleck bleiben. Sicherer war es, ein wenig durch die Stadt zu laufen. Helmut zog mit seinen langen Fingern den Geldbeutel aus der Tasche und zahlte. Er hätte auch Taschendieb werden können mit diesen Händen, was vielleicht besser gewesen wäre, doch er war kein Dieb, er war Pianist, auch wenn das letzte Konzert schon lange zurücklag, damals, im Wohnzimmer von Hirschbergs, und nur noch eine Erinnerung war an Chopin und Beethoven.

Ein gelbes Fädchen, vom Wind verweht.

Noch 50 Minuten.

Der Ober schaltete plötzlich den Lautsprecher unter einem gelben Sonnenschirm an. Die Trompetenfanfare, die die Sondermeldungen des Oberkommandos ankündigte, gellte über den Platz. Die Trommeln wurden lauter und bedrohlicher, und aus dem Lärm schälte sich die Melodie der *Wacht am Rhein*.

Wir standen schnell auf. Zum Glück hatten wir schon gezahlt, denn die Ober durften während der Übertragungen nicht bedienen und die Gäste mussten schweigen. Der Rocksaum zog schwer an mir, weil ich darin die Drähte aus Gold trug, auf denen wir in die Zukunft laufen würden, in die Freiheit, als Goldseiltänzer ohne Netz und doppelten Boden.

Aus dem Führerhauptquartier. Fünfter September 1941. Das Oberkommando gibt bekannt, dass in der Nacht … schepperte die Stimme des Sprechers über den Platz und verfolgte uns, bis wir hinter einem Brunnen links in eine schmale Gasse abbogen. Wir gingen durch die Stadt zum Bahnhof zurück, ich eingehakt bei Helmut. Leise lächeln, langsam gehen. Nicht auffallen. Glücklich sein wie ein Paar auf der Hochzeitsreise.

Noch 40 Minuten bis zur Abfahrt.

Der Schweizer Zöllner warf einen langen Blick in unsere Pässe und einen kurzen Blick auf die Einladung der jüdischen Gemeinde in Bologna. Keine Einreise in die Schweiz ohne Einladung, hatte es in Köln geheißen. Es war nicht leicht gewesen, sie zu bekommen.

Ich musste über den Dialekt des Grenzers lachen, weil es das erste Mal war, dass ich Schweizerdeutsch hörte. Eine lustige Sprache mit einer sehr fröhlichen, sehr südländischen Melodie, die zu der Nickelbrille des Zöllners passte und zu den verschmitzten Fältchen um seine Augen. Erst als ich in Helmuts Gesicht sah, merkte ich, dass etwas nicht stimmte.

Damit kann ich Sie unmöglich einreisen lassen, sagte der Zöllner in seinem seltsamen Deutsch.

Nicht einreisen, sagte ich, durchreisen. Nach Bologna. Italien.

Das sagen alle. Wenn Sie wirklich nur nach Bologna wollen, dann müssten Sie die Brenner-Route nehmen. Tut mir leid, aber das geht wirklich nicht.

Hinter uns beschwerte sich eine hagere Frau, weil es ihr zu lange dauerte.

Bitte, sagte ich zu dem Grenzer. Lassen Sie uns beide einen Moment ungestört reden.

Er zögerte, rief dann aber einen Kollegen, nickte mir zu und führte mich in eine Kammer voller Akten, ohne Stuhl oder Tisch.

Und jetzt, fragte er, und ich nestelte an meinem Rock.

Vergessen Sie das, sagte er nervös, ich habe Familie, und wandte sich ab, aber ich hatte den ersten Draht aus dem Saum gezogen und warf ihn in seine Richtung, und er musste ihn fangen, sonst wäre er auf den Boden gefallen.

Das Stück war zehn Zentimeter lang und halb so dick wie ein Bleistift.

Er sah bedauernd auf das Gold.

Junge Frau, sagte er, ich schätze Ihr Engagement, aber das hier ist die Schweiz. Wir können Sie wirklich nicht hereinlassen. Sie müssen zurück nach Deutschland, so sind die Bestimmungen, leider, persönlich hätte ich gar nichts dagegen, dass Sie unser Land durchqueren, doch die Gesetze verbieten das leider.

Ich sah, wie seine Hände zitterten, als er mir den Draht wieder reichte.

Schon wieder da, sagte der deutsche Grenzer, hat es nicht funktioniert?

Ich war unsicher, ob es mitfühlend klang oder ironisch.

Er blätterte langsam durch unsere Pässe.

Noch zehn Tage, sagte er warnend, nicht vergessen, nur noch zehn Tage, dann müssen Sie den Stern tragen.

Wir gingen. Noch hatten wir Hoffnung auf die anderen Zollämter, idyllisch gelegen inmitten von Obstbaumwiesen mit Blick auf den Rhein, der hier aus dem See floss.

Wenn jetzt alles nicht funktionierte und ich hier ins Wasser ginge, wie lange braucht der Fluss, bis er mich nach Hause bringt, nach Köln, fragte ich Helmut.

Er nahm mich in den Arm.

Wenn du stirbst, bist du gleich zu Hause, egal, was der Fluss macht, sagte er leise. Aber nicht sterben wollen, es gibt noch viele Möglichkeiten, über die Grenze zu kommen.

Er wollte mir Mut machen, doch während er das sagte, vergrub er sein Gesicht in meinen Haaren, als wollte er nichts mehr sehen, und ich erkannte, dass er selbst nicht glaubte, was er sagte, und erschrak darüber, dass seine Hoffnungslosigkeit so groß war wie meine und mehr noch darüber, dass er mir das verschwieg.

Nicht alle Grenzer, die wir im Laufe des Tages trafen, hatten Familie, nicht alle verschmähten das Gold, aber keiner ließ uns auf die andere Seite des Schlagbaumes.

Abends um elf Uhr waren wir auf dem Platz mitten in Konstanz.

Ich hatte mich bei Helmut eingehakt, nicht aus Liebe wie am Morgen, sondern weil ich das Gefühl hatte, keinen Schritt mehr gehen zu können. Jetzt waren wir kein Hochzeitspaar mehr, sondern Gestrandete, die bestenfalls noch versuchen konnten, sich aus Treibholz ein Rettungsfloß zu bauen und zu hoffen, dass es sie in die richtige Richtung trägt, obwohl es kein Steuerruder hat. Der Koffer schlug mir bei jedem Schritt gegen das Bein. Die Gepäckaufbewahrung am Bahnhof hatte inzwischen geschlossen, sodass wir unsere Sachen mitnehmen mussten.

Helmut wollte ans Wasser, und wir gingen die paar Schritte an den See. Es war zu kalt, um draußen zu sitzen, außerdem waren die Bänke für uns verboten, für uns und die Hunde.

Ich habe noch nie einen Hund auf einer Bank sitzen sehen, sagte Helmut und setzte sich.

Zwei Schatten lösten sich aus der Dunkelheit, uniformierte Schatten, und ich glitt auf Helmuts Schoß und küsste ihn. Die Uniformen kamen näher, standen einen Moment unschlüssig vor uns und spazierten dann ruhig weiter am Ufer entlang.

Den längsten Kuss meines Lebens verdanke ich der SS. Das ist doch grotesk, sagte Helmut, als ich von seinem Schoß rutschte. Jetzt will ich einen aus Liebe. Doppelt so lange, mindestens.

Mir war nicht nach Liebe.

Sie hatten in uns sicher die Flüchtlinge erkannt, die wir geworden waren. Vielleicht hatten sie eine Sekunde lang Mitleid gehabt. Vielleicht waren sie in ein Gespräch vertieft und wollten nicht gestört werden. Vielleicht riefen sie gerade in der Zentrale an und machten Meldung.

Wir mussten weg, immer weiter, ohne zu wissen wohin, und ich zog Helmut nach oben und drängte ihn weiterzugehen.

Der Ledergriff an meinem Koffer war entzwei; wir hatten ihn mit Blumendraht geflickt, der jetzt tief in meinen Handballen schnitt. Alle paar Schritte wechselte ich den Koffer, von rechts nach links und wieder zurück. Helmut ging ein paar Schritte vor mir und bemerkte es nicht. Gleich würden meine Hände aufplatzen und anfangen zu bluten. Mit jedem Schritt wurde der Koffer schwerer. Leichter war heute nur der Rocksaum geworden.

Schließlich fanden wir einen Gasthof, über einer

Weinstube gelegen. Die Wirtin sah aus wie eine Märchenbuchhexe, doch sie fragte nicht lange, wer wir waren. Helmut hängte sein Halstuch über die nackte Birne an der Decke des Zimmers, das kaum größer war als der Stall bei *Hänsel und Gretel*.

Wie unser Nest im gelben Haus, sagte Helmut.

Das gelbe Haus war lange her, fast so lange wie *Hänsel und Gretel*, und es war viel größer gewesen, außerdem hatte es dort ein Klavier gegeben, alt und verstimmt, aber gut genug, damit Helmut dort für mich spielte. Manche Männer verführen mit Worten, andere mit Gesten, einem Lächeln, ihrem Witz oder Geld. Helmut hatte mich durch Musik verführt, doch hier gab es kein Klavier, keine Töne, sondern nur eine Nacht ohne Schlaf.

Am nächsten Tag lernten wir die Frühschicht der Zöllner kennen und fürchten. Sie hatten andere Gesichter, obwohl sie fast identische Worte benutzten; auch sie redeten gerne von den Bestimmungen, die uns den Zutritt untersagten und davon, wie gerne sie uns als Menschen helfen würden. Bei einem der Zollämter im Umland gab es eine kleine Schlange. Wir stellten uns hinten an, ohne viel Hoffnung, es würde ausgerechnet hier funktionieren; die Hoffnung hatte uns schon gestern verlassen, und nur weil wir es voreinander nicht eingestehen wollten, waren wir hier. Wir belogen uns aus Liebe, doch es blieb eine Lüge, und Lügen wachsen, gerade dann, wenn man sie vergisst.

Vor uns stand ein Bauer mit schwieligen Händen und einer Filzmütze auf dem kräftigen Schädel.

Er drehte sich um, als Helmut etwas über die Lerchen sagte, die zwitschernd aufstiegen und sich dann vom Himmel fallen ließen, als hätte sie jemand abgeschossen.

Ihr seid nicht von hier, sagte der Bauer in einem Dialekt, den ich kaum verstand.

Nein, leider nicht, sagte ich. Es ist wunderschön hier, der See, die Berge. Sie können sich glücklich schätzen.

Ich schätze mich gar nichts, sagte der Bauer. Was müsst ihr hier über die Grenze? Habt ihr's eilig?

Wie man's nimmt, sagte ich. Warum fragen Sie uns? Dauert es hier länger?

Für manche schon, sagte der Bauer und zeigte in Richtung des Zollhäuschens.

Die Gestapo ist da, sagte er. Wenn ich an eurer Stelle wäre, dann würde ich mir einen anderen Übergang suchen.

Wir sind Urlauber, sagte ich.

Der Bauer kratzte sich am Hinterkopf und sah mich an.

Wenn ihr nicht einmal mich überzeugt, wie wollt ihr dann die überzeugen, fragte er und drehte sich weg, sodass Helmut und ich langsam verschwinden konnten, ganz unauffällig wie alte Bekannte, die nach einem kleinen Schwatz weitermussten.

Wir gingen zurück in die Stadt. Gestern am Morgen waren wir noch ein Touristenpaar, abends Schiffbrüchige und heute schon wie Tiere: gehetzter Blick, die Gefahr witternd in Form einer Uniform, einer tratschenden Marktfrau oder eines HJ-Trupps auf dem Weg zum Sportplatz. Wir waren wirklich frei, vogelfrei, von jedem gejagt, und ich sah, dass wir nicht allein waren. Da waren viele wie wir, die um die Grenze schlichen. Viele Schultern, die zusammenzuckten, wenn irgendwo einer schneidig Heil Hitler rief. Viele, die sich um die Ecke drückten, wenn die schwarzen Ledermäntel auftauchten. Viele, die mit den immer gleichen Koffern in der Hand durch die Straßen liefen, man wusste ja nie, welche Gelegenheit sich ganz unverhofft bieten würde. Eine ganze Armee der Unsichtbaren, die nur sehen konnte, wer dazugehörte. Die Stadt war voll von ihrem Gewisper, ihren Träumen, ihrer Verzweiflung und ihrem Geld. Ohne dass wir es wollten, waren wir ein Teil von ihnen geworden und schwammen mit in einem Strom, der zu mächtig geworden war, um sich dagegen zu wehren.

Freitagmittag am Emmishofer Zoll, wurde geflüstert, ein bestechlicher Zöllner, und die Unsichtbaren setzten sich in Bewegung, kamen aus allen Löchern gekrochen, griffbereit in der Tasche den Gegenwert eines Menschenlebens, ihres Lebens, aber es war nicht genug oder der falsche Tag, der falsche Zöllner.

Als der Nebel eines Nachmittags fiel, so dicht, wie ich ihn noch nie in meinem Leben gespürt hatte, hieß es: zum Yachthafen. Dort würde man angesprochen. Sichere Sache. Teuer, aber sicher. Wie zufällig standen wir an der Mole, die Mäntel schwer vom Nebel. Einzeln, paarweise, in kleinen Gruppen. Wir ignorierten die anderen. Vielleicht gab es nicht genug Platz für alle. Lieber keine Bekanntschaften schließen. Jeder andere war Ballast.

Ein andermal erzählte man von einem Kriminalkommissar Alfons Lanz. Der würde einem helfen können. Nur müsse man zuerst ins Gefängnis kommen, damit er auf einen zugreifen könne. Eine Gruppe von fünf Berlinern habe eine Schlägerei veranstaltet, sich festnehmen lassen und sei jetzt schon in Palästina, doch das kam für uns nicht in Frage, denn im Gefängnis hätten sie uns getrennt.

Obwohl wir uns von allen anderen Unsichtbaren fern hielten, wussten wir bald, wer sie waren. Die meisten waren Juden, alle älter als wir. Die Jungen waren rechtzeitig geflohen, und ich machte mir Vorwürfe, dass ich Helmut daran gehindert hatte, zu emigrieren, als noch Zeit dafür war. Nur eine Frau war in meinem Alter. Ich kannte sie sogar aus der Schule in Köln, in die wir geschickt wurden, als wir nicht mehr in deutsche Schulen durften. Sie hieß Christine, hatte eine der Parallelklassen besucht und war ein- oder zweimal mit mir und ein paar anderen Schülerinnen bei einem Treffen der Zionisten gewesen. Ich hatte keine Ahnung, warum sie nicht ausgewandert war. Ich sah sie im Hinterzimmer des Gasthofes sitzen, in dem Helmut und ich immer noch wohnten.

Vor ihr saß ein Mann, hob seine Hand und strich ihr von unten nach oben über die Wange, so, als ob er eine Träne zurück ins Auge schob. Der Anzug des Mannes war zu elegant für die enge Stube, und sein Träger bewegte sich mit einer Selbstverständlichkeit, die einen das Zimmer vergessen machte. Er füllte den ganzen Raum mit seiner Präsenz, und ich wusste sofort, dass er kein Flüchtling war.

Christine sah noch immer nicht auf, auch nicht, als die Hand des Mannes sanft über ihre Stirn strich. Sie drehte ihren Kopf nicht weg, sondern ertrug die Berührung trotzig.

Helmut zog mich weiter, weil er nicht verstand, warum ich hier blieb und den beiden zusah, und ich konnte es ihm nicht sagen, denn ich war wie geblendet, nicht von der Szene, die ich hier sah, sondern von der Kraft des Mannes, den Christine jetzt anblickte und von dem ich noch immer nur den Rücken sah und den breiten Nacken, dessen Sehnen bei jeder Bewegung des Kopfes kämpfen mussten, um dessen Gewicht zu halten.

Sie nickte leicht und sagte: Einverstanden, und nickte wieder, nicht zu ihm, mehr in sich hinein.

Gut, sagte der Mann mit einer Stimme, die das ganze Zimmer füllte. Er klang sehr zufrieden.

Plötzlich sah Christine auf und blickte mich an. Vermutlich wollte sie mich nicht erkennen, und ich sprach sie nicht an. Der Mann drehte sich um und musterte mich aus dunklen, fast schwarzen Augen von oben bis unten und lächelte, als fände er an dem Gefallen, was er sah. Dabei wurden seine Lippen ganz weich und voll wie die einer Frau, doch im selben Moment wich die Farbe aus ihnen, und er sog sie nach innen, als hätte er sie bei etwas Verbotenem ertappt.

Helmut und ich gingen auf unser Zimmer. Wir lagen nebeneinander im Bett, einander fremd geworden durch die Angst, und hörten die beiden in einem der anderen Zimmer; Christines leises, stoßweises Wimmern und viel später ein tiefes, befriedigtes, schamloses Röhren.

Christine sah ich nie mehr, nur die anderen Flüchtlinge begegneten uns immer wieder: der Kommunist, der noch immer von der Revolution redete, und zwei Paare der Zeugen Jehovas, die wir immer nur zusammen sahen. Ein anderer war homosexuell, Jude und Kokainist.

Der muss den dreifachen Preis zahlen, wenn sie ihn schließlich über die Grenze lassen, meinte Helmut, doch ich lachte schon lange nicht mehr über das, was er sagte.

Eine Mutter war dabei mit ihrem Sohn, der blöde aus glasigen Fischaugen in die Welt starrte. Ein anderer war Spanienkämpfer gewesen. Trotzkist, nur knapp den Kugeln einer anderen kommunistischen Gruppe entkommen und jetzt von den Braunen gejagt.

Wir trafen ihn immer wieder. Das letzte Mal auf der Bahnhofsbrücke, wo wir Zügen nachblickten, die nach Süden fuhren. Unter der Brücke war schon Schweizer Hoheitsgebiet. Wer sprang, starb in einem freien Land.

Morgen bin ich weg, sagte der Spanienkämpfer.

Ich achtete nicht darauf, denn das sagte immer jemand, auch wenn die meisten von ihnen noch hier waren. Von denen, die man nicht mehr sah, wusste auch keiner, ob sie dort gelandet waren, wo sie hinwollten oder an den Orten, über die es nur Gerüchte gab. Gerüchte, die so unglaublich klangen, dass sie wahr sein mussten, weil kein Mensch sie hätte erfinden können.

Komm her Mädchen, ich verrate dir ein Geheimnis, flüsterte der Spanienkämpfer in mein Ohr. Gero von Nohlen, Friedrichstraße 8. Wenn keiner hilft, hilft er.

Wieder ein todsicherer Tipp. Ich war der Ratschläge müde.

11

Er versuchte, die Blaulichter zu zählen. Ihr Flackern pulsierte durch den Nebel und hackte leuchtend blaue Stücke aus der Nacht, immer wieder für den Bruchteil einer Sekunde. Blau leuchteten die dürren Äste der Bäume und die Fassaden der Häuser, deren Fensterläden längst geschlossen waren. Die Thujahecken standen blau und drohend, und das Garagentor rechts sah aus wie ein Computerbildschirm in Wartestellung. Ihm gefiel die blaue Welt, aber ihm gefiel nicht, dass sie immer wieder verschwand.

Es konnten höchstens ein oder zwei Streifenwagen sein, nicht viel, aber genug, um ihn hier anzuhalten. Ihn konnte man problemlos stoppen, das konnte jeder einsame Streifenpolizist, der mit seiner Kelle winkte, und erst recht ein Polizeiwagen mit Blaulicht. Sein Großvater hätte nicht gehalten, der wäre weitergefahren. Man erzählte, dass er in seinem Maybach einmal auf eine Straßensperre zuhielt, die Faust auf der Hupe und sich der Gendarm – es war in Frankreich kurz nach dem Krieg – nur durch einen Sprung in den Straßengraben retten konnte. Aber der Mann in dem Wagen war nur der Enkel und stellte den Motor ab. In dem blauen Nebel erkannte er zwei Männer, die mit jedem Aufleuchten des Lichts ein wenig näher kamen. Er ließ die Hände auf dem Lenkrad und starrte nach vorn. Das hatte er in den USA gelernt. Wer im Handschuhfach nach dem Führerschein kramt, wird erschossen. Das wollte er nicht, trotz allem. Außerdem wusste er nicht, wo sein Führerschein war.

Keine Papiere also, sagte kurz darauf der schmale Mund in dem schmalen Gesicht, das durch die heruntergekurbelte Scheibe in den Wagen starrte, während der Strahl einer Stablampe durch den Wagen glitt.

Besoffen, fragte der andere Polizist. Er war höchstens zwanzig.

Besoffen, sagte der mit der Lampe, und kein Führerschein.

Der Fahrer des Wagens tastete über die Mittelkonsole, den Beifahrersitz und suchte in seinen Taschen.

Das ist eine Einbahnstraße, sagte der junge Polizist. Da darf man nur in eine Richtung rein. Wussten Sie das?

Im Prinzip ja, sagte der Fahrer, aber die Straße gehört mir. Das ist meine. Ich darf hier fahren, wie ich will.

Er hatte den Führerschein hinter der Sonnenklappe gefunden und reichte ihn nach draußen.

Der ist nicht besoffen, sagte der junge Polizist, der ist irre.

Der andere richtete das Licht auf den Führerschein und murmelte halblaut: Gero von Nohlen, kenne ich doch, den Namen, und schwenkte den Strahl auf das Straßenschild.

Gero-von-Nohlen-Straße, las der junge Polizist.

Der Name stand in geschwungenen weißen Buchstaben auf blauem Emailgrund, umrahmt von schmiedeeisernen Blüten.

Genau das habe ich Ihnen doch gerade erklärt, sagte der Mann in dem Wagen. Meine Straße. Wenn Sie jetzt die Freundlichkeit hätten, Ihr Auto aus dem Weg zu schaffen, damit ich heimkomme. Es ist nicht mehr weit.

Der mit der Lampe leuchtete abwechselnd auf das Gesicht des Fahrers und das Straßenschild. Er sah aus, als wollte er überlegen, aber als ob das nicht wirklich funktionierte. Er biss sich auf die Lippen, die jetzt noch schmaler wurden. Dann ging er näher an das Schild, um die klein gedruckte Erklärung zu lesen.

Gero von Nohlen, Konstanzer Bürgermeister von 1946–52, rief er seinem jüngeren Kollegen zu. Du kriegst keine Straße, solange du lebst, das solltest du wissen, lernt ihr so was nicht mehr?

Der Jüngere antwortete ihm nicht, sondern beugte sich zu dem Fahrer hinunter.

Da haben Sie Glück, dass es nicht Ihre Straße ist, sagte er. Sonst wären Sie womöglich schon tot.

Sie nahmen ihn vorsichtshalber mit und steckten ihn in die Ausnüchterungszelle. Ein Tisch. Ein Stuhl. Ein Metallbett. Die Wolldecke auf der Pritsche roch nach Lavendel; ein unpassender Duft in diesem Raum, doch das störte nicht weiter. Hin und wieder schlief Gero von Nohlen gerne auswärts. Hinterher gefiel es ihm zu Hause wieder besser.

Als sie ihn am nächsten Morgen rausließen, fuhr Gero direkt zur Zeitung, wo die Morgenkonferenz der Lokalredaktion gerade erst angefangen hatte. Es war das erste Mal seit langem, dass er rechtzeitig kam, obwohl er sich mehr Mühe geben sollte, denn er war kein Redakteur, sondern freier Mitarbeiter und daher ständig vom Rauswurf bedroht.

Ein kürzerer Aufenthalt im Gefängnis kann durchaus

resozialisierend wirken, sagte Quante und lächelte Gero so an, dass er sich einen Moment lang überlegte, ob sie es wirklich so meinte.

Alle mäkelten ein bisschen an dem Lokalteil von gestern herum. Schlechtes Layout, blasse Fotos, zwei Tippfehler im Aufmacher und überhaupt, wo bleibt denn die politische Relevanz?

Relevanz könnt ihr haben, kündigte Quante an, lehnte sich in ihren Sessel zurück und schoss ihren rechten Zeigefinger auf Gero ab.

Sein Bruder geht in die Politik, sagte sie. Er will Oberbürgermeister werden, hier in Konstanz.

Blödsinn, sagte Gero. Frau Quante, das ist sogar unter Ihrem Niveau.

Als Antwort zog Quante ein Fax aus der Konferenzmappe mit dem Briefkopf der Firma von Dietmar, seinem Bruder:

Eine Einladung für morgen Abend ins Konzil für eine Podiumsdiskussion über die mögliche Ansiedlung von High-Tech-Unternehmen in Konstanz. Gleichzeitig werde Dietmar von Nohlen seine Kandidatur bekannt geben.

Na, was meinst du dazu, fragte Rotmöller, in der Redaktion zuständig für Soziales.

Was soll ich dazu sagen? Bin ich der Hüter meines Bruders, fragte Gero ihn.

Das ist die Antwort Kains, predigte Rotmöller, und wer so redet und wer so denkt, der wird seine Hand gegen den eigenen Bruder erheben und für den Rest seines Lebens gezeichnet durch die Welt gehen.

Amen, sagte Quante, und jetzt an die Arbeit.

Gero suchte sich einen freien Computer und begann einen Artikel über die große Jubiläumsausstellung der

Konstanzer Modelleisenbahnbauer zu tippen, die er am Vortag besucht hatte.

Er kam nicht weit, weil das Telefon klingelte und die Zentrale Maelzer durchstellte, den Leiter des Bankhauses Giebendorff & Söhne.

Was ist los? Haben Sie Geld für mich, fragte Gero.

Vielleicht ja, mein lieber Herr von Nohlen, sagte Maelzer. Vielleicht auch nicht.

Lieber Herr von Nohlen! Gero legte auf.

Gleich darauf rief Maelzer wieder an und fing an zu sprechen, bevor Gero den Hörer aus der Hand legen konnte.

Maelzer sagte, dass das Bankhaus im kommenden Jahr sein fünfzigjähriges Bestehen feiern würde und dass dafür eine Festschrift geplant sei, in der auch Geros Großvater gewürdigt werden solle, dessen unermüdlicher Einsatz bei der Gründung der Bank zeige, dass Geschäftssinn und Idealismus, humanitäre Vorstellungen und ökonomische Zielsetzungen, kurz und gut also Geld und Moral kein Gegensatz seien, wie fälschlicherweise häufig angenommen werde, sondern zumindest die Grundlage der Arbeit ihres Bankhauses, und da die journalistischen Arbeiten des Enkels ja durchweg gerühmt würden, hätte er die Ehre, ihn zu fragen, ob er möglicherweise geneigt sei, diesen Part der Festschrift zu übernehmen.

Steckt mein Bruder dahinter, fragte Gero ihn, aber Maelzer schüttelte den Kopf so heftig, dass Gero das noch am anderen Ende der Leitung spüren konnte.

Vielleicht könnten Sie vorbeikommen und alles Weitere mit mir besprechen, am besten jetzt gleich, schlug er vor.

Das Bankhaus Giebendorff & Söhne war nicht wirklich ein Haus, sondern der erste Stock eines Gebäudes an der Marktstätte, wo gerade ein paar frierende Touristen aus ihrem Reisebus stolperten, aneinander gedrängt davor standen und darauf warteten, dass irgendetwas passierte.

Pech gehabt, dachte Gero, denn in Konstanz passierte nie etwas. Man konnte genauso gut im Bus sitzen bleiben oder im Café oder in seiner Wohnung. Zu dieser Jahreszeit klebt der Nebel nicht nur am See, sondern auch in den Herzen und Hirnen der Menschen und frisst Licht und Schatten. Alle hoffen wieder auf den Sommer, um sich dann, kaum dass es wärmer wird, gegenseitig auf die Schultern zu klopfen und zu beglückwünschen, wie wunderschön es doch hier sei, und dass man praktisch nirgends sonst wohnen könne, aber egal wie lange der Sommer auch dauert, er entschädigt nie wirklich ganz für die Nebelzeit. Die Stadt blieb einem immer etwas schuldig, und diese Schuld lastete schwer auf ihr.

Das Türschild zur Bank war ebenso bescheiden wie die Treppe, die nach oben führte, aber sobald sich die Tür im ersten Stock vor einem öffnete, war man am Ende der Bescheidenheit angelangt. Der Gründer der Bank hatte einen Florentiner Renaissancepalast ausgeweidet und die Inneneinrichtung hier wieder aufbauen lassen. Jeder Kunde fühlte sich automatisch wie ein Fürst, nichts Besonderes für die meisten von ihnen, denn sie fühlten sich immer wie Fürsten und benahmen sich so, auch außerhalb der Bank.

Gero sah sein Bild in einem goldumrandeten Spiegel und verglich sich mit dem Verkündigungsengel auf dem Bild daneben. Sie hatten beide diesen starren Blick. Der Engel starrte Maria an und Gero sich. Allerdings hatte der Engel Flügel und war damit eindeutig im Vorteil. Doch bevor Gero diesen Gedanken zu Ende denken konnte, kam die Empfangsdame, und Gero wurde in das Zimmer des Vorstandes geleitet, wo Maelzer und einige andere wichtige Herren ihn erwarteten.

Mein lieber Herr von Nohlen, sagte Maelzer wieder, aber diesmal konnte Gero nicht auflegen, und der Banker stellte ihm die anderen vor. Nicht alle von ihnen hatten Schmisse.

Ihr Großvater war ein ganz besonderer Mann, sagte Maelzer, und wir sind froh und stolz, dass er einen so wesentlichen Beitrag bei der Gründung dieser Bank geleistet hat, nicht nur durch sein finanzielles Engagement, sondern auch durch die organisatorische Unterstützung von Herrn Giebendorff. Das Beispiel Ihres Großvaters zeigt, dass Geschäftssinn und Idealismus …

Humanitäre Vorstellungen und ökonomische Zielsetzungen, sagte Gero, kurz und gut also Geld und Moral …

Sie nehmen mir quasi das Wort aus dem Mund, sagte Maelzer. Für unsere Festschrift würden wir uns eine persönliche Darstellung des Lebens Ihres Herrn Großvaters wünschen, in der gezeigt wird, wie er sein für Konstanzer Verhältnisse beeindruckendes Imperium aufgebaut hat und bei allem wirtschaftlichen und politischen Erfolg doch immer zutiefst seinen wohltätigen Zielen verpflichtet war. Natürlich werden Sie für diese Aufgabe angemessen entlohnt, und Ihre anfallenden Spesen werden in vollem Umfang erstattet.

Wie angemessen, fragte Gero.

Überaus angemessen, sagte Maelzer.

Das genügte Gero. Maelzer bot ihm regelmäßige Einnahmen verbunden mit unregelmäßiger Arbeit, seine Lieblingsmischung. Außerdem würde die Sache mit Großvater schnell erledigt sein: ein paar Zeitungsartikel lesen, einige Interviews mit den Überbleibseln der Familie führen und das Ganze dann in ein paar Stunden zusammentippen.

Ich brauche sicher drei oder vier Wochen dafür, sagte er.

Maelzer nickte begeistert, die anderen sagten nichts, und Gero war entlassen.

Der Verkündigungsengel im Eingang hatte gar keinen starren Blick, er lächelte.

Am nächsten Morgen läutete Gero an dem Haus in der Friedrichstraße, in dem die Schwester des Großvaters in dessen alter Wohnung lebte. Elsbeth. Tante Elsbeth. Er hatte sie lange nicht besucht.

*

Das Klingeln erschreckte sie. Um diese Zeit klingelte sonst niemand. Das hieß nichts Gutes, dachte Elsbeth, wenn es außer der Reihe klingelte. So fing es immer an, wenn sie jemanden holten. Mit einem Klingeln außer der Reihe. Trotzdem musste man öffnen. Half ja alles nichts. Rein kamen sie immer, wenn es sein musste mit Gewalt. Sie erhob sich daher vorsichtig aus dem Sessel im Flur, in dem sie ihre Tage verbrachte. Der Flur, der gehörte ihr. Die anderen Zimmer mied sie, wenn möglich. Der Flur war neutral, ein Durchgangsraum, das Niemandsland zwischen den Fronten. Außerdem war es ihr Sessel. Eine der wenigen Sachen in dieser Wohnung, die sie selbst gekauft hatte. Die anderen Möbel waren fremd und freundeten sich nicht mit ihr an, obwohl sie schon seit Jahren hier lebte.

Sie tastete sich an der Wand entlang Richtung Tür. Der Flur war endlos, so breit wie eine Landstraße, und überall gingen Zimmer ab: der große Salon mit dem Flügel, das kleine Speisezimmer, die Schlafzimmer, Ankleidezimmer, Kaminzimmer, Billardzimmer, das Bad und die Küche.

Die Hüfte brannte. Immer wieder die Hüfte. Sie würde trotzdem nicht ins Heim gehen, wie ihr der Arzt dauernd vorschlug, das nicht. Vor dem Billardzimmer hielt sie kurz an, der Beine wegen. Früher hatte sie hier auch oft gestanden, atemlos und immer auf dem Sprung, während von drinnen das Gemurmel der Männer gedrungen war, leise, aber noch immer deutlich vernehmbar.

Sie öffnete die Wohnungstür einen Spalt und sah hinaus.

Gerald, sagte sie zögernd. Was willst du denn hier?

Gero, sagte er. Nicht Gerald. Darf ich rein?

Gero, natürlich, das wusste sie eigentlich, aber es war nicht der richtige Name. Er sollte nicht Gero heißen, dachte sie, er war kein Gero, ganz und gar nicht wie ihr Bruder war er, nicht wie ihr Bruder, der Große, wie sie ihn genannt hatte, weil er zwei Jahre älter war als sie. Ihr Neffe hingegen war eher wie, wie jemand anders, es fiel ihr gerade nicht ein, aber auf jeden Fall nicht wie der Große. Vielleicht so, wie der Große ganz früher gewesen war, als Kind, damals vor dem Unfall auf dem Eis, aber das war schon so lange her, und gerade deswegen erinnerte sie sich so deutlich. Ganz anders war er als der Große und vielleicht gerade deshalb sein Lieblingsmensch gewesen, obwohl er nicht der erste Enkel war und Großväter sich sonst gerne auf den Erstgeborenen stürzen, doch in diesem Fall nicht, hier hatte der Große sich den zweiten Enkel gegriffen. Den Enkel, der seinen

Namen trug, sie wusste nicht, warum, wirklich nicht und schüttelte wieder den Kopf, ausgerechnet seinen Namen aus Gründen, die sie nicht verstand. Man musste sich Sorgen machen um das Kind, das jetzt erwachsen war und vor der Tür stand, richtige Sorgen, denn wen sich der Große griff, der kam nicht unbeschadet davon, keiner von ihnen kam davon, das wusste sie schließlich, doch das interessierte heute ja niemanden mehr, denn …

Hallo, Tante Elsbeth, darf ich jetzt reinkommen, fragte Gero.

Er stand noch immer draußen.

Großvater, sagte er. Ich soll über ihn schreiben. Ich würde gerne in sein Arbeitszimmer.

Das Stehen an der Tür machte sie müde. Sie nestelte mit verkrümmten Fingern an dem Verschluss der Türkette. Es dauerte lange. Schließlich schwang die Tür auf, und der Junge kam rein.

Der Wievielte ist heute, fragte sie ihn.

12. Februar.

12. Februar 1942, sagte sie und überlegte kurz. Drei Schiffe versenkt, mit fast 16 000 Bruttoregistertonnen. Das war ein guter Tag für unsere U-Boote. Sehr gut.

Sie schlurfte in grauen Filzpantoffeln über den Teppich im Flur und hielt sich mit der linken Hand an der Wand fest. Sie wollte hundert Jahre alt werden, das war das Einzige, was sie noch aufrecht hielt. Bald würde sie es geschafft haben.

Der Große hatte sich immer über die Erfolge im U-Boot-Krieg lustig gemacht. Die deutsche Marine hätte schon doppelt so viele Bruttoregistertonnen versenkt, wie die Alliierten insgesamt auf den Meeren hatten.

Er hatte sich lustig gemacht, anstatt Angst zu haben. Die Angst hatte er ihr überlassen; alle Angst, die er eigentlich hätte haben müssen. Hatte sie genommen und in ihr Herz gepflanzt, wo sie Wurzeln schlug und wuchs und sie nie wieder verließ, nicht während der Jahre des Krieges und nicht danach. Nie wieder. Das verzieh sie ihm nicht.

Sie sank müde in den brüchigen Ohrensessel am Ende des Flurs und sah ihren Großneffen an.

Geh nur rein, German, sagte sie, ich hab da drin nichts zu suchen.

Ihm wäre es lieber gewesen, sie wäre mitgekommen. Er ging zum ersten Mal allein in dieses Zimmer, das früher immer abgeschlossen gewesen war und in das er nur unter Aufsicht durfte, aber sie hatte schon vergessen, dass er hier war.

Die Tür klemmte ein wenig, als sei sie lange nicht geöffnet worden, und das ganze Zimmer lag unter einer feinen Decke von weißem Staub, der aufflog, als er hereinkam. Das Glas der Fensterscheiben war trüb. Als er das Licht anmachte, flackerte die Birne nur kurz auf, und der Glühfaden zersprang mit einem leisen Sirren. Er schraubte die Birne aus der Fassung und wollte seine Großtante fragen, ob sie eine andere für ihn hätte, doch sie hielt die Augen geschlossen und klammerte sich mit ihren Händen so fest an die Lehne des Sessels, dass die Adern unter der Pergamenthaut fast platzten.

Sie schläft, dachte er, aber sie schlief nicht, sie schlief eigentlich überhaupt nicht mehr, und wenn sie schlief, träumte sie von den Männern, die klingelten, um sie zu holen, ausgerechnet sie. Dabei wäre sie fast in die Partei eingetreten, wenn der Große sie gelassen hätte, und zweimal hatte sie den Führer mit eigenen Augen gesehen. Wenn es um sie gegangen wäre, hätte sie keine Angst haben müssen, doch um sie ging es nicht, immer ging es um den Großen, immer um ihn, dabei hatte er es nicht einmal böse gemeint.

Ich mache dich reich, mein Herz, hatte er gesagt, und das hatte er gemacht. Sie wusste nicht wie; das waren Männergeschäfte, doch sie musste es nicht wissen, solange er sie so reich beschenkte, mit einem Nerz zu ihrem zwanzigsten Geburtstag. Ohrringen. Dem Wagen ein paar Jahre später. Er hatte noch kein Büro damals, sondern arbeitete in einem Wirtshaus. Das hätte nicht sein müssen. Er war Jurist. Doktor. Magna cum laude. Er hätte in einer Kanzlei arbeiten können. Vielleicht in der Schweiz. Zürich. Einer Bank oder einer Versicherung, aber er wollte nicht. Wollte keinen Chef haben, sagte er. Keine Kollegen, die er morgens grüßen müsste. Keine Zeiten, nach denen er sich richten müsste.

Er konnte so töricht sein.

Sie hörte die Schritte ihres Großneffen, der aus dem Arbeitszimmer in den Flur trat. Das Knarren der Dielen blieb über Jahrzehnte das gleiche. Sie wusste genau, wo er stand. Nur das Öffnen der Tür war sehr zögerlich gewesen. Das hatte bei dem Großen anders geklungen, der riss sie auf, als wäre er wütend auf sie. Er wollte damals seine eigene Firma aufbauen. Deshalb spielte er Billard, rauchte, trank, redete wenig und hörte viel zu. Die Leute mochten, wenn ihnen einer zuhörte, vor allem damals, als man noch reden konnte, ohne Angst haben zu müssen vor Denunzianten. Und so erfuhr er eine Menge, was zu Geld wurde. Hin und wieder beriet er jemanden in Rechtsfragen. Ein paarmal hatte sie den

Großen auch vor Gericht erlebt, aber das war kein Erfolg; die Richter duldeten keine Götter neben sich und straften seine Mandanten dafür. Also ging er wieder in die Wirtschaft, spielte, hörte zu und kurz darauf kaufte er sein erstes Haus.

*

Die Glühbirne tauchte das Arbeitszimmer seines Großvaters in ein fahles Licht, und Gero setzte sich auf den hölzernen Drehstuhl hinter dem Schreibtisch. In die Schreibtischplatte vor ihm war ein Tintenfässchen eingelassen. Daneben lag ein Löschpapierabroller. Gero hatte nirgendwo sonst jemals einen Löschpapierabroller gesehen. Das 50 Zentimeter lange Holzlineal rechts neben der Schreibtischunterlage hatte sein Großvater benutzt, um seinen Vater zu schlagen. Sein Vater benutzte später ein ähnliches Modell für ihn und seinen Bruder. Gut, keine eigenen Kinder zu haben. Später würde er Dietmar fragen, ob er sich auch schon ein Lineal angeschafft hatte.

Er schlug mit dem Lineal auf seinen linken Handrücken. Ein weißer Streifen blieb zurück, als ob das Blut sich erschreckt zurückgezogen hätte, bevor es umso röter zurückfloss. Der Schmerz machte ihn für eine Sekunde wach und klar. Leider hielt das Gefühl nicht lange.

Gero hatte gehofft, dass er sich in diesem Zimmer irgendeine Inspiration holen könnte. Völliger Unsinn. Die Zeit in dem Zimmer war geronnen und schmeckte sauer.

Er drehte den Stuhl und sah in das Gesicht seines Großvaters. Immer das gleiche Bild, das offizielle Porträt, das jedes Mal gedruckt wurde, wenn wieder ein Jubiläum anstand; das Bild, das auch hinter dem Schreibtisch seines Bruders hing und das Gero hundertmal gesehen hatte, ohne weiter darauf zu achten. Aber jetzt sah nicht er das Bild an, sondern umgekehrt: Die stechenden tiefschwarzen Augen des Bildes musterten ihn, und der Mund mit den Lippen, die nur auf den ersten Blick weich und fast sinnlich wirkten, lächelte vorwurfsvoll und überlegen.

Großvater war gut rasiert auf dem Bild, und man sah die feine Narbe auf der Wange, wo in den letzten Tagen des Ersten Weltkrieges ein Schrapnell seine Haut geritzt hatte. Mehr war ihm nicht passiert, er war unverwundbar; nicht einmal Schmisse hatte er, obwohl er in einer schlagenden Verbindung gewesen war. Dreimal war er in das Lokal einer gegnerischen Burschenschaft getreten, hatte alle Anwesenden Hurensöhne genannt und anschließend jeden einzelnen Kampf gewonnen.

Gero schrumpfte immer weiter unter diesem Blick, als plötzlich seine rechte Hand das Lineal nahm und mit einem weiten Bogen das Bild von der Wand schlug. Es schepperte irgendwo zu Boden. Das Glas zersprang und auch seine Angst.

Touché, sagte er und fühlte sich wieder frei.

Vermutlich war er der Erste, der Großvater im offenen Kampf besiegt hatte. Er stand auf und lief durch das Zimmer, in dem Gero von Nohlen zuerst als Rechtsanwalt und später als Makler seine Klienten empfangen hatte. Der Raum war weniger groß, als er ihn in Erinnerung hatte, und sicher kleiner, als es der Bedeutung seines Großvaters entsprach. Arme Menschen, die hier vor Großvaters Schreibtisch saßen, seiner Präsenz ausgeliefert waren und in dem Zimmer keine Fluchtmöglichkeit hatten. An drei Wänden standen Regale, nur Tür und Fenster waren ausgespart. Viele der Regale waren leer. Großvater hatte Erstausgaben gesammelt. Nach seinem Tod hatte Tante Elsbeth die Bücher kiloweise an einen Antiquar verscherbelt. Geros Vater hatte noch versucht, den Buchhändler ausfindig zu machen, doch es war zu spät, der Mann blieb verschwunden, mitsamt den Büchern. Nur die Bernsteiner Bibel von 1624 war noch da und lag schwarz, schwer und unberührt auf einem eigenen Regalbrett. Darüber standen drei Dutzend Exemplare der Lebensbeschreibung von Milaräpa, die Großvater verfasst hatte. Er hatte sich eine Zeit lang für einen Buddhisten gehalten und die Biografie eines Heiligen verfasst. Gero hatte sie als Jugendlicher gelesen und erinnerte sich nur, dass der tibetische Held die Knochen seiner toten Eltern in einen Sack gesteckt hatte, um darauf zu schlafen. Vermutlich war das Buch kein Verkaufsschlager gewesen.

*

Der Kopf von Elsbeth sackte schwer nach unten, und davon wurde sie wach. Gerade noch stand der Dichter mit der runden Brille vor ihr und sagte etwas über ihre leuchtenden Augen und sie errötete. Er war sicher schon fünfzig Jahre alt, und sie wollte ihm antworten, aber der Große war schon mit ihm im Arbeitszimmer verschwunden. Der Dichter war auf der Durchreise, er lebte in Italien, im Licht. Es ist nur ein Spiel, hörte sie ihn durch die Tür sagen, nur ein Spiel, aber das Spiel ist das Leben.

Sie hörte die beiden im Arbeitszimmer rumoren. Sie werden durstig sein. Jetzt war Zeit für den Tee, um diese

Zeit trank der Große immer seinen Tee. Sie wuchtete sich nach oben und hielt sich mit beiden Händen an der Lehne des Sessels fest, als sich das Zimmer kurz und heftig zu drehen begann.

Zum Glück war die Küche nicht weit. Sie schob den Kessel unter den Hahn und ließ das Wasser einlaufen. Dann machte sie den Gasherd an, stellte den Kessel darauf und wartete. Die Teekanne stand auf dem Fensterbrett. Ein Löffel Tee pro Tasse und zwei für die Kanne. So mochte es der Große. Keinen Zucker, aber ein Kännchen mit Sahne. Sie richtete die Tasse, die Löffel mit den Initialen und die Sahne auf dem Tablett. Ausnahmsweise stellte sie die Silberdose mit dem Kandis dazu. Für den Dichter, obwohl er nicht aussah, als mochte er Süßes. Sie hielt das Tablett mit beiden Händen fest und atmete tief durch. Die Tassen klirrten nur ein wenig, als sie damit über die Schwelle der Küche in den Flur trat und ihn überquerte, um ins Arbeitszimmer zu gelangen.

Vor dem Zimmer stand das englische Tischchen mit der Spitzendecke. Sie stellte das Tablett vorsichtig ab und klopfte. Elsbeth hörte, wie seine Schritte näher kamen, sah, wie die Klinke nach unten gedrückt wurde und die Tür sich langsam öffnete. Als sie das Gesicht erkannte, schreckte sie zusammen. Es war ihr Großneffe, der ihr gegenüberstand, und sie sah über seine Schulter, um zu sehen, ob da noch ein anderer wäre, doch da war keiner.

Danke, Tante Elsbeth, sagte er, nahm das Tablett und stellte es auf den Schreibtisch.

Gerne, sagte sie und bemühte sich, ganz normal auszusehen. Er sollte nichts merken.

Die Sorge war umsonst. Er beachtete weder sie noch den Tee, sondern setzte sich hinter den Schreibtisch, rieb die Schläfen mit seinen Handflächen und sah besorgt auf das Lineal, das vor ihm lag.

Elsbeth setzte sich wieder in ihren Sessel.

*

Gero hatte die Idee gehabt, dass hier ein angemessener Platz sein müsste, um all das zu sammeln, was er über seinen Großvater wusste. Als er den Schlüssel links oben unter der Tischplatte drehte, knallte ein hölzerner Rollladen nach unten. Er hielt die Luft an, aber niemand beschwerte sich über den Lärm. Ganz unten fand er Briefpapier, schwere Bögen, die an den Ecken nachgedunkelt waren.

Gero von Nohlen schrieb er in die Mitte des Blattes.

Dann wusste er nicht weiter und kreiste mit dem schwarzen Kugelschreiber den Namen seines Großvaters ein, der auch sein Name war und der wie eine schwere Last auf ihm lag. Er wusste nicht, wo er anfangen sollte. Irgendwann krakelte er eine dünne Linie nach außen und schrieb dahinter *Buddhist (angeblich)*. Das war immerhin ein Anfang, und nach zehn Minuten hatte er Inventur gemacht, und das Blatt war voll.

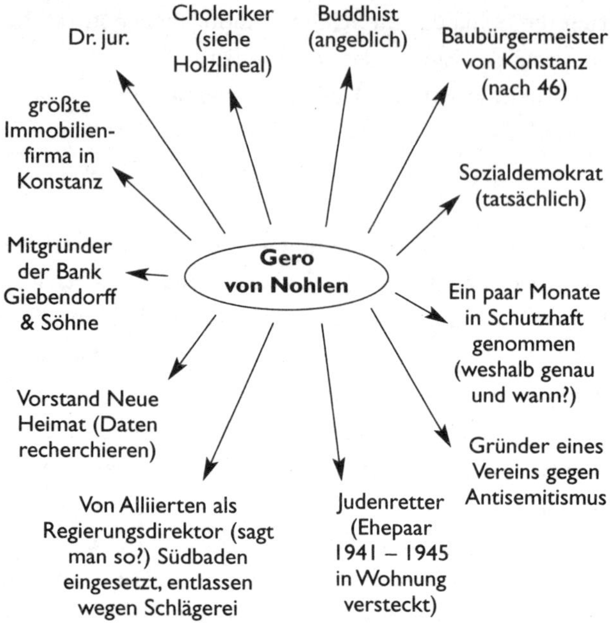

Das war vielleicht eine erste Grundlage für die Festschrift, doch das war ihm zu wenig. Gero erkannte den Großvater nicht in diesen Schlagwörtern. Vielleicht war der Ansatz falsch, vielleicht näherte man sich einem Menschen nicht über dessen Leben, sondern über die Erinnerung, die man von ihm hat. Das war nicht einfach, denn Gero war nicht gut im Erinnern, das kam von den Medikamenten. Früher hatte er damit weniger Probleme gehabt, aber die Pillen hatten die Minen aus seinem Hirn geräumt, die immer wieder explodiert waren, und bei dieser Säuberungsarbeit breite Schneisen geschlagen, wo nichts mehr zu finden war.

Er brauchte einen festen Punkt, von dem aus er neu beginnen konnte, und tastete hinter dem Heizkörper nach dem Foto seines Großvaters. Er schnitt sich in den

Zeigefinger, als er es hervorzog und saugte das Blut aus der Wunde. Den Rahmen und die Scherben warf er in den Papierkorb, in den seit 25 Jahren niemand mehr etwas geworfen hatte. Das Bild lehnte er gegen die Schreibtischlampe. Das Papier war weich, und die Stirn seines Großvaters mit seinen borstigen, aber sorgfältig geschnittenen Haaren klappte nach hinten.

Genau so musste er hier gesessen haben, so hatte er ihn in diesem Zimmer gesehen. Aber was Gero sah, als er die Augen schloss, war nicht die Erinnerung; es war eine Szene, die er konstruierte und die nicht stimmen konnte, denn Großvater sah ihn genau so an wie auf dem Foto: den Kopf im gleichen Winkel geneigt, mit dem gleichen altmodischen Krawattenknoten unter dem gleichen gestärkten Hemdkragen.

Großvater hatte hin und wieder mit ihnen Fußball gespielt, das wusste Gero aus Erzählungen, erinnerte sich aber nicht, wo und wie. Als er versuchte, daran zu denken, sah er wieder Großvaters Fotoblick aus den Fotoaugen, den unbewegten Kopf, das Hemd, die Krawatte und zwei kleine Jungs, die nach dem Ball traten.

Zur Kommunion hatte Großvater ein Gedicht vorgetragen. Es war Gero unendlich peinlich gewesen, sich als Hauptfigur einer Ballade wiederzufinden, doch als er an die Szene dachte, die lange Tafel, die Gäste, seinen kalten Schweiß, sah Großvater ihn wieder mit dem Gesicht aus dem Bild an, um kein Jahr gealtert, obwohl er damals weit über siebzig gewesen sein musste.

So wurde das nichts. Er brauchte mehr Bilder, neue Perspektiven und einen veränderten Blickwinkel. Sein Bruder würde Fotoalben haben, er warf nichts weg, niemals, denn alles könnte einmal wichtig werden; in diesem Fall hatte er Recht. Er würde jetzt zwar arbeiten, aber Clara würde zu Hause sein.

Gero faltete den Briefbogen, steckte ihn ein und trat in den Flur.

*

Die Dielenbretter knackten. Elsbeth zuckte zusammen. Das Knacken des Eises. Das Brechen der Schollen. Der Große, der unter der Oberfläche verschwand, ein Junge, zwei Jahre älter als sie. Zwei Jahre, das war eine lange Zeit. Zwei Jahre später war der Krieg da, der erste, der, in dem Vater sterben sollte. Lächelnd, wie man erzählte, die Maske vom Kopf gerissen und lächelnd ins Gas. Noch aber lebte Vater und konnte den Großen nicht halten. Mutter weinte. Der Kopf des Großen schwamm mit der roten Mütze im schwarzen Wasser, und er sah sie an, alle drei, und sie erstarrte, als sie sah, was ihm fehlte: Da war keine Angst. Der Große war kalt wie das Eis, in dem er versank, sezierte mit seinem Blick seine Familie, die gelähmt war vor Schreck, und krallte sich mit blauen Fingern in Sicherheit. Ihr Herz schlug schneller angesichts der überstandenen Gefahr und der Erkenntnis, wie unmenschlich er war.

*

Gero tätschelte seiner Großtante im Flur noch einmal die Hand. Sie öffnete ihre kleinen gelben Augen und sagte, komm wieder, Gerwald.

Ruf mich an, wenn du mich brauchst, sagte er und schrieb seine Nummer auf einen Abreißblock neben dem Telefon.

In welchen Zimmer lebten eigentlich die Juden, fragte er plötzlich vom anderen Ende des Flures her.

Sie hatten in seiner Familie nie über diese Sache geredet. Er hatte erst von einem Deutschlehrer davon erfahren, der ihn darauf angesprochen hatte und verwundert gewesen war, als Gero nur die Schultern gezuckt hatte. Später hatte Gero einiges darüber gelesen, weil er ein Referat halten musste. Sie waren mit dem Chor des Internats zu einer Tournee nach Israel gefahren, und jeder Schüler musste nicht nur singen, sondern auch zu einem Thema referieren. Er hätte gerne über den Felsendom gesprochen; er mochte das Blau seiner Kacheln, das Gold der Kuppel und die weißen Steine des Vorplatzes, doch er durfte nicht. Er musste über seinen Großvater reden. Sie fuhren nach Yad Vashem. Zuerst wurde Gero schlecht beim Anblick der Bilder von Leichenbergen in dem Dokumentationszentrum, und anschließend erwischte er die falsche Tür und kotzte in das Waschbecken der Frauentoilette.

In der Allee der Gerechten stand ein Baum mit dem Namen seines Großvaters, in dessen Schatten Gero seine Heldentaten erzählen musste, wie der Schremmer es nannte, ihr Musik- und Geschichtslehrer.

Wir sind stolz darauf, dich bei uns zu haben, sagte Schremmer immer wieder zu Gero, wirklich stolz, während Gero der Schweiß lief unter dem löchrigen Schatten des Baumes. Er sprach über seinen Großvater wie über einen Fremden und dachte, dass sie doch wenigstens einen richtigen Baum hätten pflanzen sollen, unter dem man nicht so schwitzt.

Er war nicht stolz.

Auch die anderen Schüler waren nicht stolz, und

nachts holten sie ihn zur Strafe aus dem Bett und steckten ihm eine Kerze hinten rein und zündeten sie an. Steiner, der beste Bass der Schule, sagte, dass es in solch finsteren Zeiten wichtig sei, dass rechtschaffene Menschen das Licht der Erkenntnis anzündeten und er persönlich stolz sei, wirklich stolz, dass Geros Licht ihn auf den rechten Weg führe. Sie löschten die Kerze erst, als es verbrannt roch.

Am nächsten Morgen sangen sie Mozarts Requiem in ihrer Partnerschule in Haifa.

Als sie wieder in Jerusalem waren, kaufte Gero sich eine Kippa und passierte problemlos die Kontrollen an der Klagemauer, um ein Gebet zwischen die Steine zu schieben mit dem Wunsch, das Internat bald verlassen zu können. Einige Wochen später flogen Dietmar und er von der Schule, und seither vermutete er, dass der Gott der Juden über erstaunliche Fähigkeiten verfügt. Von seinen anderen Gebeten wurde nie eines erhört, aber Beten ist lange vorbei.

Seine Großtante starrte vor sich hin und antwortete nicht auf seine Frage. Er schloss die Tür, stieg die knarrenden Stufen hinunter und fuhr los.

*

Wieder Ruhe.

Endlich. Sie verstand nicht, was er hier wollte. Außerdem stand die Tür zum Arbeitszimmer noch offen. Nicht einmal die Tür hat er zumachen können.

Sie stand ächzend auf.

Im Grunde hatte er hier nichts zu suchen, sondern sollte in seiner Zeit bleiben.

Elsbeth sah ins Arbeitszimmer. Etwas von der Unruhe des Jungen war noch hier. Und die Bücher im Regal waren verschoben.

Ihr Vater hatte keine Bücher gehabt. Der war Handwerker gewesen, ein anständiger Beruf. Da brauchte es keine Bücher, nicht einmal lesen und schreiben konnte Vater, wofür sich der Große immer geschämt hatte. Jedenfalls, so lange Vater noch lebte und das war nicht lange genug. Der Franzose hatte ihn umgebracht, 1915, an der Marne. Da hatte der Große sich nicht mehr geschämt, sondern sich freiwillig gemeldet, um den Vater zu rächen, aber er musste noch zwei Jahre warten, bis er alt genug war für den Krieg. Ein Held, sagten die meisten, weil der Krieg damals schon nicht mehr der Spaziergang war, für den man ihn anfangs gehalten hatte. Die Straßen waren voller Blinder und Krüppel, die Dinge erzählten, die man am besten gleich wieder vergaß. Doch der Große war kein Held, das wusste sie längst. Ein Held ist einer, der seine Angst überwindet, doch er hatte keine Angst. Das war keine Leistung, das war eine Krankheit.

Als er heimkehrte, fing das mit den Büchern an. Vorher hatte er kaum gelesen, jetzt saß er tagelang in einem Sessel, die Füße auf einem Schemel, und blätterte in einem der unzähligen Bücher, die er sich kaufte, obwohl das Geld knapp war seit dem Tod des Vaters.

Sie sah auf die leeren Regale und kicherte leise.

Viel war ja nicht mehr von den Büchern übrig. Die meisten hatte sie verkauft. Alle verkauft. Und viel zu billig. Das geschah ihnen recht, auch denen des Dichters, mit persönlichen Widmungen für ihren Bruder. Nur noch einmal war er vor dem Krieg gekommen. Er war noch ernster als beim ersten Besuch. Überhaupt waren alle ernster geworden. Es wurde wenig gelacht in der

Zeit vor dem Krieg. Als er endlich ausbrach, wurde allen wieder leichter ums Herz: Polen, Belgien, Niederlande, Frankreich, Nordafrika. Es waren glücklich Tage, damals.

In welchem Zimmer?

Sie sortierte die Bücher über diesen Heiligen aus Tibet wieder ordentlich. Die hatte der Antiquar nicht haben wollen. Das verstand sie gut. Sie wusste nie, was Gero daran fasziniert hatte, obwohl sie sein Manuskript abgetippt hatte, mit drei Durchschlägen.

Lebten eigentlich?

Dann schob sie den Stuhl wieder unter den Schreibtisch. Das Bild ihres Bruders hing nicht mehr an der Wand. Sie war irritiert. Vielleicht hatte der Junge das mitgenommen, einfach so, ohne sie zu fragen. Sie schloss die Tür des Arbeitszimmers vorsichtig und ging in die Küche, um sich ein Glas Leitungswasser einzuschenken.

Die Juden?

III

Geros Bruder hatte sich vor einigen Jahren ein Haus direkt am See gekauft. Es sah genau so aus, wie sich jemand wie Dietmar ein herrschaftliches Anwesen vorstellt. Er bekam genau, was er wollte und war glücklich, denn er hatte keine Fantasien, die über das Machbare hinausgingen. Er wünschte sich immer nur das, was er kriegen konnte, und er wünschte es sich immer genau in dem Moment, in dem er es fast in der Hand hielt und wurde daher nie enttäuscht.

Gero wurde auch nie enttäuscht, denn er wünschte sich nie etwas.

Paul, sein Neffe, öffnete die Tür und griff sofort an.

Ich bin ein Tiger, sagte er und versuchte, Gero in den Finger zu beißen.

Ich bin ein größerer Tiger, sagte Gero, kniete sich vor ihn, brüllte ihn an und drückte seine Stirn gegen die des Kindes. Schließlich rollte Gero ihn auf den Bauch und knabberte an seinem Ohr, bis Paul schrie.

Dann sah Gero die roten Lederslipper und die schwarze Strumpfhose. Er schielte die Beine hoch, wo alle Linien in einem Fluchtpunkt zusammenliefen.

Wenn ihr fertig seid, kommt einfach rein, sagte Clara.

Gero blies Paul eine Lunge voll heißen Atem auf den Bauch und krabbelte hinter Clara her ins Wohnzimmer;

auf seinem Rücken sein Neffe, der sich festgekrallt hatte. Gero kannte sich mit Kindern nicht aus. Er hatte Paul erst kennen gelernt, als er schon drei Jahre alt war, und damals beschlossen, ihn wie eine junge Katze zu behandeln. Bis jetzt funktionierte das gut.

Im Wohnzimmer angekommen, schickte Clara ihren Sohn hoch in sein Zimmer.

Und, fragte sie und zündete umständlich eine Zigarette an.

Schön, dich zu sehen, sagte Gero. Du siehst immer besser aus.

Sie sah ihn an, als überlege sie kurz, ob sie ihm die Zigarette an den Kopf werfen sollte.

Sag mir, warum Dietmar nie hier ist, fragte sie. Tagsüber sitzt er in seinem Büro und macht Geld, und abends sitzt er wasweißichwo und macht sich wichtig. Warum tut er das? Du bist sein Bruder, niemand kennt einen Menschen besser als der eigene Bruder, also: Warum? Warum will er jetzt noch Bürgermeister werden?

Er war schon Internatssprecher, sagte Gero. Auf der Uni war er Fachschaftsvorsitzender. Als er einmal ein Praktikum gemacht hat, gründete er sofort einen Betriebsrat. Er organisiert Dinge, und die Leute hören auf ihn. Solche Leute braucht das Land, sie bringen uns voran.

Sie schaute ihn entnervt an, und Gero wechselte das Thema und erklärte ihr, warum er gekommen war. Sie verschwand für zehn Minuten im Keller, brachte ihm ein verstaubtes Fotoalbum und setzte sich neben ihn. Er inhalierte ihr Parfum und hoffte, dass sie es nicht merken würde.

Der Lederdeckel des Albums war rissig, und das Seidenpapier zwischen den Seiten mit den Fotos hatte ein

Spinnwebmuster. Fette Seidenpapierspinnen saßen darin. Es ekelte ihn und er versuchte, die Fotos mit seinem professionellen Blick zu betrachten, denn Gero hatte Fotograf gelernt, damals nach der Schule. Dafür war Großvater verantwortlich, Großvater und dessen alte Linhof Technika II, die er Gero zum Abitur geschenkt hatte. Zuerst war Gero enttäuscht gewesen von dem schweren, quadratischen Kasten mit dem unförmigen Holzstativ, doch bald hatte ihn gerade das Alter des Fotoapparates fasziniert, der dreifache Ziehharmonikaauszug, der auch nach Jahrzehnten noch geräuschlos über den Schlitten glitt, und die Tatsache, dass schon unendlich viele Bilder durch das Objektiv gefallen waren, ohne auch nur einen Kratzer darauf zu hinterlassen.

Während seiner dreijährigen Lehrzeit hatte Gero Passbilder, Hochzeitsfotos und Bilder von Taufen, Kommunionen und Konfirmationen gemacht, ein Porträt nach dem anderen, obwohl auf Menschen kein Verlass war, wie sein Großvater immer gesagt hatte; kein Verlass, was Gero erschreckt und fasziniert hatte, kein Verlass, daher lohnt es sich nicht, sie zu fotografieren, hatte Großvater gesagt.

Gero arbeitete nach der Ausbildung zuerst in Mannheim in einem Studio, das auf Essen spezialisiert war. Sie machten Kochbücher und Rezepte für Frauenzeitschriften. Nach einer Weile war er zu fett geworden und wechselte in eine Hamburger Agentur, für die er Industrieanlagen fotografierte. Maschinen. Schornsteine. Förderbänder. Darauf war Verlass, es war gut bezahlt, er nahm wieder ab, und es ihm blieb Zeit für das, was ihn wirklich interessierte: Er machte Bilder von Städten ohne Menschen. Anfangs retuschierte er die Bewohner noch mit dem Bleistift aus den großformatigen Negativen. Es war ein befriedigendes Gefühl, einen nach dem anderen verschwinden zu lassen. Gero überlegte sich die Geschichte der Menschen, die er auslöschte, gab ihnen Namen, Adresse, Vorlieben und Abneigungen und fühlte sich ihnen manchmal sogar nahe, während er sie aus dem Bild tilgte und einen weißlichen Nebel aus ihnen machte, der als einziges Zeichen ihrer Existenz auf den Abzügen erschien. Irgendwann wurde das zu mühsam; zu viele waren es, die die Städte bevölkerten, und nicht alle konnte er mit dem Bleistift erledigen. Schließlich verhinderte er von Anfang an ihr Eindringen ins Bild, indem er Graufilter auf das Objektiv schraubte, nicht nur einen, sondern mehrere übereinander, sodass die Belichtungszeit immer länger wurde und nicht mehr den Bruchteil einer Sekunde betrug, sondern anfangs Minuten und später Stunden, sodass alles, was sich in dieser Zeit vor der Kamera bewegte, keine Spur auf dem Negativ hinterließ. Unterschiedslos ließ Gero alle verschwinden: Frauen und Kinder, Skateboardfahrer und Alte, Geschäftsleute und Bettler, Bauarbeiter und Flüchtlinge, Kindermädchen und Nutten; kein Verlass war auf die Menschen, und so kannte er keine Gnade, sie alle wurden ausgelöscht und die Spuren ihrer Existenz vernichtet, höchstens, wenn ein Krüppel mit seinen Stöcken unendlich langsam durch den Raum schlich, blieb eine graue Schliere, eine verwischte Spur des Lebens.

Seine Ausstellung *Stadt ohne Schatten* in London war ein großer Erfolg gewesen; sie hätte seinem Großvater gefallen, wenn der noch gelebt hätte, auch deshalb, weil Gero für die Bilder der Auslöschung dessen alte Kamera benutzt hatte, aber wenigstens war sein Bruder mit

Clara zur Eröffnung gekommen, und die Feuilletons hatten die apokalyptische Suggestionskraft der Fotos gelobt, auf denen mit den Menschen aufgrund der langen Belichtungszeit auch die Schatten verschwunden waren. Auf Steine war Verlass, doch sie ließen Gero nicht mehr los. Immer länger stand er neben seinem Stativ, unbewegt, sechs oder sieben Stunden lang. Dann war das Bild belichtet, er betätigte den Auslöser, und das sanfte Klicken der zuschnappenden Lamellen war das Zeichen, dass es Zeit war, zurückzukehren.

Steinman & Glock hatten ihn eingeladen, zum 25-jährigen Jubiläum ihrer Galerie die Stadt zu fotografieren. Er war vorher noch nie in New York gewesen und genoss die Arbeit. An anderen Orten war er beim Fotografieren manchmal wehmütig geworden, weil er das Gefühl hatte, dass der eine oder andere es verdient gehabt hätte, mit aufs Bild zu kommen, in der Altstadt von Lissabon zum Beispiel oder dem Innenhof der großen Moschee in Alt-Delhi oder dem Djemaa el-Fna in Marrakesch, aber hier nicht, wo alle so schnell waren, als ahnten sie, was er vorhatte.

Er hatte sich auf die großen Plätze spezialisiert, die man nie ohne Menschen und Autos sah. Am Vortag war er am Times Square gewesen, am Tag darauf fotografierte er den Platz zwischen den Türmen. Der Himmel war blau, aber der Platz lag noch im Schatten zwischen den Häusern, und Gero schwenkte das Rückteil der Kamera, um die stürzenden Linien der Hochhäuser zu entzerren, während er sich fragte, ob sein Großvater die Kamera für ähnliche Zwecke benutzt hatte oder ob es einen anderen Grund gab, dass er eine professionelle Großformatkamera benutzt hatte. Gero schätzte die Belichtungszeit auf achteinhalb Stunden, schob die

Filmkassette zwischen Drehrahmen und Mattscheibenrahmen, schraubte den Drahtauslöser ans Objektiv und drückte ihn. Menschen liefen von Schnüren gezogen. Empfangshallen der Hochhäuser schluckten die Massen. Nur ein Mann, der wie die anderen auf direktem Weg über den Platz lief, blieb plötzlich stehen, griff sich in die Manteltasche, holte ein unförmiges Mobiltelefon heraus und fing an zu reden, zuerst ruhig und überlegen, wie man es von einem Mann in Anzug und mit Aktenkoffer erwartet, dann immer heftiger, mit verzerrtem Gesicht, dann schien es, als würde er schreien, aber er schrie nicht, zumindest hörte Gero kein Wort, und schließlich stand er auf dem Platz und weinte leise, aber nicht mehr in das Telefon, das hatte er inzwischen wieder in die Tasche gesteckt.

Er war der letzte Mensch für lange Zeit, den Gero wahrnahm, weil ihn die Sehnsucht ganz erfüllte, so zu werden wie Narziss, den die Götter versteinerten – kein Fluch, sondern ein Segen. Auch Lots Frau drehte sich um, weil sie wusste, was geschehen würde, und irgendwo im Negev ragt noch immer eine Salzsäule aus dem Boden, während ihr Mann schon vor Jahrtausenden zu Staub zerfiel.

Gero hatte nicht gehört, wie die Blende nach Stunden zuschnappte. Sie musste sich wieder geschlossen haben, irgendwer hatte den Auslöser ein zweites Mal betätigt, das wusste er, weil er das Bild kannte, das sein Bruder viel später entwickeln ließ, das letzte Bild, das in die alte Linhof fiel, sein größtes Bild, aber Gero reagierte nicht mehr. Eine Stille hatte sich in ihn gesenkt, die so groß war, dass sie lange Zeit nichts mehr durchbrechen konnte.

In dem Fotoalbum auf seinen Knien waren lauter Vorfahren, lauter Fremde. Nur manchmal erkannte er eine Handhaltung, Augen oder eine bestimmte Art und Weise, den Kopf zu neigen. Namen waren in verblasster Sütterlinschrift unter Bilder gemalt, auf denen Kinder Matrosenanzüge trugen oder weiße Kleidchen, die ihnen zu groß waren. Sie trauten sich kaum, das Spielzeug zu berühren, das ihnen der Fotograf in die Hand gedrückt hatte. Keines von ihnen lächelte oder wagte gar, zu lachen; die Blicke waren ernst und bedeutungsvoll, als ahnten sie, dass auch die Zeit, in die sie hineingeboren wurden, zu groß für sie war.

Die Frauen sahen fast immer besser aus als die Männer. Leidgeprüfter. Tatkräftiger als ihre Väter, Männer und Söhne, die auf den Bildern ihre Rücken sehr gerade hielten und dabei doch immer wirkten wie auf der Flucht. Nur ein kräftiger, kleiner, etwa fünfzigjähriger Mann mit buschigem Schnauzbart und einem schweren Schmiedehammer in sehnigen Händen schaute so ruhig und selbstbewusst in die Kamera, dass Gero ihn darum beneidete.

Auf dem ersten Bild, auf dem er seinen Großvater identifizieren konnte, musste er Student gewesen sein, denn er trug eine komische schwarze Kappe, die Schärpe einer Burschenschaft quer über die Brust gespannt und einen Säbel an seiner Seite. Er sah nicht aus wie einer, der sich extra für einen Fotografen aufrichtete, weil er Angst vor der Kamera und ihrer konservierenden Wirkung hatte. Im Gegenteil, er sah durch die Linse auf den Fotografen herab, als beobachte er spöttisch dessen Verkriechen hinter dem Sucher, vermutlich deshalb, weil er selbst fotografierte und das Gefühl hatte, mindestens ebenso gut wie der Fotograf zu sein.

Sein Spott traf aber nicht nur den Fotografen, er traf – durch die Kamera und durch die Zeit – jeden, der den Abzug sah.

Gero hatte diesen Blick schon einmal gesehen, nicht genau so, aber so ähnlich, und blätterte zwei Seiten zurück. Der Mann mit dem Hammer hatte die gleichen Augen und strahlte genauso viel Ruhe und Kraft aus, jedoch lag kein Spott darin, keine Überheblichkeit, sondern Einverständnis mit dem Betrachter und eine Art von Solidarität mit dem Fotografierenden, der sein Handwerk genauso präzise verrichtete, wie der Fotografierte seines verrichten würde. Gero vermutete, dass der Schmied sein Urgroßvater war.

Er fragte sich, wo das Selbstbewusstsein dieser Männer in seiner Familie geblieben war; vielleicht gibt es Gezeiten, von denen keiner weiß, und bestimmte Eigenschaften werden in einer Familie für zwei oder drei Generationen nach oben gespült und verlieren sich dann wieder für so lange Zeit, dass sich niemand mehr daran erinnert.

Sein Großvater hatte in Heidelberg studiert, nach dem Krieg, also war das Bild zwischen 1919 und 1923 gemacht worden. In diesem Jahr hatte er in Jura promoviert und sich als Rechtsanwalt selbstständig gemacht. Auf den nächsten Seiten fand er immer wieder Fotos von seinem Großvater, die alle nichts Neues zeigten. Er schien zwar älter zu werden, sich aber nicht wirklich zu verändern. Seine Kraft zeigte sich in jedem Bild und eine Form von Ironie, als gehörte er nicht wirklich in diese Welt, sondern stünde tatsächlich darüber und betrachte das Dasein distanziert und überlegen. Das blieb auch so, als auf den Bildern Dorothee auftauchte, seine Frau, und ihr einziges Kind, Geros Vater. Der stand auf fast keinem Bild allein, immer hielt er die Hand seiner Mutter, saß auf ihrem Schoß oder versuchte, in den Falten ihres Rockes zu verschwinden. Das letzte Bild in dem Album war gleichzeitig das erste Farbfoto. Das Blau des Himmels war verwaschen, der Sand war zu gelb und das Meer wie gemalt. Großvater war von hinten zu sehen. Sein Rücken sah aus, als hätte er zu lange auf einem unbequemen Liegestuhl gelegen, voller roter Striemen, die in der Sonne glühten.

Gero blätterte die letzte Seite um.

Das Gummiband um einen Umschlag klebte an der letzten Seite des Albums fest und zerbröselte, als er es ablösen wollte. Ein einziges Bild steckte darin. Er hätte Großvater darauf fast nicht erkannt. Er war ein wenig unscharf und saß im Halbdunkel, was ungewöhnlich war, denn normalerweise war er die Hauptfigur auf den Bildern. Er sah aus dem Hintergrund auf eine Frau in geblümtem Kleid, die ihren Kopf leicht nach vorn neigte und die Stirn eines Mannes berührte, der die Augen geschlossen hielt. Sie schien ihm etwas zuzuflüstern, etwas Lustiges, denn beide lächelten voller Einverständnis, und dieses Lächeln schloss Großvater aus.

Gero steckte das Foto ein und küsste Clara zum Abschied auf die Wange.

*

Elsbeth hatte das Tablett mit dem Tee beiseite geräumt und die unbenützten Tassen gespült. Die Hühnerbrühe simmerte auf dem Herd vor sich hin. Sie hatte die Lichter angeknipst, aber der Flur war dunkler als sonst. Eine Birne war kaputt. Sie würde den jungen Mann, der die

Besorgungen für sie machte, bitten müssen, sie zu wechseln. Sie schöpfte sich eine Kelle Suppe in den Teller.

In welchem Zimmer lebten eigentlich die Juden?

Die Suppe war zu salzig, und sie versuchte sich zu erinnern, wie viel Löffel sie von der Instantbrühe genommen hatte. Es fiel ihr nicht ein. Sie aß sie trotzdem. Salz schadete nichts. Als Krieg war, hatten sie schließlich auch fast alles gegessen. Sie füllte sich ein zweites Glas mit Leitungswasser und trank es in kleinen Schlucken.

Als ob es heute noch wichtig war, wo sie lebten.

Sie versuchte den Deckel des Joghurts aufzuziehen, aber die Alufolie löste sich nicht vom Rand des Plastikbechers. Mit einem Messer schnitt sie ein Loch hinein und löffelte vorsichtig. Trotzdem verschluckte sie sich an einem Erdbeerstückchen und hustete lange.

Der Junge kümmerte sich sonst auch nicht. Kam alle paar Monate mal vorbei, wenn überhaupt. Und jetzt auch nur wegen dem Großen. Wegen der Juden. Das war nicht gerecht. Kein Wort würde sie ihm sagen, kein einziges.

Draußen im Flur knackte eine Diele. Sie sah nicht auf.

Holz arbeitet, sagte sie sich, es ist nur das Holz.

Weil sie unruhiger war als sonst, ließ sie die Lichter ausnahmsweise brennen, als sie ins Bett ging. Es muss an dem Jungen liegen, dachte sie. Hoffentlich kam er so schnell nicht wieder. Sie war keine Störungen gewöhnt.

Sie lebten im Billardzimmer.

*

Gero ging von Dietmars Haus die paar Schritte vor an den See.

Die Wellen schwappten ans Ufer, das faulig roch. Der Nebel war immer dichter geworden, und die Welt war geschrumpft; es gab nur den braunen Schlamm, das trübe Wasser und ein paar Äste, die vom Himmel hingen, ohne dass man den Stamm der Bäume erkennen konnte. Er trat in eine Pfütze, Wasser lief ihm in die Schuhe, und daher ging er zurück und fuhr in die Stadt zum Konya-Grill.

Iyi akşamlar, begrüßte er Mehmet, und der nickte ihm zu. Gero redete immer noch gerne türkisch, immer die gleichen Wortfetzen, die Zeyra ihm beigebracht hatte, und um eine Gelegenheit dafür zu haben, ging er in türkische Restaurants.

Mehmet war nachsichtig, was sein Türkisch betraf, und stellte ihm eine Tasse Tee hin, stark und süß, sodass Gero seine nassen Füße vergaß.

Nasılsınız, fragte er und Gero antwortete, çok iyiyim, es geht mir sehr gut, weil er nichts anderes sagen konnte. Was schlecht heißt, hatte Zeyra ihm nicht beigebracht, das Wort kannte sie nicht, immer war alles gut für sie, egal, was passierte.

Mehmets Restaurant lag am Rand der Stadt, dort wo Konstanz langsam in die Schweiz übergeht. Damit die Schweizer nicht so weit fahren müssen, gibt es gleich hinter der Grenze eine Reihe von Bars mit Bordellbetrieb. Neben dem Konya-Grill lag ein Erotik-Shop und darüber war ein Club mit Pool. Bei Mehmet saßen keine Studenten oder verirrte Touristen, sondern kräftige Männer in grauen Anzügen, die sich zur Begrüßung auf die Wange küssten. Kaum einer sprach deutsch und am meisten schätzte Gero, dass alle ihn ignorierten.

Kurz vor acht zahlte er und ging am See entlang zum Konzil, wo die Veranstaltung mit seinem Bruder stattfinden sollte. Der große Saal des Konzils war höchstens halb voll, aber es war viel Geld da. Gero nickte rüber zu Maelzer und den anderen Bankleuten.

Na, Nohlen, Sie auch hier, schrie Quante plötzlich von hinten in sein Ohr und krallte ihre knochigen Finger in seine Schulter. Sie zog ihn zur Theke, bestellte zwei Viertel Barolo und lotste ihn anschließend zu ein paar freien Stühlen in der letzten Reihe.

Passender Ort für so eine Veranstaltung, sagte sie.

Warum, fragte er.

Weil in diesem Haus schon immer große Politik gemacht wurde, vor allem 1414. Drei Päpste stritten sich darum, wer der echte sei. Das solltest du eigentlich wissen. Das Konzil hier sollte entscheiden. Nebenbei hatte man auch Jan Hus und seinen Anwalt Hieronymus von Prag verbrannt. Und John Wyclif.

Schlimm, sagte er, weil sie ihn so ansah, als müsste er das jetzt sagen.

Nicht für Wyclif, sagte Quante. Der war schon tot. Man hat nur seine Knochen ausgebuddelt und ins Feuer geworfen. Aber für Hus und Hieronymus. Aber das ist nicht unser Thema, unser Thema ist Ihr Bruder. Der will eine Chipfabrik hier ansiedeln. Aus Korea, ausgerechnet, und Oberbürgermeister werden. Morgen früh machen Sie mir eine Umfrage in der Stadt: *Muss Konstanz ein High-Tech-Standort werden?* Hundert Zeilen. Und aussagefähige Zitate, hören Sie sich ein wenig um, nicht nur Hausfrauen und Studenten, klar Nohlen.

Sie hätte sicher weitergeredet, aber eine Glocke läutete, und Geros Bruder begann mit seinem Vortrag.

Dietmar sah sehr gut aus, groß und kräftig, hielt seine braun gebrannten Hände am Rednerpult und ließ seinen Blick durch die Reihen der Zuschauer gleiten, als wolle er jedem Einzelnen in die Augen sehen. Das kannte Gero, das machte sein Bruder immer so, wenn er jemanden überzeugen wollte, und als Dietmars Blick in der letzten Reihe angelangt war, wo Gero mit Quante saß, winkte er seinem Bruder zu, und der bekam einen roten Fleck auf der rechten Wange.

In seiner Rede ging es um die finanzielle Lage der Kommunen im Allgemeinen, der von Konstanz im Besonderen und die Lösung aller Probleme durch Ansiedlung hochwertiger High-Tech-Unternehmen, was gerade in einer Stadt wichtig sei, in der man sich zu lange auf die Einnahmen durch den Tourismus verlassen habe. Anschließend gab er bekannt, dass er sich entschlossen habe, bei den Wahlen zum Oberbürgermeister zu kandidieren.

Er sieht ja gar nicht schlecht aus, sagte Quante, wenn er so vor Leuten steht. Und reden kann er auch. Was er sagt, ist der übliche neoliberale Quatsch, aber wie er es sagt, Respekt. Hätte ich nicht erwartet.

Sie wollte Gero zu einem weiteren Glas Wein überreden, doch der verabschiedete sich. Vor dem Eingang des Konzils kreischten die Möwen so übertrieben, als wären sie am Atlantik, und er lief heim. Als sein Vater entmündigt worden war und sein Bruder die Firma übernahm, bekam Gero das dreistöckige Haus in der Altstadt und ein Konto voll Geld. Das Geld war weg, doch das Haus stand noch. Ganz unten war früher ein Schuhgeschäft gewesen, ein winziger Verschlag mit einem kleinen Fenster zur Straße. Der Besitzer war schon lange tot, als Gero das Haus übernommen hatte, doch hinter der Scheibe wellte sich immer noch ein vergilbtes Werbeplakat für Schuhcreme mit dem Frosch von Erdal Rex, dem alten, der noch aussah wie ein richtiger Frosch und nicht wie ein Auto. Gero schloss die Tür auf, hinter der es nach Leder und Gummi roch. Er bewohnte die oberste Wohnung, der Rest des Hauses stand leer, weil er damals allen Mietern gekündigt hatte. Eigentlich stand auch seine Wohnung leer. Es gab eine Matratze in dem Zimmer, das man mit etwas gutem Willen als Schlafzimmer bezeichnen konnte, und einen Schaukelstuhl im Wohnzimmer. Die Küche war nur deshalb vollständig eingerichtet, weil es ihm damals zu mühsam gewesen war, sie abzubauen und auf den Müll zu bringen. Er hatte die Theorie gehabt, dass Freiheit von Möbeln auch zu Freiheit im Geist führt, nicht zuletzt wegen Großvater, der ihm als Kind erzählt hatte, dass Le Corbusier jahrelang in einer Mönchszelle gelebt habe, in der es nur ein Bett, einen Stuhl und einen Schreibtisch gab. Gero hatte das nie nachgeprüft, und inzwischen war es ihm egal, denn er betrachtete die Theorie als widerlegt, auch wenn er sich an die Leere gewöhnt hatte, doch das hatte nichts zu bedeuten, denn genauso gut hätte er sich auch an ein Barockschloss gewöhnen können. Jetzt hatte er keine Theorien mehr.

Er lag auf der Matratze und starrte die Decke an. Nachts begann das Haus, Geräusche zu machen. Balken knarrten, Marder huschten über die Ziegel, die Wasserleitung stöhnte. Als er aufwachte, war die Bettwäsche nassgeschwitzt. Er stellte sich so lange unter die kalte Dusche, bis die Haut schmerzte. Anschließend brachte er zuerst den Auftrag von Quante hinter sich. Sie schickte ihn immer in die Stadt, um irgendwelche Umfragen durchzuführen. Volkes Stimme ist wichtig, sagte Quante, sicher ein Überbleibsel aus ihrer wilden Jugend in einer trotzkistischen Gruppe, von der sie nach ein paar Gläsern gerne erzählte.

Redakteure machten keine Umfragen.

Gero auch nicht.

Er war nicht dazu geeignet, Leute anzusprechen, um ihnen irgendwelche Sätze zu irgendwelchen Themen abzupressen; also setzte er sich in das Wiener Kaffeehaus, trank einen Mokka und stellte sich vor, was die ältere Bedienung wohl zu seinem Thema *Muss Konstanz ein High-Tech-Standort werden?* sagen würde.

Ich hab nichts gegen Computer, würde sie sicher antworten, und wenn wir die produzieren, ist das auch kein Nachteil. Sonst machen das ja nur immer die Asiaten. Aber so eine Riesenfabrik in Konstanz? Das muss ja auch nicht sein.

So oder so ähnlich würde sie sich ausdrücken. Jetzt brauchte sie noch einen guten Namen, nicht zu ausgefallen, Maria Stefans, Dienstleisterin, nannte er sie.

Ein Anfang war gemacht.

Der ältere Herr am Nachbartisch mit der FAZ in der Hand war der Nächste.

In einer zunehmend globalisierten Wirtschaft müssen wir einerseits darauf achten, dass wir in puncto Lohnhöhe und Arbeitszeit wieder konkurrenzfähig werden und andererseits attraktive Unternehmen durch entsprechende Anreize zur Ansiedlung überreden. Von daher unterstütze ich voll und ganz den Versuch, diesem koreanischen Unternehmen alle Möglichkeiten zu eröffnen.

Gerhard Hilke, Unternehmer.

Nach zwei Stunden hatte Gero seine repräsentative Umfrage beendet. Eine deutliche Mehrheit sprach sich gegen die Ansiedlung aus. Er hoffte, dass sein Bruder daraus die richtigen Schlüsse ziehen würde.

Quante lobte sein Engagement, als er ihr die Ergebnisse der Umfrage vorlegte, doch Gero wehrte bescheiden ab.

In der Redaktion gab es gerade nichts zu tun für ihn, und er fuhr ins Untergeschoss, wo das Archiv der Zeitung untergebracht war, denn nach dem unbefriedigenden Besuch bei seiner Großtante wollte er hier Materialien für die Festschrift der Bank suchen. Die beiden Archivare schnitten gerade die aktuelle Ausgabe auseinander, sortierten die Artikel nach Kriterien, die keiner außer ihnen durchschaute, und klebten sie auf DIN-A4-Blätter, die dann in Leitz-Ordnern verschwanden. Das hatten sie immer schon so gemacht und das würden sie auch in Zukunft so machen, obwohl die Zeitung längst digitalisiert war.

Den Rest des Tages sollten sie theoretisch den übrigen Redakteuren bei Anfragen zur Verfügung stehen. Praktisch kam nie ein Journalist hier herunter. Vermutlich bekamen die anderen Depressionen, wenn sie sahen, wie viel in den letzten fünfzig Jahren in dieser Zeitung zusammengeschrieben worden war und was von ihnen und ihrer Arbeit bleiben würde: ein kleiner Stapel Schnipsel in einem Ordner, Regalreihe F, hinten links. Ein Besuch im Archiv hätte ihren Glauben an die Gegenwart erschüttert. Die Archivare mochten Gero, weil er diesen Glauben nicht teilte, und nickten beide, als er nach Artikeln über seinen Großvater fragte.

Konstanz, Stadtgeschichte, Drittes Reich und Nachkriegszeit, 16-NJM-12, ich hole ihn sofort, sagte einer von ihnen und verschwand für einen Augenblick, bevor er mit einem Ordner wiederkam, den er vor Gero auf den Tisch stellte.

Die ersten Sachen sind noch vor der Gründung unserer Zeitung entstanden, sagte er. Alles unsortiert und unzensiert. Viel Spaß beim Durchsehen.

Damit ließ er Gero allein.

Der Ordner roch staubig, und Gero hatte plötzlich keine Lust mehr, die Texte zu lesen. Es war zu viel Papier, zu viele Buchstaben formten zu viele Wörter und gruppierten sich zu vielen Sätzen, die dann zu Berichten wurden, Kommentaren und Reportagen, schlimmstenfalls verfasst von Journalisten wie ihm, denen nicht zu trauen war. Eigentlich musste man allen Journalisten misstrauen, überhaupt allen, die schrieben und ihre Wörter so aufs Papier setzten, als würde damit etwas wahr. Er glaubte nicht an Wörter, er glaubte an den Rand der Wörter, wo ihre Bedeutung unscharf wurde und sich langsam verlor.

Er schob den Ordner weg, aber er schaffte es nicht, aufzustehen und zu gehen. Er hatte es nie geschafft, im richtigen Moment zu gehen, er blieb immer zu lange, eigentlich sollte er wissen, wohin das führte: Wenn man sich nicht selbst entscheidet, entscheiden sich die Dinge für einen.

Irgendwann blätterte er den Einband um. Das erste Blatt war eine Seite aus der *Bodensee-Rundschau* vom 11. November 1938, und es war ihm zuerst nicht klar, warum gerade dieses Blatt hier aufbewahrt wurde, vermutlich nicht wegen der Anzeige für Nivea-Creme mit der hübschen Sekretärin an der Schreibmaschine. *Auch am Tage die Haut gut pflegen*, hieß es in der Annonce. *Das Gesicht mit Nivea-Creme leicht massieren, das kräftigt die Haut, regt sie an und erfrischt sie*. Darunter wurde einer Frau Hermine Justus zum 84. Geburtstag in geistiger und körperlicher Frische gratuliert. Vermutlich hatte sie immer ausgiebig Nivea benutzt.

Empörung über die jüdische Mordtat war der Artikel direkt über den Geburtstagsanzeigen betitelt. Ganz Deutschland sei entsetzt über die Mordtat des Juden Grynszpan in Paris, überall rotte sich die Bevölkerung zusammen. Die Konstanzer Synagoge sei in den Morgenstunden des gestrigen Tages ausgebrannt, und eine größere Anzahl von Juden und Deutschen sei zu ihrer eigenen Sicherheit in Schutzhaft genommen worden. Unter den deutschen Inhaftierten sei auch Rechtsanwalt Gero von Nohlen, der sozialdemokratische Leiter des Vereins zur Abwehr des Antisemitismus.

Ein 16-Zeiler, einspaltig. Dafür bekäme man als Freier heute gerade mal fünf Euro, wenig Geld für die Meldung zur Reichspogromnacht. Und Großvater in Schutzhaft. Ein harmloses Wort, vor allem durch die Betonung auf der ersten Silbe. SCHUTZhaft. Die Haft hörte man da kaum heraus, und Gero überlegte, wer da vor wem geschützt werden sollte. Der Staat vor Großvater? Großvater vor dem Staat? Großvater vor sich selbst?

Falls die Familiensage stimmte, hatte ihm die Verhaftung nichts ausgemacht. Großvater brüllte die Gestapo-Männer an, weil sie mit ihren dreckigen Stiefeln in seine Wohnung kamen; er brüllte den Haftrichter an, der ihm allgemeine politische Unzuverlässigkeit vorgeworfen hatte, und er brüllte die Gefängniswärter an, weil ihm das Essen nicht gut genug war, und ließ sich ab dem zweiten Tag von einem Restaurant beliefern. Er hatte keine Angst gehabt, hätte aber Angst haben sollen. Die meisten der verhafteten Juden hatte man noch am Abend des 10. November nach Dachau gebracht, und die Ehefrau eines jüdischen Freundes bekam sechs Wochen später in einem offiziellen Schreiben mitgeteilt, dass sie die Asche ihres verstorbenen Ehemanns gegen eine Zahlung von einhundert Reichsmark bekommen könne.

Gero fragte sich, was Großvater in Dachau gemacht hätte. Wann sie ihm das Brüllen abgewöhnt hätten und das Wimmern beigebracht. Stolz allein genügt nicht angesichts des Todes und des Schmerzes. Nur die können nicht gefoltert werden, die schon so weit abgestorben sind, dass man ihr Inneres nicht mehr erreicht; den Zustand kannte Gero, und er wusste, dass er nicht erstrebenswert war, nicht außerhalb eines Konzentrationslagers.

Auf der Rückseite war eine Rubrik mit Kleinanzeigen. Milchkühe wurden gesucht, Eier zum Verkauf angeboten, und das Stadttheater warb für Goethes *Faust*. Gero las gerne Kleinanzeigen. In ihnen war die Welt so schön überschaubar.

Die nächsten Zettel waren mit einer rostigen Büroklammer aneinander geheftet, die braune Flecken auf der ersten Seite hinterlassen hatte. Es war die Kopie einer Anklageschrift gegen den Großvater. Der Landrat des Landkreises Konstanz, Abteilung IV b, hatte ein Strafverfahren wegen Verletzung der Meldepflicht als Bevollmächtigter jüdischen Eigentums eingeleitet. Laut Anklageschrift hatte der Großvater von einer großen Zahl jüdischer Hausbesitzer die Vollmacht bekommen, ihre Häuser zu verwalten. Nach dem Gesetz war er anscheinend verpflichtet gewesen, die Häuser und ihre Bewohner der Behörde zu melden. Das hatte er nicht getan, trotzdem wurde er nicht verurteilt. *Eingestellt am 18. April 1940* war in roter Tinte quer über das Blatt gestempelt. Auf der zweiten Seite stand eine Liste der Häuser:

Bahnhofsstraße 12
Bodanstraße 17, 22, 25 und 30
Bruderturmgasse 6 und 8
Döbelestraße 2 und 4
Eichhornstraße 20
Gottlieber Straße 10
Marktstätte 24
Rheingasse 15
Albert-Wagner-Straße 64
Rosgartenstraße 29
Schottenstraße 75
Schützenstraße 16
Sigismundstraße 21
Zogelmannstraße 16
Zollernstraße 37

Jüdische Häuser.

Großvater hatte Juden gerettet, gut, aber Häuser? Gleich zwanzig Stück, verteilt über das ganze Stadtgebiet. Von manchen Straßen kannte Gero nur die Namen, wusste aber nicht, wo sie lagen. Andere kannte er gut, zu gut für seinen Geschmack: In der Marktstätte 24 war das Bankhaus Giebendorff & Söhne. Noch besser kannte er das Haus in der Zollernstraße 37. Das gehörte inzwischen ihm.

Das Haus eines Juden, das plötzlich Großvater gehörte und in der Familie weitervererbt wurde, so, als sei nichts geschehen.

Irgendetwas war daran nicht richtig.

Er klappte den Ordner zu und ging. Die Sonne war inzwischen untergegangen, obwohl das bei dem Nebel kaum einen Unterschied machte. Gero lief durch die Unterführung der Marktstätte vor zum See. Die Platanen standen kahl wie ein Mahnmal, und die kalten Tropfen blieben in den Haaren hängen. Er setzte sich auf eine Bank direkt am Wasser. *Für Juden und Hunde verboten* hatte damals auf allen Konstanzer Bänken gestanden. Man wollte schließlich einen guten Eindruck auf Touristen machen. Vermutlich hatte man die Schilder noch in der Nacht der französischen Besetzung wieder abgeschraubt. Man wollte schließlich einen guten Eindruck auf Touristen machen.

Vor ihm standen drei runde Papierkörbe nebeneinander, in abgestuften Größen wie Vater, Mutter, Kind und sahen wie er auf den nebligen See. Er fror, aber er wollte nicht in das Haus, von dem er nicht wusste, warum es ihm gehörte. Die Wellen klatschten an die Steine, die Kälte kroch den Rücken hoch, der Nebel fraß sich immer tiefer, und er wünschte sich, wieder verrückt zu sein.

IV

Reifen quietschten; ein schriller Ton, der die Nacht zerschnitt und nicht nur die Nacht, sondern mein Leben, doch das konnte ich damals nicht ahnen, für Ahnungen war auch keine Zeit geblieben. Ich schreckte hoch, stieß Helmut an, der wälzte sich aus dem Bett und sah aus dem Fenster. Unten stand ein Kastenwagen; die hintere Tür wurde aufgestoßen, und fünf oder sechs Männer sprangen raus.

Wir hatten höchstens 60 Sekunden.

Helmut riss die Tür auf, warf die gepackten Koffer die Treppe runter und rutschte auf Socken hinterher, die braunen Halbschuhe in der Hand. Wir schliefen längst in Straßenkleidern. Ich sprang ihm nach, während schwere Schläge von der Eingangstür her durchs Haus dröhnten. Die Hexe von Wirtin war ziemlich alt; bis die aufmachte, hatte die Gestapo vielleicht schon das Schloss zerschossen.

Wir rannten die nächste Treppe nach unten und flohen hinten raus, den Gang lang, weg von dem Eingang, auf den kleinen Hof, wo die Schweineeimer standen. Helmut kippte die Essensreste aus, drehte den Eimer um, stellte sich drauf, warf die Koffer über die Mauer, hob mich hinüber und sprang hinterher.

Kein Grund, so zu lärmen, ich habe nichts getan, keifte die Hexe im Nachbarhaus und öffnete die Haustür.

Stiefel trampelten. Irgendetwas ging drüben zu Bruch.

Helmut stieß die Tür ins Haus auf, die nur mit einem schmalen Riegel gesichert war. Wir liefen durch einen kurzen Hausflur, drehten einen Schlüssel im Schloss und standen auf der Straße, im Licht einer Laterne.

Ich packte schweigend Helmuts Arm und zog ihn Richtung Bahnhof. Es war nicht weit, nur ein paar krumme Gassen, die schwarznass glänzten. Ein einsames Taxi stand vorm Bahnhof; der Fahrer schlief hinter dem Lenkrad.

Friedrichstraße, sagte ich und riss ihn aus dem Schlaf. Helmut starrte mich an und wagte nicht zu fragen, wohin.

Haben Sie eine Berechtigung, fragte der Fahrer.

Ich nestelte an meinem Rocksaum und reichte ihm das letzte Klümpchen Gold, das uns geblieben war.

Wissen Sie, was ich riskiere, fragte er, machte auf der leeren Straße kehrt und gab Gas, ohne eine Antwort abzuwarten.

Langsam, bat ich ihn, keinen unnötigen Lärm, die Leute wollen schlafen.

Sie sind der Chef, sagte er mürrisch.

Ich sah immer wieder hinten aus dem Fenster, doch die Straßen waren frei. Kein Kastenwagen verfolgte uns. Wir fuhren Richtung Norden über die Rheinbrücke, und ich fürchtete, dass das ein schlechtes Omen war, denn ich wollte nicht zurück; unser eigentliches Ziel lag im Süden, je weiter wir von der Grenze wegfuhren, desto schwieriger würde es sein, sie doch einmal zu überwinden, doch wir fuhren nicht lange, sondern bogen nach ein paar Minuten scharf rechts ab.

Nummer 15, sagte ich, und der Fahrer hielt an. Er

reichte uns die Koffer, und wir warteten, bis er gewendet hatte.

Nummer 8 war auf der anderen Straßenseite. Helmut fragte noch immer nicht, was unser Ziel war, sondern sah skeptisch auf das Haus, in dem noch Licht brannte. Hier wohnten die von Nohlens. Eine Elsbeth im Erdgeschoss. Gero im zweiten Stockwerk, zumindest stand sein Name auf dem oberen Klingelschild. Das jedenfalls stimmte. Jetzt würde sich zeigen, ob der Spanienkämpfer auch mit allem anderen Recht hatte.

Ich hielt Helmuts Hand fest, als ich auf die Klingel drückte.

Nichts geschah. Das Haus blieb ruhig. Ich läutete ein zweites Mal und starrte auf die Plakette der Nationalsozialistischen Volkswohlfahrt an der Tür und den Hinweis *Spenden sammeln verboten*. Das konnte bedeuten, dass von Nohlen keine Lust auf regelmäßige Besuche der Spendeneintreiber hatte und lieber einen größeren Betrag bezahlt hatte, um verschont zu werden. Es konnte aber auch heißen, dass er ein engagiertes Parteimitglied war.

Helmut sah mich an. Ich zuckte die Schultern. Wenn uns niemand öffnen würde, dann müssten wir uns diese Nacht irgendwo im Garten verstecken und uns morgen eine neue Bleibe suchen, doch das würde Kraft kosten, und ich hatte keine Kraft mehr, genauso wenig wie Helmut, der sich auf mich stützte, als könnte er sich allein nicht mehr halten.

Ein Frau öffnete schließlich die Haustür und atmete erleichtert aus, als sie uns beide sah.

Wir sind aus Köln, sagte ich, Bekannte eines Bekannten von Herrn von Nohlen.

Ich nannte den Namen des Spanienkämpfers wie ein Zauberwort, das uns den Zugang öffnen würde.

Die Erleichterung im Gesicht der Frau wich einer Ablehnung, die voller Angst war. Trotzdem wiederholte sie den Namen und bat uns, ihr nach oben zu folgen und vor der Wohnung zu warten. Sie müsse erst mit dem Hausherrn sprechen.

Wir stiegen die Treppe hinauf in den ersten Stock, die letzten gemeinsamen Schritte in Freiheit, aber das konnten wir nicht ahnen, sonst wären wir sie anders gegangen, ganz langsam, bewusster, gemeinsamer und weniger beschäftigt mit der eigenen Mutlosigkeit.

Oben standen wir lange vor der Schwelle. Ich hörte die Totenstille aus der Wohnung, eine Stille, die von vielen Menschen ausging. Viel später kam die Frau wieder und bat uns herein.

Wir traten ehrfürchtig über die Schwelle, denn wir waren schon lange nicht mehr in einer deutschen Wohnung gewesen. Die Normalität darin schockierte mich fast. Hier gab es keine Angst, es war unfassbar: eine Wohnung, in der man atmen konnte. Doch es blieb keine Zeit, dieses Gefühl zu genießen, denn die Frau führte uns in ein großes Zimmer voller Menschen und nickte dem Mann zu, der unverkennbar das Zentrum der Gruppe war. Er drehte den Kopf und sah mich an mit einem Blick, der mein Herz stillstehen ließ, und ich musste meinen ganzen Willen aufbringen, um es wieder zum Schlagen zu bringen.

Es war der Mann, den ich mit Christine im Gasthof gesehen hatte.

Als ich mein Herz wieder schlagen spürte, pochend und schmerzhaft, war ich wacher geworden, als ich es je zuvor gewesen war; es war die Wachheit eines Tieres, das die gesamte Umwelt wahrnimmt, um in jedem Moment fliehen zu können.

Der Mann kam zu uns, packte mich ganz sanft bei den Schultern, und ich spürte durch meine Jacke den Strom des Blutes in seinen Fingern, roch seine Erregung und hörte sein leises, gepresstes Atmen, während er sich zu den anderen wandte, die noch immer wortlos standen und gafften, und sagte, das sind meine Verwandten aus Köln. Sie wollen nach Konstanz ziehen, des guten Klimas wegen.

Ich spürte, wie die Spannung in der Gruppe der Gäste sich wieder löste, und vor Freude darüber redeten alle lauter als notwendig. Ein Mann fasste eine Frau an der Hüfte und drehte sie ein paar imaginäre Walzertakte lang im Kreis. Eine andere Frau kicherte albern und gellend. Jemand brachte von Nohlen eine Flasche Champagner. Er löste den Korken mit einer einzigen Handbewegung und schenkte die Gläser voll, die auf einem der Tische standen. Anschließend nickte er der Frau zu, die am Flügel lehnte, und sie begann zu singen, eine fremde Melodie, die ich nicht kannte. Er reichte uns Gläser und prostete uns zu. Ich hielt den Champagner gegen das Licht und lächelte Helmut an. Wie lange hatten wir keinen Sekt mehr getrunken! Ein Jahr? Zwei Jahre? Hier war das Paradies, und wenn es nur kurz währte, dann hätte es sich doch schon gelohnt.

Helmut hielt sein Glas fest in der Faust, trank es mit zwei schnellen Schlucken aus und schüttelte sich angewidert. Von Nohlen nahm ihn beim Arm und führte ihn zu einer Gruppe von Männern, die mit roten Köpfen an ihren Zigarren sogen und erregt diskutierten. Sie schwiegen, als er zu ihnen trat, und sahen ihn an, als erwarteten sie sein Urteil in einer Streitsache. Von Nohlen stieß Helmut mit dem Zeigefinger an, und der Kreis von Männern öffnete sich bereitwillig und nahm ihn auf.

Von Nohlen drehte sich um, griff zwei Gläser von einem Tablett und reichte eines davon einer älteren Dame, die etwas verloren an der Wand lehnte, trank einen Schluck mit ihr und winkte mit einem fast unsichtbaren Kopfnicken eine jüngere Frau zu sich, die er der Dame vorstellte. Er ging in dem Moment, als die beiden begannen, miteinander zu reden. Die beiden Frauen waren ungefährlich und sahen ihm nach, als seien sie erleichtert, dass er ihnen den Rücken zudrehte. Nur eine blasse, unscheinbare Frau, die gerade dabei war, Suppenterrinen auszuteilen, schien sich in seiner Gegenwart völlig unbefangen zu verhalten. Vermutlich, weil sie so unauffällig war, dass er sie kaum wahrnahm, dachte ich. Erst später in der Nacht erfuhr ich, dass es seine Frau war.

Ein junger Mann sah, dass sich niemand um mich kümmerte, und stellte sich mit einer sehr steifen Verbeugung vor.

Giebendorff, sagte er schüchtern, doch ich spürte, dass diese Schüchternheit nicht ganz echt war, darunter lauerte die Selbstsicherheit eines Handwerkers oder Bauern.

Eva Spiegler, sagte ich, obwohl ich aus Gewohnheit kurz überlegte, einen anderen Namen zu nennen. Bringen Sie mir doch noch ein Glas.

Er kam kurz darauf wieder, stieß mit mir an und sagte, Sie müssen sehr stolz auf Herrn von Nohlen sein.

Ich war mir nicht sicher, was er damit meinte. Ob es einfach nur freundlich gemeint war oder er rausbekommen wollte, was ich über von Nohlen wusste.

Ich bin nur seine Cousine, sagte ich. Wir haben nicht viel Kontakt gehabt.

Natürlich, das hätte ich ahnen können, sagte er, schließlich kenne ich ihn schon lange, aber sicher nicht gut, weil er nie sehr viel von sich erzählt. Aber das wissen Sie ja vermutlich selber, dass er seine Familie …

Er ließ das Ende des Satzes in der Luft hängen, als erwarte er, dass ich ihn beendete. Ich tat ihm den Gefallen nicht, wandte mich ab und ließ ihn stehen.

Jemand baute ein Grammophon auf und legte eine Platte auf, Zigeunermusik von Django Reinhardt. Eine Frau begann zu tanzen, griff Helmut bei den Schultern, schob ihn einige Schritte vor sich her und stieß ihn dann lächelnd von sich. Für einen Musiker konnte er erstaunlich schlecht tanzen, weil bei ihm die Musik nur im Kopf und den Fingern saß und nicht den übrigen Körper erreichte. Er taumelte in meine Richtung.

Schreckliche Musik, sagte er, wirklich schrecklich.

Das ist der Hot Club de France, sagte ich. Das hatte ich früher manchmal gehört.

Dann beugte ich mich vor und flüsterte in sein Ohr: Stell dich nicht so an. Wenn wir eine halbe Minute länger gebraucht hätten, um aus dem Haus zu fliehen, dann wären wir jetzt nicht hier. Dann säßen wir in den Kellern der Gestapo.

Das, was in der Vergangenheit hätte passieren können, macht mir viel weniger Angst als das, was uns bevorsteht, flüsterte Helmut zurück. Iss noch eine Suppe. Wer weiß, wann wir wieder zu essen bekommen. Und sieh dich vor. Wir wissen nicht, ob sie uns noch heute Nacht ausliefern, aus Angst oder Bequemlichkeit oder für Geld. Trau keinem hier. Nie.

Ich ließ ihn stehen. Wie lange hatten wir keinen Champagner mehr getrunken? Wie lange keine tanzenden Menschen mehr gesehen? Das Dritte Reich und der Krieg hatten keinen Zugang bekommen in die Wohnung Gero von Nohlens.

Deshalb wollte auch keiner der Gäste gehen. Lieber sanken sie müde und betrunken auf dem Sofa zusammen oder an einem der Tische. Andere tranken ein Glas nach dem anderen, denn wer noch trank, hatte eine Berechtigung zu bleiben. Die Beine der Tänzer tappten schwer über das Parkett. Sie waren längst zu müde, um zu stehen, nur in der Bewegung hielten sie sich noch aufrecht, obwohl die Nadel des Grammophons immer wieder zurücksprang und schon seit einer Weile immer wieder das gleiche, halbe Lied von Josephine Baker gespielt wurde.

Mich hielt wach, dass ich nicht wusste, was heute noch auf mich zukommen würde. Immer wenn von Nohlen in meine Richtung sah, erwartete ich ein heimliches Signal. Ich war mir sicher, dass er mich erkannt hatte. Er wusste, dass ich ihn mit Christine gesehen hatte. Helmut hatte offensichtlich nichts mitbekommen. Schon im Gasthof hatte er nicht richtig hingesehen. Außerdem hatte er kein Gedächtnis für Menschen. Ein Klavier würde er unter hundert anderen am Klang heraushören, doch ein Gesicht, eine menschliche Stimme nahm er kaum wahr. Auch die Frau, die jetzt auf ihn einredete, würde er am nächsten Tag kaum erkennen. Es war die Frau, die uns die Haustür geöffnet hatte, von Nohlens Schwester Elsbeth. Sie war mir im Lauf des Abends schon dreimal vorgestellt worden, und jedes Mal sah sie mich voller Misstrauen an. Von allen Menschen, die hier im Raum waren, war sie die Einzige, die das Gesicht verzogen hatte, als von Nohlen uns als seine Verwandten aus Köln präsentiert hatte. Zum einen natürlich, weil sie die Familie kannte, zum anderen, weil sie seine Schwester war und er keine Macht über sie hatte. Die anderen glaubten ihm vielleicht auch nicht, aber sie nahmen hin, was er sagte, weil er Gero von Nohlen war, und machten sich seine Wahrheit zu Eigen.

Elsbeth von Nohlen würde immer ihre eigene Wahrheit haben. Von allen hier würde sie als Einzige uns wirklich gefährlich werden können, das sagten mir die Haare, die sich in meinem Nacken aufstellten, wenn ich in ihre Richtung sah. Ich hoffte, Helmut passte auf, wenn er mit ihr sprach. Ich fürchtete immer, er würde zu leichtfertig sein.

Eine der Tänzerinnen stolperte gegen das Grammophon, die Nadel ratschte über die Rillen, und eine Stille fiel über uns, die uns ernüchterte. Alle sahen wir beschämt aneinander vorbei, als sei es ein Fehler gewesen, so lange hier zu bleiben und auszublenden, in welcher Welt wir tatsächlich lebten. Jetzt hatten es alle eilig zu gehen, verabschiedeten sich schnell und waren verschwunden, nur von Nohlen und seine Frau waren noch hier.

Es tut mir sehr leid, sagte ich, dass wir Sie so überfallen haben und mitten in das Fest …

Genug geredet, unterbrach er mich. Sie werden Ihre Gründe haben. Die muss ich nicht wissen, und wenn doch, dann werde ich Sie danach fragen. Es ist nicht das erste Mal, dass das passiert, auch wenn ich nicht behaupten kann, dass ich diese Art von Überraschungen sehr schätze. Eine Nacht können Sie hier bleiben. Morgen bringe ich Sie in die Schweiz und habe Sie nie gesehen und nie von Ihnen gehört. Verstanden?

Helmut und ich sahen uns nicht an und nickten schweigend wie ertappte Sünder, während von Nohlen eigenhändig eine Matratze in das Billardzimmer schleppte.

Sie rühren die Kugeln nicht an, sagte von Nohlen. Nicht den Tisch und nicht die Queues. Eine Nacht. Das ist alles. Und jetzt schlafen Sie. Morgen wird ein langer Tag.

Ich konnte lange nicht einschlafen, weil ich irgendetwas rascheln hörte. Dann knackte es, eine Tür quietschte. Ich erwartete, dass von Nohlen mich zu sich rufen würde, doch er kam nicht. Trotzdem: Ich wollte nicht unvorbereitet sein, wenn es so weit sein würde.

Am Morgen wachten Helmut und ich gleichzeitig von einem Geruch auf, den wir schon fast vergessen hatten: echter Bohnenkaffee. Ich wäre gerne gleich zum Frühstückstisch, aber ich wagte nicht, das Zimmer zu verlassen. Vielleicht war es besser zu warten, bis wir gerufen wurden. Zum Glück dauerte es nicht lange, dann klopfte Elsbeth kurz und wütend an die Tür und befahl uns in die Küche. Auf einem schmalen Tisch standen Brot, Himbeermarmelade, Butter und ein Kännchen mit Kaffee. Von Nohlen kannte offensichtlich die richtigen Leute. Das machte uns Hoffnung.

Nach dem Frühstück fotografierte er uns. Mich faszinierte die große Ernsthaftigkeit, mit der er das tat. Ich hatte bislang nur beim Fotografen eine ähnliche Kamera gesehen, ein quadratischer Kasten, an dem man vorn das Objektiv ausziehen konnte, eine Art Ziehharmonika, die er bediente, als sei es die wichtigste Aufgabe der Welt. Anschließend entwickelte er die Fotos im Bad. Helmut sollte ihm dabei zusehen, bestimmte er. Ich saß so lange auf der Matratze im Billardzimmer und fragte mich, ob von Nohlen mich überhaupt schon wirklich wahrgenommen hatte. Danach verabschiedeten wir uns von seiner Frau und luden die Lederkoffer in ein Auto. Hinter dem Fenster neben der Tür im Erdgeschoss bewegte sich der Vorhang, und ich erkannte das Gesicht der Schwester von Nohlens, die uns hinterhergaffte. Er fuhr mit uns in die Stadt, ohne zu sagen, wohin, aber ich erkannte das Hauptkommissariat. Die Hakenkreuzfahnen über dem Eingang streiften fast über unsere Gesichter, als wir die Sandsteintreppe hinaufstiegen. Von Nohlen verschwand hinter einer der Türen. Helmut und ich warteten auf einer schweren Holzbank im zweiten Stock. Er hielt die Augen geschlossen, und ich hörte ihn leise summen. Er suchte wieder Zuflucht in der Musik, das kannte ich von ihm, das hatte er früher auch schon gemacht, und ich beneidete ihn um diese Möglichkeit.

Uniformierte hetzten den Gang entlang, ohne uns zu beachten. Dann lärmte es im Treppenhaus, Männer brüllten, eine Frau kreischte, die Polizisten zerrten zwei Zeugen Jehovas die Treppe hinauf und stießen sie den Gang entlang. Die Frau hob den Kopf und starrte mich an. Sie war so voller Angst, dass sie mich nicht erkannte. Ich krallte mich an Helmut fest, der kurz das Gesicht verzog, als fühle er sich gestört.

Von Nohlen kam lange nicht, und als er kam, war alle Farbe aus seinem Gesicht gewichen, nur eine dünne Narbe auf der Wange leuchtete rot, als würde sie gleich aufplatzen. Er presste seine Lippen aufeinander, die jetzt nichts Weibliches mehr hatten, und sagte kein Wort, als er an uns vorbeiging. Ich glaubte nicht, dass er uns hier sitzen lassen wollte, und zog Helmut hoch, und wir gingen von Nohlen nach, nicht zu schnell natürlich, bloß nicht auffallen hier in der Höhle des Löwen. Von Nohlen wartete vor seinem Wagen auf uns und öffnete schweigend die Tür. Kaum war Helmut eingestiegen, schlug von Nohlen die Tür so fest zu, dass die Scheibe fast splitterte, und fuhr mit uns in ein kleines Städtchen einige Kilometer außerhalb. Diesmal warteten wir im Auto.

Später eine weitere Station.

Eine vierte.

Mit jedem Versuch wurde von Nohlen verbissener, wütender, bleicher.

Am späten Nachmittag kam er schließlich aus dem Rathaus von Singen.

Ich war hier gerade beim Bürgermeister, sagte er, einem Freund, doch selbst er hat keine Papiere mehr. Keiner hat mehr welche. Sie kommen hier nicht raus.

V

Es war schon spät, als Gero bei seinem Bruder klingelte. Dietmar schlief schon, aber Clara war noch wach und schob ihm eine Portion Nudeln in die Mikrowelle. Sie fragte nicht, warum er kam, sondern machte ihm das Bett im Gästezimmer. Als er ihre Schritte nicht mehr hörte, stand er auf und schlich ins Zimmer von Paul. Sein Neffe schlief auf dem Bauch, und ein Bein hing aus dem Bett. Gero schob es vorsichtig zurück und deckte ihn wieder zu. Paul grunzte zufrieden, und Gero legte sich auf die Schlafcouch.

Er wachte auf, als Paul ihm das rechte Augenlid nach oben zog.

Aufstehen, sagte er, und Gero war zu müde, um ihn rauszuwerfen. Er krallte das Kissen um seinen Kopf, doch Paul zog ihm die Decke weg und setzte sich auf ihn.

Spielen, verlangte er.

Gero schob ihn runter und stand auf. Aus dem Esszimmer roch es nach Kaffee. Wenn er je heiraten sollte, wäre es eine Frau wie Clara.

Sie saß mit Dietmar am Tisch, und als er reinkam, verstummten beide. Sie hatten über ihn geredet, vielleicht sogar gestritten. Dietmar hatte diese roten Flecken auf der Wange, die er bekam, wenn er wütend war; Paul hatte sich in sein Kinderzimmer verzogen.

Schön, dass du da bist, sagte Dietmar, aber er meinte es nicht so. Sagst du mir auch, warum du da bist? Ist dir dein Haus nicht groß genug? Oder hast du Angst, weil du dort allein bist, seitdem du allen Mietern gekündigt hast?

Lass ihn doch erst mal Kaffee trinken, sagte Clara.

Gero tauchte das Croissant in die Tasse.

Was soll das? Warum kommst du mitten in der Nacht und suchst Asyl, fragte Dietmar, während er das weiche Innere aus einer Scheibe Weißbrot pulte und es zu einer Kugel rollte, die er dann unter den Teller schob. Das wollten sie ihm im Internat schon immer abgewöhnen, aber sie hatten es nicht geschafft. Dass er immer noch Brotkugeln drehte, versöhnte Gero mit ihm und allem, was er sagte.

Mein Haus. Weißt du, warum es mein Haus ist, fragte Gero.

Hast du wieder Gedächtnislücken, fragte Dietmar. Einen Rückfall? Es ist dein Haus, weil du es geerbt hast.

Ich meine etwas anderes, sagte Gero. Wie kam das Haus in unsere Familie?

Häuser kommen nicht, sagte Dietmar. Es sind nämlich Immobilien, das heißt, sie bewegen sich nicht. Sie bleiben da stehen, wo sie sind. Aber man kann sie kaufen, und zwar mit Geld. Du weißt doch, was Geld ist? Diese kleinen bunten Scheinchen? Früher hattest du auch mal welche.

Ich ertrage keinen Sarkasmus am frühen Morgen, sagte Gero. Eigentlich ertrage ich überhaupt keinen Sarkasmus. Höchstens mal eine kleine Portion sanfte Ironie.

Clara nickte sacht. Das sah Dietmar und deshalb musste er nachlegen:

Es ist nicht früh, das würdest du wissen, wenn du richtig arbeiten würdest. Es ist halb neun, bellte er über den Tisch.

Danke für die Zeitansage, aber darum geht es mir nicht, sagte Gero, sondern um das Haus. Großvater hatte das Haus verwaltet, für die jüdischen Besitzer.

Ja, sagte sein Bruder, das wissen wir doch.

Nur verwaltet, sagte Gero. Und später gehört es ihm. Das ist doch seltsam.

Na und, fragte Dietmar. Dann hat er es eben erst verwaltet und später gekauft. Das kann schon passieren.

Wem gehört das Haus in der Marktstätte 24, fragte Gero. Das Haus mit der Bank?

Der Firma, sagte Dietmar grinsend, also eigentlich mir.

Großvater hat es auch verwaltet, sagte Gero. Für die jüdischen Eigentümer. Wie ist das mit der Bahnhofsstraße 12?

Worum geht es hier eigentlich, fragte Dietmar.

Ich will nur wissen, wie das mit den Häusern ist.

Gehört das zu dem Auftrag von Maelzer?

Es gehört zu dem Auftrag, wenn ich es will.

Gero schielte zu Clara und hoffte, sie würde ihm helfen, aber sie schwieg.

Lieber Gero, sagte Dietmar sehr leise. Du hast einen kleinen, hübschen Auftrag bekommen, der sehr gut bezahlt wird. Du hast ihn nicht bekommen, weil du dafür bekannt bist, so überaus wertvolle und präzise Arbeit zu leisten, also solltest du das machen, was du sonst immer machst: lange schlafen, viel in der Gegend herumspazieren und dann ein paar nette Zeilen aufs Blatt schmieren, die keinem wehtun. Verstanden?

Er stand auf und verschwand im Flur.

Clara sah Gero an und sagte nichts. Sie war noch nicht geschminkt und hatte kleine Fältchen am Mund, die er nicht kannte. Gero hatte Lust, sie zu küssen.

In der Redaktion schob Quante ihm den Lokalteil von heute rüber und tippte auf den Aufmacher *Gegenwind für High-Tech-Pläne*. Quante hatte einen Dreispalter geschrieben, in dem sie die Rede Dietmar von Nohlens und das Publikum im Konzil derart beschrieben hatte, dass es den vernichtenden Kommentar auf der gleichen Seite gar nicht mehr gebraucht hätte.

Unter dem Bericht stand in einem Kasten Geros Umfrage. Gero von Nohlen gegen Dietmar von Nohlen. 1:0. Kein Wunder, dass Dietmar heute Morgen schlecht gelaunt war.

Gero hörte weg, als der Rest des Tages verplant wurde. Er wollte nur in Ruhe telefonieren, um die Sache mit den Häusern zu klären, aber Quante rief ihn noch mal in ihr Büro, um ihn zu einer Kirche in Wollmatingen zu schicken, in der der Wurm war, genau gesagt der Holzwurm, der sich durch den Hochaltar und die spätgotische Pietà genagt hatte. Gero sollte über die Wurmkur berichten, also fuhr er zur Kirche. Die Scheinwerfer bissen kleine Stücke Welt aus dem Nebel und spuckten sie aus. Zwischen November und März liegt die Selbstmordrate von Konstanz über der von jeder anderen deutschen Stadt. Gero erhängte sich nur nicht, um seinem Bruder keinen Gefallen zu tun.

Der Pfarrer war stolz auf die Kirche und die barocke Ausstattung, aber noch stolzer war er auf die Methode der Wurmbekämpfung. Die Restauratoren spritzten mit einer Kanüle Gift in jedes Wurmloch und erledigten die Schädlinge einzeln.

Wunderbar, sagte der Pfarrer. Das ist die beste Methode, kein Gas, keine Hitze, schonend für Holz und Gläubige.

Gibt es noch Gläubige, fragte Gero.

Weniger als Holzwürmer, sagte der Pfarrer.

Anschließend machte der Fotograf ein Bild vom Pfarrer, der ein Auge zukniff und die Spritze selbst ansetzte, denn in die Zeitung wollen sie alle, am besten mit Bild.

Wenn es nach Gero ginge, dann könnten alle Kirchen der Welt von allen Würmern gefressen werden. Er wollte wissen, was mit den Wohnungen seines Großvaters los war, und fragte Rotmöller, wie er rausbekommen könnte, wo die Konstanzer Juden gewohnt hatten.

Versuchen Sie es beim Grundbuchamt, meinte der. Oder beim Presseamt der Stadt. Wenn die auch nichts wissen, dann bleibt immer noch das Stadtarchiv. Dort liegen die alten Adressbücher.

Gero wählte die Nummer des Grundbuchamtes, aber die Frau, die sich am Telefon meldete, wollte ihm nichts über die Häuser und ihre Geschichte erzählen.

Datenschutz, sagte sie immer wieder. Geht nicht, Datenschutz. Darf ich nicht sagen, Datenschutz. Das muss ich nicht wissen. Datenschutz. Fragen Sie nicht mich, Datenschutz.

Sie betete das herunter wie einen Rosenkranz, und Gero legte auf, denn er nahm ungern an religiösen Ritualen teil. Anschließend wählte er die Nummer von Breuger, dem Pressesprecher der Stadt. Sein Anrufbeantworter vertröstete ihn und stellte einen Rückruf in Aussicht. Mehr Glück hatte er beim Stadtarchiv. Er schilderte sein Problem, und die Sekretärin lud ihn ein, direkt vorbeizuschauen. Gero kannte den Leiter Günther Kroll. Sie spielten Backgammon zusammen. Zeyra hatte ihm das Spiel beigebracht, und Kroll hatte er kennen gelernt, als der allein in einer Kneipe saß und gegen sich selbst spielte. Gero hatte sich an die andere Seite des Tisches gesetzt, und sie hatten die Partie zu zweit zu Ende gespielt. Seitdem trafen sie sich ein- oder zweimal im Monat. Kroll war nicht da, aber dafür eine Praktikantin. Sie saß hinter der Barriere, die die Besucher von den Archivaren trennte, eingeklemmt zwischen einem Lesegerät für Mikrofilme und einem Stapel zerfledderter brauner Akten.

Ich habe etwas für sie vorbereitet, sagte sie. Sie haben Glück, es gab vor einigen Jahren eine Promotion über das jüdische Leben hier während des Dritten Reiches. Und im Rahmen der Arbeit hat jemand nicht nur die Namen aller Konstanzer recherchiert, die nach Gurs deportiert wurden, sondern auch ihre Adressangaben.

Gurs in den Pyrenäen, fragte er.

Sie nickte.

Schöne Gegend, sagte er. Ich war dort einmal als Kind im Urlaub, mit der ganzen Familie. Klare Quellen, stille Wälder, ruhige Täler und ein frischer Wind, der nachts von den Bergen weht.

In einem Konzentrationslager hat man wenig Sinn für landschaftliche Schönheiten, sagte sie und sah ihn streng an. Außerdem wurden viele der Häftlinge später nach Auschwitz, Majdanek und Sobibór deportiert.

Gero blätterte sehr konzentriert in der Liste, damit sie nicht merkte, dass es ihm peinlich war.

Hinter den Namen der Deportierten standen die Adressangaben. Er ging die Liste durch. Von 110 Juden, die aus Konstanz deportiert wurden, lebten 58 in

Häusern, die sein Großvater verwaltet hatte. Sie trugen die Namen einer untergegangenen Zeit, genauer gesagt, einer totgeschlagenen: Goldlust, Schmulewitz, Godlevsky, Guggenheim, Levy, Salomon, Ohlenschläger, Ferszt, Moses, Liebermann. Manche waren allein, manche Familien waren darunter. Man hatte sie am 22. Oktober 1940 aus ihren Häusern getrieben, alles Mieter, deren Namen sein Großvater den Nazis nicht melden wollte. Das ehrte ihn. Vermutlich lag zu der Jahreszeit der Nebel schwer über der Stadt, und die übrigen Bewohner des Hauses waren so gelähmt von dem Wetter, dass sie ignorierten, was in der Wohnung nebenan passierte.

Zwei Deportierte hatten in Geros Haus gelebt. Laura Ferber und Albert Rosenfeld. Ein Mann, eine Frau. Er überlegte sich, wie sie an diesem Tag ausgesehen haben konnten. Er schaffte es, sich ihre Schuhe vorzustellen, schwer und klobig, mit abgelaufenen Absätzen. Ihre Mäntel waren feucht und hingen von den schmalen Schultern, und in der Hand trugen sie beide einen kleinen schwarzen Koffer, in den sie das gesteckt hatten, was sie in der Eile hatten greifen können: ein paar Fotos, Ausweispapiere, Geld, Schmuck, Wäsche zum Wechseln, ein Stück Brot. Er konnte sich alles vorstellen, nur ihre Gesichter blieben im Schatten.

Während er noch überlegte, fuhr Günther Kroll ein, raste mit seinem Rollstuhl über die Schwelle, machte eine scharfe Drehung nach links und bremste knapp vor seinem Stuhl.

Die Macht der Presse, begrüßte Kroll ihn. Welch hoher Besuch.

Nichts Presse, ich bin inkognito hier, sagte Gero und hielt ihm die Liste mit den Namen und Adressen hin.

Sag was zu den Häusern, bat er ihn. Ich hab da so ein Gefühl. Als ob Großvater sich die unter den Nagel gerissen hat.

Geschichte ist eine präzise Wissenschaft, sagte Kroll. Das hat nichts mit Gefühlen zu tun. Du musst analytisch vorgehen. Erstens: Dein Großvater hat Häuser verwaltet. Zweitens: Die Hausbesitzer sind vermutlich schon vor 1940 geflüchtet, denn wer Geld und Einfluss hatte, blieb nicht hier. Drittens: Wenn dein Großvater die Häuser von den Besitzern gekauft hat, dann ist daran formaljuristisch nichts auszusetzen, sonst wäre das gerichtlich geklärt worden. Die Restitutionsverfahren sind alle längst gelaufen. Also freu dich, dass dir das Haus gehört. Wenn jeder Depressionen bekommt, nur weil sein Haus oder seine Firma einmal in jüdischem Besitz war, dann gute Nacht.

Warum sind die Juden 1940 nicht einfach über die Grenze in die Schweiz, fragte Gero. Als sie mitkriegten, was passierte. Zum Beispiel Laura Ferber und Albert Rosenfeld, die wohnten in meinem Haus. Warum nicht einfach hopp über die Grenze, die liegt doch nah genug und war damals noch halbwegs offen.

Kroll schüttelte mitleidig den Kopf. Du weißt gar nichts, oder?

Gero nickte.

Und du bist sicher, dass du das ändern willst?

Er sah ihn zweifelnd an, und die Praktikantin hob den Kopf und schaute zu ihnen her.

Gero nickte wieder.

Die Schweiz, sagte Kroll, ist ein schönes Land. Die Gasthäuser heißen *Frohsinn*, und auf den Bergen hütet Heidi die Kühe. Loben muss man außerdem die Schokolade und den Franken. Frohsinn, Heidi, Franken und

Schokolade gab es auch schon vor 60 Jahren. Es gab nur ein Problem: Man kam nicht rein in die Schweiz, jedenfalls nicht die Juden. Sie wurden abgelehnt wegen Überfremdung. Die Grenze war für Juden nie offen gewesen. Jedenfalls 1940 nicht mehr.

Und wie wollten die Schweizer wissen, wer Jude ist, fragte Gero.

Gute Frage, sagte Kroll. Schwer zu kontrollieren. Die Grenzer mussten sich zuerst darauf verlassen, dass die Juden schon irgendwie so heißen würden, wie Juden eben heißen: Wertheim, Landauer, Rothschild und Grünspan. Oder wenigstens aussehen wie die Bilder im *Stürmer*, den man auf beiden Seiten der Grenze gerne las. Unbefriedigend für die Schweizer, denn die regeln ihre Sachen lieber ordentlich.

Das heißt, fragte Gero.

Das heißt, sie baten die Nazis, in alle jüdischen Pässe ein *J* auf die erste Seite zu stempeln, ein schönes, großes rotes *J*. Das würde die Selektion an der Grenze erleichtern. Aber die Nazis wollten nicht. Deutsche Juden waren immerhin deutsche Juden, die sollten nicht schlechter behandelt werden als andere Juden. Außerdem war den Deutschen die Flucht der Juden ganz recht. Man hatte ihnen ja gerade erst ihr Vermögen abgeknöpft, jetzt wollte man sie vertreiben. Noch 1938 beschwerte sich der Schweizer Bundespräsident über die Förderung der illegalen Grenzübertritte durch deutsche Behörden, sogar der Gestapo. Eigentlich seltsam: ausgerechnet die Gestapo als Fluchthelfer für Juden, na ja, jedenfalls sagten die Schweizer, dass dann eben alle Deutschen ein Einreisevisum beantragen müssten. Jude oder Nichtjude. Also kam das rote *J* doch in die Pässe. Natürlich versuchten viele, über die grüne

Grenze zu flüchten, vor allem den Saubach, bis das schließlich unterbunden wurde.

Weißt du was, sagte Gero. Ich glaube, ich will doch nicht alles wissen. Nicht jetzt, vielleicht ein andermal.

Die Wahrheit wird euch frei machen, sagte Kroll. Hast du das schon mal gehört?

Ich muss gehen, sagte Gero. Mir ist schlecht.

Gero, wir könnten mal wieder ein Spielchen machen, rief Kroll ihm hinterher. Vielleicht morgen?

Gero achtete weder auf das, was er sagte, noch auf die Praktikantin, sondern stürmte die Treppe hinunter und fing an, nach Hause zu rennen. Schon auf der Rheinbrücke bekam er Seitenstechen, musste sich an einer Laterne festhalten und hustete, bis er dachte, er sterbe hier, doch es ging vorbei wie alles andere auch, und er kam irgendwie heim.

Die Haustür fiel hinter ihm ins Schloss, und er horchte ins Treppenhaus. Es war noch leerer als sonst. Von weit unten wummerte der Ölbrenner. Es stank schon seit Wochen nach Heizöl, dagegen müsste mal etwas unternommen werden, doch leider hatte er keinen Vermieter, der sich darum kümmerte.

Er hätte gerne gewusst, in welcher Wohnung die beiden Juden gewohnt hatten, Laura und Albert, die er inzwischen schon duzte wie alte Bekannte, ein bisschen zu früh vielleicht, aber sie hatten etwas gemeinsam, und wenn es nur die Adresse war. Die Treppenstufen waren ausgetreten und knarrten. Es waren die gleichen Treppen, über die sie die ersten Schritte auf dem Weg gemacht hatten, der in Auschwitz endete. Wenn er dort endete. Möglicherweise waren sie entkommen. Die anderen Mieter waren damals entsetzt an die Fenster gesprungen, als die braunen Kastenwagen mit den Hakenkreuzen mit laufendem Motor vor dem Haus gehalten hatten, und überlegten, was los sein könnte: eventuell die ehemalige Mitgliedschaft des Vaters bei den Kommunisten, aber das war ja eigentlich zu lange her. Unter Umständen das mit den englischen Zeitungen, aber das konnte keiner wissen. Oder war Onkel Erwin wieder besoffen gewesen und hatte in der Kneipe über Hitler geflucht?

Ohren saugten sich an Türen fest, Augen glotzten durch die Türspione, und nach einer Weile ging ein Seufzer der Erleichterung durchs Haus: *Glück gehabt, sie holen nur die Juden.*

Aber damit hatte Gero nichts zu tun. Wenn Kroll Recht hatte, lastete keine moralische Hypothek auf dem Haus. Alles anständig erworben. Ego te absolvo, hatte Kroll gesagt und mit der rechten Hand ein Kreuz auf seiner Brust geschlagen. Inzwischen erlassen einem die Historiker die Sünden, nicht mehr die Kleriker.

Die Treppe war steiler als sonst, und Gero keuchte, als er oben angekommen war. Er schloss zweimal hinter sich ab, zog den Telefonstecker aus der Buchse und legte sich angezogen auf die Matratze. Wenn man ganz ruhig ist, dann hört man, wie die Wände einem etwas erzählen wollen, aber sie sprechen eine fremde Sprache, und keiner kann sie wirklich verstehen.

Am nächsten Morgen war der Nebel weg, und alle taten, als sei er nie da gewesen. Die Frauen trugen kurze Röcke, die Männer Leinensakkos, und in alle Gesichter war ein roter Clownsmund gemalt. Sie logen, sie wussten genau, dass ihnen nur eine kurze Frist gegeben war, bevor wieder die graue Kälte aus dem See kriechen würde. Sie bringen sich um, wenn der Nebel fällt, und kaum scheint die Sonne, denken sie an die Gründung einer Familie. Gero ging die Zollernstraße vor an den See. Der Säntis war ganz nah, und das Leuchten des Schnees unterhalb des Gipfels brannte im Auge. Der Biergarten am Yachthafen war noch geschlossen, doch in dem Café daneben saßen sie schon draußen und froren. Der Grenzposten am See war nicht besetzt, und der Schlagbaum müsste mal wieder gestrichen werden. Die Farbe blätterte ab, als er darüberstrich, und ein Metallsplitter bohrte sich in seinen Handteller. Er fühlte sich scharf und gut an. Er stützte sich mit beiden Händen auf die Schranke, sprang hinüber und setzte sich auf den Bürgersteig in den Schatten des Zollhäuschens, direkt vor den Grenzpfosten, das rechte Bein in Deutschland, das linke in der Schweiz. Leider gab es hier kein Niemandsland; beide Länder rieben sich aneinander, ohne dass eine Handbreit dazwischengepasst hätte.

Visumspflichtige Ausländer: Grenzübertritt verboten, warnte eine Tafel in sieben Sprachen.

Das war nichts Neues.

Gero schloss die Augen halb und blinzelte in die Schweiz. Ein schönes Land, hatte Kroll gesagt. Franken und Schokolade und die Forderung, jüdische Pässe zu markieren.

Das heißt: auch den von Eva Spiegler. So hieß die Frau, die Großvater zusammen mit ihrem Mann in seiner Wohnung versteckt hatte. Das wusste Gero, seit er dieses Referat für die Schule halten musste, aber er wusste nicht, wie Eva Spiegler an seinen Großvater geraten war, und überlegte sich, wie das damals gewesen sein könnte. Angeblich war der Name seines Großvaters bekannt und wurde in Flüchtlingskreisen weitergegeben, heimlich, natürlich nur mündlich, und sie hatte ihn angerufen. Keiner weiß, warum Großvater gerade die beiden aufgenommen hatte unter Hunderten von Flüchtlingen in Konstanz. Möglicherweise waren es die blonden Haare der Frau gewesen, eine ganz spontane Entscheidung, innerhalb von einer halben Sekunde, ohne zu überlegen oder an die Folgen zu denken, doch Großvater war keiner, der Entscheidungen zurücknahm oder neu überdachte. Sein Wort galt. Gero stellte sich vor, wie Großvater die zwei in die Wohnung in der Friedrichstraße brachte, seiner Frau vorstellte und sagte, das sind Eva und Helmut Spiegler, sie sind Flüchtlinge und wohnen ab jetzt bei uns.

Seine Großmutter wird nicht widersprochen haben, sondern das getan haben, was er von ihr verlangte. Niemand weiß, ob es geplant war, dass die Flüchtlinge bis zum Kriegsende dort wohnen bleiben sollten. Den Nachbarn hatte man gesagt, das Ehepaar sei die Cousine seines Großvaters mit ihrem Mann, und irgendwie hatte Großvater entsprechende Ausweise beschafft. Angeblich arbeitete er mit einem Kriminalhauptkommissar zusammen, Alfons Lanz, der Zugang zu echten Papieren hatte. Auf die Weise hatte Großvater auch eine jüdische Sängerin aus Wien gerettet, die mit falschen Dokumenten in Konstanz lebte. Sie arbeitete als Souffleuse am Stadttheater und half den Schauspielern weiter, wenn sie mehr oder weniger absichtlich den Text der seichten Stücke vergessen hatten, zu denen sie damals verpflichtet wurden. Sie war nach dem Krieg nach Tel Aviv gezogen und hatte sie Mitte der Siebzigerjahre einmal besucht, kurz bevor Großvater starb. Gero erinnere sich an eine alte Dame in schwarzem Kimono, die an dem Flügel in Großvaters Wohnung lehnte und mit geschlossenen Augen den Schlussmonolog aus Schillers

Räubern flüsterte, so eindringlich, dass das ganze Zimmer vibrierte.

Gero stand auf, weil er heimwollte. Als er aus dem Schatten trat, schlug ihm die Sonne ins Gesicht, und er wünschte sich den Nebel zurück, seine Sanftheit, sein weiches, diffuses Licht, das nicht die ganze Welt enthüllt, sondern nur kleine Ausschnitte daraus. Wenn es neblig ist, sieht man nie mehr, als man erträgt. Jetzt war alles grell und laut, und seine Augen fühlten sich an wie frisch tätowiert. Er taumelte am Yachthafen entlang, und die Skipper, die in ihren blendend weißen Anzügen über die Mole kamen, wichen ihm in großem Bogen aus, als wäre er ansteckend. Der See lag glatt wie ein Spiegel, und er hatte Lust, die Faust hineinzuschlagen und sich mit den Scherben die Haut aufzuschlitzen. Gero versuchte, im Schatten zu gehen und drückte sich eng an die Häuserwände wie die Einwohner von Sarajewo damals, als die Scharfschützen von den Hügeln der Stadt auf alles schossen, was sich unten bewegte.

Gero hatte Maelzer vorher nicht gesehen, er musste sich von hinten angeschlichen haben, fasste ihn am Oberarm und begrüßte ihn mit seinem obligatorischen *Mein lieber Herr von Nohlen.*

Er sagte das mit einer Mischung aus Missgunst und Ehrfurcht. Er ärgerte sich darüber, dass jemand wie Gero ein *von* im Namen trug und er selbst, bei allem was er arbeitete und verdiente, doch immer seinen bürgerlichen Namen behalten würde, der durch den Doktortitel nur ein wenig aufgewertet wurde.

Tag Maelzer, sagte Gero. Der Griff um seinen Arm wurde nur für den Bruchteil eines Augenblicks fester, dann entspannte er wieder. Der Banker hatte sich unter Kontrolle, das gehörte zu seinem Beruf.

Schön, dass wir uns hier über den Weg laufen. Gehen wir doch in mein Büro und sprechen dort in Ruhe miteinander, sagte Maelzer.

Gero wollte nicht in die Bank, aber Maelzer schob ihn über den Platz, als führe er einen Häftling ab, und er ließ sich schieben.

Der Renaissance-Engel im Vorzimmer der Bank sah ihn erstaunt aus großen Augen an, und Gero wollte ihm etwas zuflüstern, doch das ging nicht, denn Maelzer hatte ihn noch immer nicht losgelassen, sondern dirigierte ihn in einen Raum für Kundengespräche. Die Sessel waren so weich, dass man völlig wehrlos darin versank.

Etwas zu trinken, fragte Maelzer.

Gero schüttelte den Kopf.

Wir haben Ihnen das Geld für den ersten Monat Ihrer Arbeit bereits überwiesen, auf Ihr Konto bei der Volksbank, sagte Maelzer mit einer Stimme, die hier ganz anders klang. Entweder der Raum dämpfte sie, oder es war seine Spezialstimme für Aussprachen mit besonders schwierigen Kunden. Es war schön, seiner Stimme zuzuhören, sie war weich und voll, aber man durfte ihn nicht dabei ansehen, denn als er das mit der Überweisung sagte, verzog er das Gesicht, als sei es eine persönliche Beleidigung, dass Geld ihrer Privatbank bei einer Genossenschaft landete.

Macht Ihre Arbeit Fortschritte, fragte Maelzer.

Gero erzählte ihm kurz, was er über die Wohnungen erfahren hatte und dass er ein ungutes Gefühl dabei hatte.

Während er redete, hielt er die Augen geschlossen. Es war warm in dem Zimmer. Das konnte nicht die

Sonne sein, denn das Licht von draußen wurde durch die braunen Scheiben gefiltert.

Sie konzentrieren sich zu sehr auf die negativen Aspekte, sagte Maelzer sanft. Das ist nicht gut, nicht für Ihre Arbeit und nicht für Sie selbst. Vergessen Sie nicht, was Ihr Großvater geleistet hat. Er hat Menschenleben gerettet, und er hat ein solides Unternehmen aufgebaut, von dem auch Sie noch heute profitieren. Sie setzen die falschen Schwerpunkte. Er hat die Häuser verwaltet und sich dabei in Gefahr begeben. Wenn er später einige der Häuser gekauft hat, ist das nur eine Art von Kompensation für seinen persönlichen Einsatz. Aber ich werde Ihnen helfen, damit Sie diese Aufgabe nicht unglücklich macht, und spreche mit Herrn Giebendorff senior, damit er sich mit Ihnen in Verbindung setzt. Er wird Ihnen sicher manches über Ihren Großvater erzählen können, was Sie noch nicht wissen …

Im Nebenzimmer klingelte ein Telefon; Maelzer entschuldigte sich kurz und verschwand.

Gero nutzte die Chance, stand auf und ging, ohne dass er ihn oder sonst jemanden sah, obwohl er sich sicher war, dass es Kameras gab, die ihn die ganze Zeit über beobachteten, und daher nickte er dem Verkündigungsengel nur kurz zu. Der starrte Maria gierig in den Ausschnitt. Vielleicht war er kein Verkündigungsengel, vielleicht war er es, der sie geschwängert hatte. So wie er dastand, würde Gero ihm alles zutrauen.

Draußen waren Wolken aufgezogen. Es war windig, die Sturmwarnung würde sicher schon blinken, und bald würde es regnen. Er ließ sich nach Hause wehen und kam an, als die ersten Tropfen fielen. Es war ein schönes Gefühl, unter den schrägen Wänden dem Regen zuzuhören, der weich auf die Dachziegel fiel. Er lag auf der Matratze und versuchte an nichts zu denken. Früher war sein Kopf leer gewesen und das war gut so. Jetzt liefen Filme durch seinen Schädel, Schwarz-Weiß-Filme mit wackligen Bildern wie aus alten Wochenschauen. Lehrfilme. Aufklärungsfilme. Abschreckungsfilme. Ich-muss-jetzt-gleich-kotzen-Filme. Es gab keine Stopptaste, sie liefen weiter, vor und zurück, manchmal nur einer, manchmal zwei oder drei gleichzeitig, nebeneinanderher oder übereinander gelegt. Schließlich tauchte immer die gleiche Frau in den Filmen auf. Sie trug einen braunen Lederkoffer, der gegen ihre Beine schlug und den sie nicht dem Mann geben wollte, der ein paar Schritte hinter ihr ging. Sie lief rechts aus dem Bild und tauchte links wieder auf. Die Kamera zoomte auf ihr Gesicht, und als es den ganzen Raum ausfüllte, trat sie aus ihren eigenen Pupillen wie aus einer Tür und lief über regennasses Pflaster davon, auf dem sie sich gleich darauf selbst begegnete, kurz zunickte und dann weiterging. Er wusste, dass er die Frau kannte. Als er darüber nachdachte, verblassten die Bilder, und in seinem Kopf wurde es ruhiger.

Das Foto, sagte er plötzlich und erschrak, denn schon seit längerem redete er nicht mehr mit sich selbst; es war ein schlechtes Zeichen, wenn das wieder anfing, doch darüber wollte er jetzt nicht nachdenken, sondern suchte in seiner Jackentasche und fand das Bild, auf dem Großvater eine Frau anstarrte. Die einzige Fotografie, auf der er wirklich lebendig aussah, nicht wie eine Statue aus einer alten Zeit. Gero lag auf dem Rücken und hielt den Abzug schräg ins Licht. Die Frau auf dem Bild hatte sehr langgezogene Augenbrauen, sodass er daran zweifelte, dass sie echt waren. Es war die Frau aus seinen Filmen. Sie beachtete Großvater nicht, ihre ganze Aufmerksamkeit richtete sie auf den Mann, mit dem sie das Lächeln teilte, obwohl er sie nicht ansah. Es war ein Lächeln, das Großvater ausschloss. Er würde das Bild mit zu seiner Großtante nehmen, denn die würde wissen, ob das Gesicht auf dem Bild Eva Spiegler gehörte und ob der Lächelnde ihr Mann war. Gero heftete das Foto an die Wand über sich. Der Regen rauschte, die Frau lächelte dem Mann zu, und er beobachtete die beiden und war eifersüchtig. Er hatte lange mit keiner Frau mehr gelächelt. Er erinnerte sich überhaupt nicht, jemals zu lächeln. Vielleicht war das zusammen mit Zeyra verschwunden. Er starrte die Frau an und war seinem Großvater so nah wie nie zuvor.

Als er am nächsten Mittag aufstand, stürmte es. Quante war auf dem Anrufbeantworter und wollte, dass er ein Interview mit seinem Bruder machte. Nohlen gegen Nohlen. Offener Zweikampf als Aufmacher im Lokalteil. Da würden die Leserbriefspalten überschäumen. Leserbriefe sind immer gut, sagte Quante. Je mehr, desto besser.

Sie klang vollkommen euphorisch angesichts dieser Idee und wurde mitten im Satz abgewürgt, weil das Band zu Ende war. Gero würde ihr den Gefallen tun müssen, falls sein Bruder einverstanden war. Er rief in dessen Büro an, wo die Sekretärin ihn abwimmelte und ihm nicht verriet, wo er ihn erreichen könnte, daher richtete er in der Redaktion aus, dass er an der Geschichte dranbleibe, aber dass das Ganze noch ein paar Tage dauern würde.

Anschließend fuhr er in die Friedrichstraße. Seine Großtante Elsbeth erkannte ihn gleich:

Gerrit, schön dass du kommst.

Er war erst vor kurzem da gewesen, sie wusste nicht mehr warum, aber er sieht anders aus, dachte sie: strenger, ernster und sehr bleich.

Gero, sagte er.

Sage ich doch. Welches Datum, fragte sie.

16. Februar.

1942, 16. Februar, da erwischten unsere U-Boote nur ein kleines Begleitschiff. Das Wetter war schuld, Wind und Regen, genau wie heute. Hast du schon rausgeschaut?

Ich komme von draußen, sagte er.

Natürlich kam er von draußen, das wusste sie, sie hatte nur einen Moment nicht daran gedacht. Ein Herr hätte geschwiegen, aber der Junge war ja kein Herr, die gab es kaum noch.

Dann frierst du, sagte sie. Ich mache dir einen Tee.

Gero folgte ihren tastenden Schritten in die Küche.

*

Auch daran merkte man, dass er kein Herr war, dachte Elsbeth. Die kamen nie in die Küche. Blieben in ihrer Welt. Warfen sich Zahlen an den Kopf und Begriffe. Viele Zahlen. Vor allem, wenn sie Pleite gingen. Dann jammerten sie. Sie hatte ihre Stimmen aus dem Billardzimmer gehört:

Lieber Herr von Nohlen, ich bitte Sie, 30 Prozent verlangt keine Bank, das können Sie nicht, das dürfen Sie nicht, nur zwei Monate bitte, die Liquidität, wirklich zwei Monate, höchstens drei.

Oder:

Das ist eine Unverschämtheit. 150 000 habe ich vor zwei Jahren gezahlt, und Sie bieten jetzt gerade mal die

Hälfte. Unredlich ist das. Das ist keine Art, wirklich Herr von Nohlen, schämen Sie sich. Nein, nicht die Hälfte. Sagen wir 110 000, das ist kein schlechter Preis Herr von Nohlen, das müssen Sie zugeben, das ist durchaus reell, also schlagen Sie ein. Nein, nicht 85 000, rede ich undeutlich? Sie können doch nicht von mir erwarten, dass ich betteln gehe. Sie wissen, wir müssen das Land verlassen, nicht unsere Schuld und wir brauchen das Geld. Der Neuanfang. Sie verstehen?

Die Kugeln klackten. Der Große sah sie nie an, wenn sie so mit ihm sprachen, sondern konzentrierte sich auf den nächsten Stoß. Männergeschäfte waren das. Nie hatte sie zu fragen gewagt, wie er sein Geld genau verdiente. Umso schlimmer, dass dieses Flittchen dann seine Buchhaltung machte und alle Geheimnisse erfuhr, während sie ihr noch das Essen bereiten musste. Sie hätte sich wehren müssen, doch gegen den Großen wehrte sich niemand. Sie nicht und erst recht nicht Dorothee, seine Frau, die alles ertrug mit dem stumpfen Blick einer Kuh. Der Große gestatte Widerstand nur, wenn er in seinem Interesse lag, wie damals, als er zu Hitlers Geburtstag nicht flaggte und es allen anderen im Haus verbot; auch als der Blockwart kam und ihnen zwei Stunden Zeit gab, Fahnen zu besorgen. Sie war es gewesen, die schließlich die Flaggen vor die Fenster gehängt hatte, und der Große hatte nichts gesagt, sondern war froh gewesen, dass er sich die Finger nicht schmutzig machen musste. Er war wieder sauber geblieben. Auch die Sammler für Winterhilfswerk und Volkswohlfahrt wollte er aus dem Haus werfen. Von wegen Hilfswerk, hatte er getobt. Ist alles für die Front. Ich stifte nichts für den Krieg. Doch er hatte es gerne geduldet, dass sie immer viel und gut gespendet hatte, denn gerade in ihrer Situation konnten sie sich nicht erlauben, aufzufallen.

*

Elsbeth setzte einen Kessel auf den Herd und zerbrach sechs Streichhölzer, bevor die Gasflamme blau fauchte. Sie hängte das Tee-Ei in die Meißner Kanne und goss das kochende Wasser hinein.

Immer hatte er sich lustig gemacht und sich über alles hinweggesetzt. Als sie die kleine rote Karte an den Senderwahlknopf des Radios geheftet hatte, schaltete er den Apparat ihr zum Trotz ein und stellte auf BBC, obwohl auf dem Karton deutlich zu lesen stand: *Volksgenossen! Ihr seid Deutsche! Es ist eure Pflicht, keine Auslandssender zu hören. Wer dagegen verstößt, wird erbarmungslos bestraft.* Aber er glaubte nicht daran, dass ihn je eine Strafe ereilen würde. Ihn nicht, nein, denn er war ja unverletzbar.

Auf das Silbertablett stellte sie ein Schälchen mit Kandiszucker und ein Kännchen mit Sahne und bat den Jungen, alles ins Wohnzimmer zu bringen.

Er nahm zwei Löffel Zucker in die Tasse. Das hatte sie erwartet. Außerdem redete er die ganze Zeit über U-Boote. Was interessierten den U-Boote? Sie hatte Großadmiral Dönitz noch selbst gesehen. Aber er?

Dann hielt er ihr einen Fetzen Papier vor die Nase. Ein Foto. Sie sah nicht mehr gut. Ihre Brille hatte sie schon lange nicht mehr gefunden.

Sie nahm das Bild widerwillig.

Sie wollte nichts erkennen und schüttelte den Kopf, ohne wirklich hinzusehen.

Keine Ahnung, sagte sie. Wer ist das?

Schau genau hin, sagte ihr Neffe.

Sie versuchte es noch mal und hielt es sich direkt vor die Nasenspitze: Sie sah die blonde Frau. Sehr schön. Lächelnd. Zähne zeigend. Ein unersättliches Haifischlächeln. Sie würde alle fressen, das wusste sie, das hatte sie von Anfang an gewusst, als diese Frau hier durch die Tür trat, in dieses Zimmer. Meine Cousine, hatte der Große gesagt. Meine Cousine aus Köln. Mit einer Lüge hatte alles begonnen. Wo alles mit einer Lüge beginnt, hat die Wahrheit nie einen Platz.

Nie gesehen die beiden, wirklich nicht Gerfried, sagte sie.

Du lügst, Tante Elsbeth, sagte Gero. In deinem Alter sollte einem die Welt eigentlich so egal sein, dass man nicht mehr zu lügen braucht. Oder man sollte so viel Erfahrung damit haben, dass es keiner merkt.

Sie lächelte.

Ganz der Alte, sagte sie.

Er sah sie an, als wüsste er, was sie damit meinte. Wenn es eine Möglichkeit gäbe, dem Jungen alles begreiflich zu machen, dann würde sie es vielleicht sogar tun.

Spielst du etwas für mich, fragte sie und zeigte auf den Flügel.

Er hatte lange nicht mehr gespielt. Damals mit Zeyra hatten sie sich manchmal ins Musikzimmer gesetzt, und er hatte ein wenig auf dem Klavier rumgeklimpert, und sie hatte angefangen zu singen. Nie hatte ihr Gesang zu dem Klavierspiel gepasst, und meistens gewann sie und er hörte auf.

Das hier war nicht irgendein Klavier. Es war der Steinway-Flügel, auf dem seine Großmutter manchmal gespielt hatte. In Großvaters Universum kam Musik allerdings nicht vor. Er ertrug es nicht einmal, dass Gero Klavier spielte; ein- oder zweimal hatte er sogar das Haus verlassen, als Gero hier auf dem Flügel gespielt hatte, der so ganz anders klang als das Klavier im Musikraum der Schule, kraftvoller und zarter zugleich. Gero schraubte sich den Hocker ein wenig nach unten und ließ seine Hände achtlos auf die Tasten fallen. Die Töne waren scharf und präzise mit leichtem metallischem Nachhall. Ihm fiel nichts ein, was er spielen könnte. Im Internat hatten sie einen Musiklehrer, der ihm Privatstunden gegeben hatte, weil er ihn für so begabt hielt, und der immer neben ihm auf dem Hocker saß und an den Hals schnaufte. Er war der einzige Lehrer, der wollte, dass die Schüler besser würden, als er selbst war. Alle anderen wollten höchstens, dass sie so gut wurden wie sie selbst. Er hatte immer nach billigem Tabak und Essig gerochen, und plötzlich vermisste Gero ihn, sein heftiges Atmen, seinen durchdringenden Geruch und die Art und Weise, wie er die Hände über seine gelegt hatte, um ihm den richtigen Anschlag zu zeigen.

Seine rechte Hand fing an, auf den Tasten zu spielen. Er erkannte die Melodie, es war der mittlere Satz aus der *Waldsteinsonate.* Auch die Linke erinnerte sich und fiel mit ein. Er schaute seinen Händen beim Spielen zu. Sie waren ganz fremd. Zielgerichtet und viel kräftiger als sonst, kräftiger als der ganze übrige Körper, der nutzlos an ihnen hing. Er schloss die Augen und summte leise mit, bis ihm einfiel, dass gleich ein Tonartenwechsel kam, und er versuchte, sich zu konzentrieren, um ihn nicht zu verpatzen, doch in dem Moment vergaßen seine Hände, was sie tun sollten, und hörten auf.

Gero war frustriert und blätterte in dem zerfledderten Notenheft, das auf der Ablage lag. Es war die Busoni-Ausgabe der Goldberg-Variationen, die heute niemand mehr benutzte, weil sie zu verschnörkelt ist. Er suchte sich eine der langsameren aus und spielte die ersten Takte.

Helmut Spiegler war Pianist, sagte seine Großtante, als er das erste Mal umblätterte.

Sie sagte es nicht zu ihm, sondern zu dem Samtdeckchen mit der Goldborte auf dem Glastisch.

Warum sagst du das, fragte er, ohne aufzuhören.

Pianist, sagte sie wieder. Keiner der ganz großen, aber einer der guten. Er hätte noch besser werden können, er war ja noch jung, ihm fehlte die Übung. So wie dir. Du hättest auch ein guter Pianist werden können. Du hattest leider nur keine Disziplin. Schon als kleines Kind nicht. Lauter gute Anlagen und nichts daraus gemacht. Reine Verschwendung.

Gero ließ den Deckel lauter herunterknallen als notwendig.

Helmut Spiegler hatte sich wenigstens bemüht, sagte sie. Er übte viel, sogar zu viel. Vielleicht hätte er einfach etwas weniger üben sollen. Zu wenig Disziplin ist schlecht. Zu viel aber auch. Das ist das Problem. Dass ihr nie das rechte Maß findet. Er hat es nicht gefunden. Und Eva …

Sie hörte mitten im Satz auf und schwieg wieder.

Mehr, sagte Gero. Was weißt du noch? Was war mit Eva? Warst du damals auch hier? Was waren die Juden für Menschen? Wie lebten sie zu viert in der Wohnung? War das nicht grauenvoll?

Er wusste nicht, ob das in ihrem Gesicht ein Lächeln war, zumindest verzog sich ihr Mund.

Ein Pianist, wie du, Gerard, sagte sie und summte dann ein Thema aus dem *Wohltemperierten Klavier.*

Bitte, sagte er.

Das Summen wurde lauter. Sie summte nicht für sich, sie summte gegen ihn, um ihn nicht zu hören, und er ging zu ihr und brüllte ihr ins Ohr: In welchem Zimmer lebten die Spieglers?

Billardzimmer, sang sie.

Eine schauderhafte Melodie, dachte Gero. Zuerst die große Terz und dann eine verminderte Quint. Früher glaubten sie, der Teufel sei in diesem Intervall.

Er ließ sie sitzen, ging in den Flur und probierte es mit der dritten Tür auf der rechten Seite. Er war richtig. Der Tisch hatte hier gestanden, seit er denken konnte. Als Kind hatte er versucht, sich an den Ledernetzen aufzurichten, die unter den Löchern gespannt waren. Irgendwann war er groß genug gewesen und konnte auf den Tisch schauen. Dietmar und er standen an den Querseiten und versuchten, sich mit den Händen gegenseitig die Bälle in die Löcher zu schieben. Dietmar war drei Jahre älter und gewann immer. Später lernte Gero Billard spielen. Jetzt verlor sein Bruder gegen ihn, denn Dietmar konnte die Kugel immer nur direkt ins Loch spielen und verstand nie, wie man die Bande benutzen musste oder den Effet setzte. Gero nahm einen der Queues aus der Wandhalterung, wo auch die Triangel und die Kugeln aufbewahrt wurden. Auf dem grünen Filz des Tisches lag der Billardhandschuh, mit dem Großvater immer gespielt hatte, und er räumte ihn zur Seite. Die Elfenbeinkugeln lagen warm in der Hand. Sie vergessen nie, dass sie aus Afrika kommen.

Er legte die weiße Kugel und die schwarze Acht auf den Tisch. Gero wollte sie über zwei Bande ins Loch spielen, nicht zu schwierig für den Anfang. Das Holz glitt durch seine Finger, die Spitze des Queues traf die

Weiße, die auf die Acht prallte, doch schon das Klacken klang falsch, es war kein sattes, eindeutiges Geräusch, sondern undefiniert und viel zu weich. Die weiße Kugel landete im gegenüberliegenden Loch. Die Schwarze war eine Handbreit zur Seite gerollt, und die Acht in dem kleinen Kreis starrte ihn an wie ein Auge.

Großvater hatte angeblich in seinen ersten Jahren als Makler immer in Cafés gesessen, Zigarre geraucht, Cognac getrunken und Billard gespielt. Männer, die es sich leisten konnten, tagsüber Billard zu spielen und zu trinken, waren Männer, die Geld hatten. Männer mit Geld waren Männer, die Häuser brauchten. Die verkaufte ihnen Großvater. Wenn die Männer ihr Vermögen versoffen hatten, mussten sie ihre Häuser verkaufen. Auch das übernahm Großvater. Mit Anfang dreißig war er einer der reichsten Männer der Stadt, und weil er so gut war, so herzensgut und so selbstlos, holte er sich zwei Flüchtlinge ins Haus, die er hier unterbrachte, vier Jahre lang.

Das Fenster lag gegen Norden, und das Zimmer war dunkel. Es lag kein Haus auf der anderen Seite, sondern der große Garten. Wenn sein Großvater jemanden in seinem Arbeitszimmer empfing, mussten die Flüchtlinge sich vermutlich verstecken. Sie hatten zwar eine Identität, aber die war falsch, und je weniger davon wussten, desto besser. Hier in dem Zimmer war nichts von ihnen geblieben, kein Hauch, keine Spur, alles verweht und vergessen.

Gero ging wieder in den großen Salon. Seine Großtante summte immer noch vor sich hin.

Ich komme wieder, sagte er. Ich weiß nicht genau, wann, aber ich komme. Dann wirst du mir alles erzählen.

Sie summte immer noch, als er die Tür hinter sich zuzog. Er war sich sicher, dass sie in dem Moment aufhörte, als er draußen war.

Er hatte Recht. Elsbeth verstummte in dem Moment, in dem die Tür ins Schloss fiel.

Vielleicht hatte sie zu viel gesagt, dachte Elsbeth. Das wollte sie nicht. Andererseits: Was sie ihm gesagt hatte, war kein Geheimnis. Das Geheimnis würde mit ihr sterben.

Seltsam war bloß, dass der Junge das Foto hatte. Es musste ein Abzug sein, von dem sie nichts gewusst hatte. Sie hatte alle Bilder verbrannt, damals, als der Große starb. Alle Bilder von Eva. Wenn der Große sie damals nur wieder aus der Wohnung geschoben hätte. Sie, ihren Koffer und ihren nutzlosen Mann. Von ihr aus hätten die beiden krepieren können. Längst waren alle Juden ausgewandert, die auswandern konnten. Wer zurückblieb, war nur der Bodensatz. Warum waren die nicht gegangen, als noch Zeit dafür war? Nach Palästina? Amerika? Brasilien? Die anderen waren doch auch längst schon draußen. Viele, von denen man gar nicht wusste, dass sie Juden waren, gute Leute darunter, sehr gute Leute. Aber der Große schob niemanden aus der Wohnung, keine Flüchtlinge, nicht 1941. Das hing mit dem Geld zusammen. Er hatte zu viel verdient, auch an Menschen, an denen er nichts hätte verdienen sollen. Die dann zusammenbrachen, im Billardzimmer oder vor seinem Schreibtisch, und anfingen zu weinen oder von ihrer Familie zu erzählen oder am besten gleich mit Frau und drei Kindern zu ihm kamen und hofften, dass ihn das erweichen würde. Er war schuldig geworden und brauchte die Flüchtlinge zur Tilgung der Schuld.

Vielleicht hätte sie die beiden anzeigen sollen. Gleich als sie kamen, doch sie hatte gezögert, wegen dem Großen und weil noch nicht klar war, dass die zwei bleiben würden. Anschließend war es zu spät. Sie war zur Mitwisserin geworden, gegen ihren Willen, aber wen würde das schon groß interessieren?

VI

Wir fuhren schweigend in die Wohnung zurück. Im Treppenhaus lauerte uns von Nohlens Schwester Elsbeth auf, fragte, ob wir bereits akklimatisiert seien, und zwinkerte uns übertrieben zu. Seine Frau verschwand in der Küche, als sie uns zurückkommen sah. Er selbst setzte sich ans Telefon im Arbeitszimmer und befahl uns, im Flur zu warten. Wir hörten seine Stimme, leise, durchdringend, mal drohend, mal fordernd, selten bittend. Er telefonierte mehrere Stunden, ohne Erfolg. Mit uns sprach er nicht, wenn er aus dem Arbeitszimmer kam, um seine Frau nach einem Tee zu fragen oder sich im Bad zu erfrischen, nur ein, zwei taxierende Blicke warf er auf uns, um zu entscheiden, ob wir die Mühe wert waren. Ich senkte meine Lider nicht, sondern sah ihm direkt in die Augen, um ihm deutlich zu machen, dass es sich lohnte, für uns zu kämpfen. Würde er uns aus seiner Wohnung weisen, wären wir verloren.

Abends deckte Elsbeth Helmut und mir wieder den Tisch in der Küche. Es war mir unangenehm, mich von ihr bedienen zu lassen, aber sie war hier offensichtlich eine Art Hausmädchen. Außerdem gab es Hühnerbrühe mit Markklößchen, und ich vergaß meine Bedenken, denn zu lange hatten wir von den Lebensmittelkarten der Juden gelebt, die immer stärker gekürzt worden waren. Später gingen wir ins Billardzimmer zurück, ohne von Nohlen oder seine Frau noch einmal zu sehen.

Noch eine Nacht, sagte ich zu Helmut, nur noch eine.

Er lächelte, ein Lächeln, das mich von weitem erreichte, denn er war noch nicht wieder zurückgekehrt aus der Welt der Musik. Mich erschreckte sein Blick, und ich musste mich wegdrehen und sah aus dem Fenster, wo ein Pflaumenbaum im Licht der Abendsonne kurz aufleuchtete, bevor er langsam erlosch.

Der nächste Tag begann wie der vorhergehende mit einem Frühstück in der Küche, aber heute fuhren wir nicht in die Stadt.

Von Nohlen telefonierte.

Wir warteten.

Helmut war ein Meister darin. Er summte manchmal vor sich hin. Früher, da hatte er Stücke für mich geschrieben. Lieder, die öffentlich aufgeführt wurden und mich stolz machten. Durch Musik hatte er mein Herz geöffnet, das musste ich mir immer wieder sagen, damit ich es nicht vergaß, jetzt, wo er sie benutzte, um seins vor der Welt zu verschließen.

Warten.

Abendessen.

Nacht ohne Schlaf.

Den nächsten Tag warten.

Noch einen. Einen weiteren. Den vierten oder auch schon den fünften. Die Tage begannen zu verschwimmen, zu gleichförmig, als dass man sie einzeln erkannte. Irgendwann wurde der Billardtisch ganz an die Wand geschoben, ein Klappbett aus dem Keller geholt, ein Tuch über das grelle Licht gelegt.

Inzwischen mussten Juden auf der Straße den Stern tragen, und kurz darauf verboten die deutschen Behörden ihre Ausreise. Die Grenze war jetzt doppelt verriegelt, von schweizerischer und von deutscher Seite, und wir waren wirklich gefangen.

Sie kommen endgültig nicht mehr raus, sagte von Nohlen. Sie müssen bleiben, ob Sie wollen oder nicht.

Er sagte das mit einem bedauernden Gesicht. Trotzdem war ich mir sicher, in seiner Stimme eine Spur von Triumph gehört zu haben, als ob von Nohlen die Macht genoss, die er hatte. Die Macht über die Flüchtlinge, die er über die Grenze geschafft hatte, und mehr noch die Macht über uns, weil sie dauerhaft war und keine Gefahr bestand, dass sie schnell enden würde.

Das sagte ich Helmut, der nachts neben mir lag und gleichmäßig atmete. Wenn auf von Nohlen kein Verlass war, müssen wir selbst für uns sorgen. Können wir nicht auf einem Floß rheinabwärts treiben? Oder über den See schwimmen? Die Stelle suchen, wo man von den deutschen Apfelbäumen über den Grenzzaun in die Schweiz springen kann, von denen der Goldschmied aus Wien erzählt hatte? Oder es weiter westlich versuchen, wo deutsche und Schweizer Dörfer direkt nebeneinander liegen? Durch die Wälder, wenn der fette Nebel über dem Land hängt? Mit einem Motorrad die Grenzanlagen durchbrechen? Eins davon müssen wir versuchen. Höchstens ein paar Tage bleibe ich noch, eine Woche, auf keinen Fall länger. Alles ist besser, als in diese Wohnung gesperrt zu sein, geduldet wie ein Gast, der schon zu lange geblieben ist. Wir bleiben den von Nohlens etwas schuldig, mit jedem Tag mehr. Wenn wir zu lange hier sind, können wir diese Hypothek nicht mehr zurückzahlen und sind ihnen lebenslang verpflichtet.

Helmut setzte sich auf und sah mich an. Er hatte das Fenster im Rücken, durch das schwach der Schein des Mondes drang, und ich konnte sein Gesicht nicht erkennen.

Hier sind wir sicherer als draußen, erkennst du das nicht, sagte er. Über die Grenze zu kommen ist keine Kunst. Irgendein Loch findet sich immer, aber die Schweizer liefern die Flüchtlinge ohne Papiere den deutschen Behörden aus. Das Risiko erwischt zu werden ist einfach zu groß. Außerdem gibt es hier ein Klavier. Wenn wir noch länger bleiben, werde ich darauf spielen. Wie lange habe ich kein Klavier mehr gespielt? Und als Illegaler in der Schweiz hätte ich dafür auch keine Gelegenheit. Hier haben wir so viel Zeit, so viel Freiheit für die Musik.

Über meinem Kopf hingen die Billardkugeln in der Wandhalterung, eine Pyramide aus Elfenbein, die jeden Moment auf mich stürzen könnte. Ich hätte sie gerne woandershin gelegt, doch von Nohlen hatte das untersagt.

Helmut täuschte sich. Hier waren wir nicht sicher. Vielleicht hielt in diesem Augenblick schon ein grauer Wagen vor dem Haus, in dem die Männer saßen, die uns festnehmen würden. Ich glaubte, das Quietschen der Bremsen zu hören und das leise Wispern von Befehlen.

Richte dich hier nicht zu sehr ein, sagte ich. Das alles ist nur eine Vorbereitung, ein Übergang zu unserem späteren Leben.

Es gibt kein später, sagte Helmut, es gibt in der Musik nur die vollendete Gegenwärtigkeit.

Es gibt keine Freiheit in der Unfreiheit, sagte ich. Höchstens als Illusion. Als Lüge. Als Selbstbetrug.

Er ließ sich wieder aufs Kopfkissen fallen.

Von der Musik verstehst du sehr wenig, sagte er, und es klang resigniert.

Ich drehte mich zu ihm und schob ihm die Hand unter das Hemd.

Vielleicht verstehe ich wenig von der Musik, sagte ich und strich über seine Brust, aber ich verstehe etwas von anderen Dingen.

Nicht jetzt, sagte Helmut. Du weißt, woran ich gerade arbeite.

Ich weiß, woran ich gerade arbeite, sagte ich und küsste ihn auf die Wange.

An der *Hammerklaviersonate*, sagte Helmut. Daran kann man lernen, was wahre Größe ist. Wirkliche Größe, die immer eine Herausforderung bleibt und nur wenigen Verstehenden zugänglich ist. Und man kann alles Wesentliche über den Schmerz lernen. Nicht nur wir leiden, auch Beethoven litt. Als er die Sonate schrieb, ging es ihm nicht besser als uns. Und dann solche Musik! Ich muss lernen, sie anders zu spielen. Es soll so fern und unberührbar klingen wie der Ton, den ein Berg machen würde, den noch nie ein Mensch bestiegen hat. Man muss den eisigen Wind auf den Wangen spüren und anfangen zu zittern.

Mir ist schon eiskalt geworden, und ich zittere, sagte ich. Nimm mich in den Arm.

Helmut drehte sich weg, sodass meine Hand von seinen mageren Rippen glitt. Als ich ihn kennen gelernt hatte, waren da noch Muskeln gewesen.

Du nimmst mich und meine Kunst nicht ernst, sagte er. Das ist der schlimmste Vorwurf, den ein Künstler einem machen kann.

Und du nimmst unsere Situation hier nicht ernst, sagte ich. Du kannst zwar Klavier spielen, aber nicht das Leben. Das Leben wird nicht gespielt, sondern gelebt.

Nicht einmal im Schlaf drehten wir uns einander zu.

Am nächsten Tag schien die Sonne. Ihre Strahlen ließen den Staub in der Wohnung tanzen und malten leuchtende Rechtecke auf alte Tapeten. Jeden Moment könnte die Gestapo hier klingeln, weil irgendeiner uns verraten hatte. Ich hielt den Atem an, weil ich Schritte im Treppenhaus hörte, doch nichts geschah. Von Nohlen und seine Frau waren außer Haus. Helmut setzte sich hinter das Klavier in dem Moment, als sie die Tür hinter sich schlossen. Er hatte seit Wochen auf diesen Moment gewartet.

Spiel etwas für mich, bat ich ihn. Ich wusste, wie gerne er das tat, denn er hatte mich immer durch seine Musik umworben. Helmut klimperte unentschlossen auf den Tasten herum, als suche er etwas. Schließlich erinnerten sich seine Finger an eine der Etüden von Chopin. Ich erkannte die Töne, jeden einzelnen von ihnen. Was ich nicht mehr erkannte, war ihr Zusammenhang, die einzelnen Motive, die ganze Stimmung, die in dem Stück lag. Jeder Ton war da, wo er hingehörte, aber er lebte nicht mehr, sondern war kalt wie auf dem Seziertisch. Eine große Einsamkeit war darin, eine Trauer, die ich an Helmut nicht kannte.

Was machst du mit der Musik, fragte ich ihn, aber er hielt die Augen geschlossen und den Kopf sanft geneigt und lauschte den Tönen hinterher, die er aussetzte wie ungeliebte Kinder in eine kalte Welt.

Hörst du das, fragte er mich, ohne die Augen zu öffnen. So schön wie Kristall.

Du sollst etwas für mich spielen, sagte ich ihm. Das ist nicht für mich.

Helmut setzte sich sehr gerade hin.

So besser, fragte er und schlug die Töne weicher und einfühlsamer an, gleichzeitig fester, und einen Moment lang fühlte ich mich von seiner Musik berührt, dann wurde sie immer lauter und derber, schließlich hämmerte er eine Polka mit übertriebenen Betonungen und einer süßlichen Melodie über dem stampfenden Rhythmus. Aus der Polka wurde ein Walzer, dann ein Tango, in den Helmut Motive von Chopin übernahm, schließlich spielte er ohne Übergang wieder den ersten Satz der *Hammerklaviersonate*, mit einem Blick, der durch mich hindurchging, durch die Wand hinter mir, durch diese Stadt, diese Zeit, in Welten hinein, die ich nicht kannte. Ich hätte ihm fast den Deckel auf die Finger geschlagen, doch stattdessen ging ich raus in den Flur. So ähnlich sahen die Gänge in einem Gefängnis aus. Unsere Zelle war die dritte auf der rechten Seite. Wahrscheinlich war es gut, sich daran zu gewöhnen, weil unsere Verhaftung direkt bevorstand. Warum sollten wir gerade hier sicher sein?

Ich schüttelte unsere Kopfkissen wieder auf und faltete die Bettdecken neu. Das Bettzeug muffelte, als hätte es lange im Keller gelegen, und ich fragte mich, ob das wirklich der Fall war oder ob Helmut und ich schon anfingen übel zu riechen, weil wir nicht mehr an die frische Luft kamen. In der Küche hätte ich gerne gespült, aber das hatte Elsbeth nach dem Frühstück gemacht, bevor sie anschließend zum Einkaufen ging. Dafür fand ich in einer Schublade Silberpolitur und polierte das Besteck. Eine schöne Aufgabe, die mich an meine Kindheit erinnerte, obwohl ich damals das Putzen von Besteck nicht als schön empfunden hatte. Jetzt kam es mir vor, als hätte ich im Paradies gelebt. Samstag war Putztag. Meine Mutter bügelte oder stopfte Socken, und mein Vater saß im Schaukelstuhl und las missmutig Zeitung, während ich kleinere Aufgaben im Haushalt erledigte.

Helmut spielte Beethoven. Ich hatte kurz einmal nach ihm geschaut, aber er hatte mich nicht gehört. Sein Blick war vollkommen glasig wie bei Heiligenbildern aus dem Barock oder Kretins. Wenn es einen Weg für mich gäbe, ihm in die Musik zu folgen, ich würde ihn gehen, doch ich fand keinen Eintritt.

Die Gewürze im Schrank ordnete ich alphabetisch.

Wieder die Kopfkissen.

Die Sonne war an den Himmel genagelt und bewegte sich nicht.

Das Telefon klingelte. Ich stand neben dem Apparat und wünschte mir, meine Eltern würden mich anrufen, von denen ich nichts mehr gehört hatte, seit sie in den Osten gebracht worden waren. Ihretwegen waren wir nicht vorher emigriert. Mein Vater hatte das Eiserne Kreuz angelegt, als sie ihn holten. Er hatte geglaubt, das würde ihn schützen. Schließlich war er Offizier. Ein Offizier floh nicht vor einem Gefreiten Hitler. Er hatte mich immer gedrängt, allein zu gehen, aber ich wäre mir schäbig vorgekommen und wollte sie mit mir nehmen. Als ich meine Eltern schließlich überredet hatte, ein Visum für England zu besorgen, war es zu spät, denn der Krieg hatte begonnen. Eines Tages kam ich von Helmut, und sie waren verschwunden. Eine Nachbarin sagte, ich müsse sofort untertauchen, denn ich stünde auch auf der Liste.

Ich bemühte mich, mir vorzustellen, dass sie im Urlaub waren, irgendwo, wo es warm war und die Gestapo weit weg, doch es funktionierte nicht, und kurz beneidete ich Helmut um seine Musik, die durch die ganze Wohnung drang.

Die Tür zu von Nohlens Arbeitszimmer war von außen verschlossen. Der Schlüssel steckte im Schloss. Ich drehte ihn um, es knackte kurz, und ich öffnete die Tür. Es war ein dunkles Zimmer. Zu viele Bücher standen an allen Wänden. Mittendrin ein Schreibtisch. Ein Stuhl davor, einer dahinter. Ich schloss die Tür wieder, weil ich nicht wagte, auch nur die Fußspitze über die Schwelle zu setzen, obwohl dort etwas auf mich wartete, eine Aufgabe, die ich noch nicht kannte. Von Nohlen rettete unser Leben, vielleicht nicht für lange Zeit, doch immer wieder für einen weiteren Tag. Christine hatte ihre Schuld an ihn bezahlen dürfen, damals in dem Gasthof, in dem ich ihn zum ersten Mal gesehen hatte. Sie hatte sich freigekauft, ganz im Gegensatz zu mir. Ihr hatte er übers Gesicht gestrichen und gefordert, was ihm zustand. Leib gegen Leben. Mich sah er nicht einmal an, wenn es nicht sein musste. Dabei war ich früher nicht hässlicher als sie gewesen, im Gegenteil. Doch früher war lange vorbei. Vermutlich war durch die Flucht etwas mit mir passiert, weswegen nicht nur von Nohlen mich ignorierte, sondern auch Helmut. Sobald mir der Gedanke kam, ging ich ins Bad und studierte mein Gesicht im Spiegel.

Meine Haut war teigig. Kein Wunder, denn seit Wochen war ich nicht mehr draußen gewesen. Ich hatte keine Sonne auf den Wangen gespürt, keinen Regen, keinen Wind. Selbst mein Blick war stumpf geworden, weil er hier überall an Wände und Möbel stieß. Die Haare hingen strähnig hinab. Ich war dreiundzwanzig und schon eine alte Frau. Auf der Straße würde jeder an mir vorbeigehen, ohne einmal den Kopf zu wenden.

Das war lange Zeit wichtig gewesen, nur nicht auffallen, kein Blick durfte an uns hängen bleiben. Die Unauffälligkeit war so sehr zu einem Teil von mir geworden, dass daneben nichts anderes mehr Platz hatte.

Ich hatte keine Schminksachen mit auf die Flucht genommen, aber ich fand Wimperntusche, Lidschatten, Rouge und Lippenstift in dem Wandschrank, was mich wunderte, denn Dorothee hatte ich nie geschminkt gesehen. Es machte viel Freude, wieder eine richtige Frau zu werden. Als ich fertig war, nahm ich den Brennstab, um meine Haare in Form zu bringen und tupfte anschließend etwas Parfum hinter die Ohren, das für meinen Geschmack zu süßlich war.

Hinterher brachte ich Helmut ein Glas Wasser. Er sah mich kurz an, nickte Richtung Tisch, was wohl heißen sollte, stell das Wasser da hin, dann starrte er wieder durch mich hindurch. Ich ging zu ihm und drehte seinen Kopf zu mir, sodass sich unsere Nasenspitzen fast berührten.

Du wolltest den längsten Kuss deines Lebens aus Liebe, sagte ich. Hier hast du ihn. Er war zu überrascht, um sich zu wehren. Ich küsste ihn aus der Welt der Musik zurück ins Leben, so lange, bis er sogar seine Hände von den Tasten nahm, die dort gewartet hatten, dass sie wieder spielen durften, mich dann aber schließlich doch umarmten, bis es mich schmerzte. Hinterher war sein Mund rot verschmiert und sein Gesicht sah noch bleicher aus als sonst.

Ich weiß, dass du meine Musik nicht mehr verstehst, sagte er. Ich würde mir wünschen, dass es anders wäre. Und ich wünsche mir, dass du begreifst, dass ich ohne Musik sterbe. Dass ich mir mit Tönen eine Welt baue, in der ich überlebe.

Bau eine Welt, in der wir gemeinsam überleben, schlug ich ihm vor.

Das versuche ich doch, sagte er, doch irgendetwas hält dich zurück.

Deine Musik ist grausam und kaltherzig geworden, sagte ich. Spiel anders und du bleibst nicht allein.

Gerade das versuche ich dir zu erklären, sagte Helmut. Es ist nicht grausam, es ist die Klarheit des Weltalls, seine Einsamkeit, seine Größe, die in der Musik aufscheinen soll. Deshalb kann ich keinen Mozart mehr spielen. Dieses blinde Vertrauen in einen kindlichen Gott. Oder Bach. Dieses gigantische Uhrwerk, in dem jeder Ton seit jeher seinen von Gott zugewiesenen Platz hat. Es bleibt nicht mehr viel außer Beethoven. Ich will, dass du mich verstehst.

Er nahm mein Gesicht in seine Hände.

Ich will, dass du mich verstehst, sagte er wieder. Dass du Beethoven so verstehen lernst, wie ich ihn verstehe.

Ich mag Beethoven nicht, sagte ich. Seine Musik nagt einen ab bis aufs Skelett. Und ich will dich nicht verstehen. Ich sehe nur, dass du durch die Musik eine so große Kälte erzeugen willst, dass du unbeschadet darin überwintern kannst. Ich will etwas anderes. Ich will nicht überwintern, sondern leben, jetzt und hier, und wenn es in dieser Wohnung ist, wo mein Leben ist, dann ist das halt so.

Während ich das sagte, spürte ich, wie er sich wieder zurückzog und in der Deckung verschwand; vermutlich dachte er schon wieder an irgendeinen Akkord, einen schwierigen Triller, ein besonders gelungenes Motiv.

Helmut, rief ich ihm direkt ins Gesicht und hätte ihn gerne gehalten, wie man einen hält, der durchs Eis bricht und im Wasser versinkt.

Ja, sagte er, und dieses *Ja* erreichte mich schon wie aus allzu großer Ferne, und ich sah ihn untergehen in einer Welt, in der ich nicht leben konnte. Ich ließ ihn vor dem Flügel sitzen und schloss die Tür leise hinter mir. Wenigstens wartete er mit dem Klavierspielen, bis ich draußen war.

Ich ging direkt zu von Nohlens Arbeitszimmer, schloss auf, stolperte über die Türschwelle ins Zimmer hinein und stand einen Moment wie ein Einbrecher da, der plötzlich ertappt wird. Meine Beine wurden weich, und ich setzte mich an den Schreibtisch und schloss die Augen. Es dauerte lange, bis ich genug Mut hatte, sie wieder zu öffnen. Auf dem Tisch lagen eine Menge Papiere und ein dickes Buch voller Zahlen, in dem Ausgaben und Einnahmen verzeichnet waren. Er handelte mit Häusern, das wusste ich längst, doch ich war erstaunt, als ich las, wie viel Geld dabei umgesetzt wurde. Er war gerade dabei, die Bilanz für das vergangene Jahr zu machen. Rechnen konnte ich gut. Mathematik war mein Lieblingsfach gewesen, damals in Köln, und nach der Schule hatte ich einem jüdischen Arzt bei seinen Abrechnungen geholfen.

Ich wagte noch nicht, die Bücher zu berühren, obwohl es für den Anfang am besten gewesen wäre, wenn ich mir einen guten Überblick verschafft hätte, doch dazu kam es nicht, denn die Tür zum Arbeitszimmer schlug zu, und ich sah von Nohlen im Türrahmen stehen, bleiche Lippen, die schwarzen Augen zu Schlitzen verengt, der Körper gespannt wie ein Klappmesser.

Hätte Helmut an meiner Stelle gesessen, hätte er ihn getötet, ohne zu zögern. Nur weil ich eine Frau war, beherrschte er sich, atmete dreimal sehr tief ein und aus, ging langsam um den Tisch und setzte sich auf den anderen Stuhl, aber so, als ob er jeden Moment wieder aufspringen wollte. Er verschränkte die Arme vor seiner Brust und sah mich lange und schweigend an. Von fern hörte man einige Takte Beethoven, immer dieselben Töne.

Sie sehen anders aus als sonst, sagte er schließlich. Besser. Viel besser.

Ich kann erklären, warum ich hier bin, sagte ich.

Sie müssen sich nicht erklären, sagte er. Bitte nicht.

Es war das erste Mal, dass ich ihn dieses Wort verwenden hörte. Etwas geschah mit ihm, und ich sagte nichts, um ihm Zeit zu lassen für die Veränderung.

Meine Frau ist am See und füttert Enten, sagte er. Wir sind mitten im Krieg, und sie füttert Enten. Hinterher geht sie dann in die Kirche und betet für Frieden. Seit 1939 betet sie für Frieden. Anstatt einzusehen, dass niemand sie hört, betet sie einfach noch mehr.

Er beugte sich nach vorn, legte die Ellenbogen auf den Tisch, faltete die Hände und legte die Stirn dagegen wie in gespielter Verzweiflung oder um seine Frau zu imitieren.

Im Vergleich zum Beten ist Entenfüttern nicht schlecht, sagte ich.

Da haben Sie vermutlich Recht, sagte er und sah mich überrascht an.

Herr von Nohlen, sagte ich. Wir stehen tief in Ihrer Schuld.

Wofür?

Dafür, dass wir hier sein dürfen.

Das hat mit Schuld nichts zu tun. Das ist Pech. Pech für uns alle. Mir wäre auch lieber, Sie wären schon drüben.

Dennoch sind wir Ihnen etwas schuldig. Ich kann rechnen. Ich kann Ihnen dabei helfen.

Ich zeigte auf den Schreibtisch.

Soso, sagte er amüsiert. Was ist denn 17 mal 23?

391, sagte ich.

2 448 geteilt durch 4?

612.

10 943 minus 3 742?

7 201. Sind Sie nun zufrieden?

Woher soll ich wissen, ob die Ergebnisse stimmen, sagte er und lachte. Ich brauche den Rechenschieber schon für das kleine Einmaleins.

Es war das erste Mal, dass ich ihn lachen hörte, ein Lachen, das laut und befreit begann, doch sofort wieder eingefangen und verschluckt wurde.

Lassen Sie mich für Sie arbeiten. Ich verspreche Ihnen, Sie werden nie wieder den Rechenschieber benötigen.

Er schüttelte den Kopf.

Liebe Frau Spiegler, vergessen Sie das einfach, sagte er.

Ich will Ihnen etwas zurückzahlen, sagte ich.

Schuld. Sühne, was soll das Gerede, sagte er. Es gibt keine Schuld. Daran glaube ich nicht. Nur an Ursache und Wirkung.

Sie sind doch Geschäftsmann, sagte ich. Sie wissen doch, dass man einen Kredit tilgen muss. Oder stimmt die Währung nicht, in der ich bezahlen möchte. Nehmen Sie nur andere Münze?

Ich knöpfte mir die Bluse auf, Häkchen für Häkchen, und er sah stumm und unbewegt meinen Fingern zu. Falls ich jetzt aufgehört hätte, dann wäre er über den Tisch gesprungen und hätte sie mir vom Leib gerissen.

Von fern hörte man Beethoven.

Wahre Größe. Man lernt alles über den Schmerz.

Ich streifte die Bluse ab. Er sagte noch immer kein Wort, aber ich spürte, wie er schwerer atmete und sich bemühte, sich das nicht anmerken zu lassen.

Das Klavier wurde lauter.

Eiskalter Wind von den Gipfeln verlassener Gebirge.

Ich griff nach hinten und löste den Büstenhalter, der widerwillig hinunterrutschte und sah ihm in die Augen.

Die Zeit stand still.

Von Nohlen tastete mich mit seinen Blicken ab, jeden Quadratzentimeter meines Oberkörpers.

Die Klarheit des Weltalls.

Ich spürte seinen Blick intensiver, als ich je die Haut eines Menschen spüren würde.

Oder bin ich zu hässlich, fragte ich schließlich. War Christine schöner?

Christine, fragte er.

Die Frau im Gasthof.

Ich merke mir keine Namen, sagte er. Aber egal, wer sie war, das war sie sicher nicht. Und jetzt, bitte, ziehen Sie sich an.

Warum nicht mich, fragte ich.

Ziehen Sie sich an, wenn ich Sie als eine Art Buchhalterin engagiere, fragte er.

Wenn das reicht, um uns freizukaufen.

Darum geht es nicht. Es gibt keinen Grund, sich von irgendetwas freizukaufen.

Wird es reichen?

Er ballte die Hände zur Faust und rieb sich mit den Knöcheln die Schläfen.

Ich sagte doch, das ist nicht …

Wird es?

Es wird reichen, sagte er.

Ich gab ihm meine Hand darauf, und er fasste sie so

gierig, als überlegte er, mein Angebot doch anzunehmen.

Seit jenem Nachmittag arbeitete ich für von Nohlen. Den Jahresabschluss machten wir noch gemeinsam. Dabei merkte er, dass er sich auf mich verlassen konnte, und überließ mir immer mehr von den Schreib- und Rechenarbeiten, sodass ich bald seine gesamte Buchhaltung und das Sekretariat übernahm. Für mich war die Arbeit ein Fenster in eine andere Welt, eine Welt jenseits der Mauern dieser Wohnung, aus denen wir nie wieder entkommen würden. Inzwischen war auch Köln völlig zerbombt worden. Englische Flieger warfen 1 500 Tonnen Sprengstoff auf die Stadt. Unsere Wohnung dort existierte nicht mehr, das Haus nicht und nicht die Straße. Nur der Dom stand noch in Köln. Ein Wunder, so sagte ein Sprecher im Radio, Gott habe seine Hand über sein Haus gehalten.

Das heißt: Die Häuser der Menschen interessieren ihn nicht, meinte Helmut. Das habe ich schon immer vermutet.

Ich sah das Wunder eher darin, dass wir nur lebten, weil wir fliehen mussten; eigentlich könnte uns das hoffnungsvoller stimmen, doch jetzt war die letzte Verbindung in die Heimat gekappt, und ich stellte mir als Ersatz für unsere zerstörte Wohnung die Grundrisse der Häuser von Nohlens vor. Riss in Gedanken Mauern raus, baute neue ein, plante Erker und Gärtchen und bepflanzte sie mit Maiglöckchen und Geranien. Ich schloss in Gedanken Freundschaften mit manchen der Menschen, die in seinen Wohnungen lebten. Da war die Witwe, deren Sohn in Nordafrika gefallen war, wie sie von Nohlen schrieb, weil sie außer ihm, dem Vermieter, niemanden mehr hatte, an den sie sich wenden konnte.

Die zweiundzwanzigjährige Frau mit der kleinen Tochter, die in einer Kellerwohnung ganz in der Nähe wohnte. Sie musste eigentlich jeden Tag auf dem Weg zur Arbeit hier vorbeikommen, und ich sah oft aus dem Fenster, weil ich hoffte, sie zu erkennen. Als von Nohlen mir befahl, ein Kündigungsschreiben aufzusetzen, weil sie mit der Miete im Rückstand war, ignorierte ich das und ließ sie mietfrei wohnen, doch das war der einzige Akt des Widerstands, den ich mir erlaubte. Ich weiß nicht, ob ihm das auffiel, wenn ja, dann ließ er sich nichts anmerken.

Schon bevor die Lebensmittelkarten eingeführt wurden, hatte von Nohlen einige Bauernhöfe gekauft und festgelegt, dass ein Teil der Miete in Naturalien gezahlt werden musste, sodass es hier immer ausreichend zu essen gab und wir nicht ausschließlich auf Lebensmittelkarten angewiesen waren. Er war aber nicht nur vorausschauend, sondern vor allem gnadenlos: In frei gewordene Wohnungen stellte er ein paar alte Sessel, umging so die Mietpreisbestimmungen und vermietete sie für das Dreifache als möbliert, während die Zinsen der Kredite, die von Nohlen bewilligte, viele der Abhängigen in den Ruin trieben.

Das passt nicht zusammen, sagte Helmut, als ich ihm davon erzählte. Es war an einem der Tage, als er nicht Klavier spielen konnte, weil von Nohlen Gäste in der Wohnung hatte, die nichts von uns wissen sollten. An den anderen Tagen war Helmut inzwischen fast nicht mehr ansprechbar.

Wenn ihm Geld so viel bedeutet, warum leistet er sich uns, fragte Helmut. Warum dieser Luxus, den er teuer bezahlt? Wenn er erwischt wird, sogar mit dem Leben.

Wir sind kein Luxus für ihn, sagte ich, sondern absolut notwendig, weil er sich mit unserer Anwesenheit beweisen kann, dass er anständig geblieben ist. Wir sind eine Art moralischer Blitzableiter. Was ist schon eine Mieterhöhung gegen die Rettung zweier Flüchtlinge? Was wiegt ein räuberischer Kredit im Vergleich zu Menschenleben?

Du denkst zu viel über ihn nach, sagte Helmut. Das ist nicht nötig. Nimm ihn hin wie einen Stuhl, einen Tisch. Er gehört in diese Wohnung. Er rettet uns, egal, was die Gründe sein mögen, aber versuche nicht, ihn zu verstehen.

VII

Gero fuhr raus zu Clara, das heißt, eigentlich fuhr er zu Paul.

Er ist oben im Kinderzimmer, sagte Clara. Sie hatte einen schwarzen Seidenkimono an, auf dessen Ärmeln gelbgrüne Drachen ihr Maul aufsperrten und Feuer spuckten. Er sagte ihr nicht, wie gut sie aussah, sonst bekam er vielleicht wieder Ärger.

Paul saß auf dem Boden und spielte mit einer Plastikfigur.

Wer ist das, fragte Gero.

Das wär der Räuber, sagte Paul. Er wär durch das Fenster geklettert und dann wär die Polizei gekommen. Du wärst der Polizist.

Gut, sagte Gero. Ich bin der Polizist.

Nein, sagte Paul. Du bist Gero. Du wärst nur der Polizist und würdest mich jetzt festnehmen.

Sie spielten eine Weile, dann legte er sich auf den Rücken und Gero musste Pauls Füße festhalten.

Jetzt eine Geschichte, forderte sein Neffe.

Ich weiß keine Geschichte, sagte Gero. Mir fällt immer zu viel ein, und mein Kopf kann das nicht mehr sortieren.

Egal, sagte Paul. Jetzt fang schon an.

Es war einmal ein reicher Mann, begann Gero, ohne zu wissen, wohin das führen sollte.

Warum war er reich, fragte Paul.

Er war halt reich, sagte er. Er hatte das Geld von seinem Vater bekommen, so wie dein Vater das Geld von seinem Vater bekommen hat. Und der von seinem Vater.

Bist du auch reich, fragte Paul.

Wenn du mich dauernd unterbrichst, dann verkaufe ich dich, sagte Gero und kniff ihn in den großen Zeh.

Du kannst mich gar nicht verkaufen, ich gehör nicht dir. Ich gehör Mama.

Und Papa, sagte Gero.

Nein, sagte Paul. Nur Mama. Und was ist mit dem reichen Mann?

Ihm gehörte fast alles, sagte Gero. Fast das ganze Land. Häuser und Straßen, Plätze und Felder, Berge und Täler. In dem Land lebten Langbeine und Kurzbeine. Irgendwann mochten die Langbeine die Kurzbeine nicht mehr.

Warum? Paul verzog das Gesicht.

Einfach so. Weil sie fanden, dass Kurzbeine zu klein sind. Also nahmen sie ihre Mistgabeln und trieben die Kurzbeine in ein anderes Land. Aber die Kurzbeine durften alle nur eine Plastiktüte voll Essen mitnehmen. Alles andere mussten sie zurücklassen. Da dachte der reiche Mann: Wenn ich mir das auch noch nehme, bin ich noch reicher. Und er nahm es sich. Und ihre Häuser. Aber dann merkte er, dass ihn die Menschen nicht liebten, wenn er das machte. Also versteckte er ein paar Kurzbeine in seinem Haus.

Gero machte eine Pause und dachte nach.

Weiter, sagte Paul.

Dann wurde er König, sagte Gero.

Und dann?

Fertig, sagte er. Nichts weiter.

Das ist eine richtig blöde Geschichte, sagte Paul.

Stimmt, sagte Gero, total blöd.

Da hast du ausnahmsweise Recht, bestätigte Clara, die in der Tür stand. Komm lieber runter, sagte sie, und erzähl dem Kind nicht so einen Unsinn.

Im Wohnzimmer lief Miles Davis, und Clara hatte sich einen Cocktail gemixt.

Du auch, fragte sie. Einen Sundowner?

Er schüttelte den Kopf.

Gero, sagte sie. Du bist wieder am Durchdrehen, oder? Wie damals mit den Fotos. Diese leeren Städte. Du siehst eine Sache und frisst dich fest und kommst nicht mehr raus. Ist es das? Ich mache mir Sorgen. Das muss doch nicht alles noch mal passieren.

Ich habe einfach ein komisches Gefühl, sagte er. Wegen dieser ganzen Geschichte. Das ist schon alles. Ich wüsste gerne mehr darüber. Über die Häuser. Über Großvater, nicht nur diese offiziellen Geschichten. Es ist plötzlich gekommen. Ich habe mir das nicht ausgesucht.

Gero, du bist fünfunddreißig, sagte Clara. Du hast die Gnade der späten Geburt. Lass es gut sein, das ist alles nicht deine Geschichte. Und wenn du unbedingt mehr wissen willst, dann rede mit deinem Vater.

Meinem Vater?

Sie nickte, als ob sie das ernst meinte.

Mit meinem Vater kann man nicht reden, sagte Gero. Unmöglich. Er ist durchgeknallt. Vollkommen irre.

So wie du damals, fragte sie.

Genau so. Und mit mir hat dann auch niemand mehr geredet. Niemand von euch. Kein Einziger ist mehr gekommen. Weil ihr es nicht ertragen habt. Dietmar nicht. Du nicht. Niemand. Und mit Vater ist es genau so. Man erträgt es nicht.

Vielleicht geht es ihm besser, sagte sie. Dir ging es auch irgendwann wieder besser.

Aber Vater ist Vater, sagte Gero. Das ist etwas anderes. Er ist nur eine Hülle, die niemand bewohnt.

Ich erkundige mich, wie es ihm geht, sagte sie. Wenn es einigermaßen okay ist, dann gehst du zu ihm. Versprochen?

Das kann ich nicht, sagte er. Auf keinen Fall, das stehe ich nicht durch.

Ich gehe mit dir hin, sagte sie.

Und Paul, sagte er. Paul könnte helfen.

Abgemacht, sagte Clara, beugte sich vor und küsste ihn auf die Stirn.

Zwei Tage später saßen sie zu dritt in Claras schwarzem BMW. In der Zwischenzeit hatte Gero seine Wohnung nur verlassen, um hin und wieder bei Mehmet einen Döner zu essen.

Du stinkst, hatte Paul ihm zur Begrüßung gesagt, und Clara hatte eine Überdosis Knoblauch diagnostiziert.

Die Grenzer hatten ihnen viel Spaß gewünscht, als sie die Ausweise wieder durchs Fenster gereicht hatten. Sie sahen sie an und dachten sicher: Was für eine hübsche kleine Familie. Es freute Gero, dass sie diesen Eindruck machten.

Clara fuhr über kleinere Landstraßen durch den Thurgau. Mit einem Mal hörte der Nebel auf. Sie hielt an und alle stiegen aus. Hinter ihnen lag ein graubrauner Schwamm auf der Welt, der alle Leichtigkeit aus ihr gesaugt hatte, während vor ihnen die Hügel in einem satten Frühlingsgrün glänzten und die Sonne schien, als sei das ganz selbstverständlich.

Warum fahren wir nicht immer hier hoch, fragte Paul.

Wir sind Nebeltiere, sagte Gero. Wir könnten nicht überleben, wenn es immer so hell wäre wie jetzt.

Mama, sag Gero, dass er nicht immer solche Sachen sagen soll, forderte Paul, und Clara küsste ihn und sagte, hör einfach nicht hin, das tue ich auch nicht.

Sie fuhren mit runtergeklappten Sonnenblenden weiter. Die Straßen waren klein und kurvig, und die Welt war ein Heimatfilm aus den Fünfzigerjahren, so lange, bis es Paul schlecht wurde. Er wollte nicht mehr weiterfahren, doch Clara überredete ihn, durchzuhalten, bis sie an einen Kinderspielplatz kamen.

Ein paar Minuten später erreichten sie ein Dorf ohne Namen, und Paul schrie Stopp, denn er hatte neben der Kirche eine Wippe entdeckt. Clara parkte im Schatten des Kirchturms, und Paul rannte auf die Wippe zu und rief nach Gero.

Der setzte sich fast in die Mitte der Stange und Paul strahlte, weil er ihn so hochheben konnte. Dann wollte er im Sand spielen und fing an zu graben. Der Sand war moosig und stank nach Katzenpisse, aber Paul baute eine Burg. Gero setzte sich auf die zweite Schaukel neben Clara und pendelte hin und her. Die Sonne schien ihnen warm auf den Rücken, und er beobachtete, wie Paul kleine Äste auf die Burgmauer steckte.

Was denkst du, fragte ihn Clara und zündete sich eine Zigarette an.

Dass Dietmar Glück mit Paul hat, sagte er.

Finde ich auch, sagte sie. Dabei wollte er ihn gar nicht. Kinder in die Welt zu setzen sei unverantwortlich, hat er immer gesagt. Und du weißt ja, wie deutlich er so etwas betonen kann. Un-ver-ant-wort-lich. Man wisse ja nie, wie sich alles weiterentwickele. Die Welt würde schließlich ein immer un-er-freu-lich-er-er Ort. Bloß keine Kinder. Deshalb hat er immer Kondome benutzt. Er traute mir die Sache mit der Verhütung nicht zu. Nur, was er selbst in die Hand nimmt, funktioniert. Nachdem er mit mir geschlafen hatte, ist er immer schnell in die Dusche. Du kennst seinen Sauberkeitsfimmel. Die Kondome hat er in ein Papiertaschentuch gewickelt. Er ist sehr ordentlich. Für die Müllentsorgung bin ich zuständig. Aber ich habe die Kondome nicht gleich weggeworfen.

Clara, sagte Gero, bitte, das muss ich nicht wissen.

Sie warf die Zigarette ins Gras.

Zarte Seele, sagte sie, stand auf, hob Paul aus dem Sand und schüttelte ihn kopfüber aus.

Als sie weiterfuhren, hatte Gero die Straßenkarte auf dem Schoß und dirigierte Clara an Zürich vorbei. Die Privatklinik lag am südlichen Ende des Zürichsees. Die Kliniken in der Schweiz seien die besten, hatte sein Bruder damals beschlossen. Außerdem war es nah genug, sodass man das Gefühl haben konnte, Vater eigentlich immer besuchen zu können, und gleichzeitig so weit, dass man es tatsächlich nie tat, vor allem dann nicht, als es wieder schlimmer geworden war.

Jetzt ging es ihm angeblich besser, hatte Clara gesagt, die mit dem Klinikleiter gesprochen hatte, aber Gero war misstrauisch.

Sie verfuhren sich in dem Villenviertel, in dem die Privatklinik liegen musste, und die Einheimischen, die sie nach dem Weg fragten, wendeten sich schweigend ab, als hätten sie gefragt, wo hier das nächste Bordell sei. Ein fröhlich vor sich hinplapperndes Mädchen wusste schließlich Bescheid, setzte sich auf den Rücksitz neben

Paul, wies ihnen den Weg, klatschte hin und wieder vor Freude in die Hände und küsste Paul auf die Wange, als sie die Einfahrt erreicht hatten. Er wischte sich entsetzt über das Gesicht.

Vielleicht gehörte das Mädchen selbst in diese Klinik, dachte Gero. Diese Art Menschen wächst nicht in der Außenwelt, sondern muss vor ihr behütet werden.

Der Pförtner öffnete das schwere Tor, und sie liefen zu dritt über den Kiesweg durch den kleinen Park auf das Haus zu. Paul ging in der Mitte und hielt beide an den Händen.

Manche der Bewohner spazierten lächelnd am Arm einer Schwester. Andere standen in Gruppen zusammen und schrien wild durcheinander. Einzelne saßen versunken in endlosen Selbstgesprächen auf sonnigen Bänken.

Gero beneidete seinen Vater um das Glück, das an solchen Orten entstehen kann; er kannte es gut, auch wenn er selbst nicht hier gewesen war, sondern in einer anthroposophischen Klinik am Rande des Schwarzwaldes.

Die ersten vier Wochen nach dem Zusammenbruch in New York hatte Gero nur geschlafen und sich langsam wieder erholt. Dann hatte er sich durch die Therapiegruppen treiben lassen wie ein Fisch in einer lauwarmen Strömung. Nie war das Leben so einfach gewesen. Nach einigen Monaten wurde Zeyra gebracht. Ihre Familie hatte kein Geld, sie kam über die Sozialquote rein, die die Klinikleitung eingeführt hatte, um Patienten wie ihn ungenierter ausnehmen zu können.

Sie redete kaum, und wenn man sie anfasste, zuckte sie zurück, nicht wie ein Mensch zuckt, sondern ein Muskel, den man für ein Experiment zwischen zwei Drähte gespannt hat und dann den Strom einschaltet. In der Gesprächsgruppe schwieg sie und schaukelte den Kopf hin und her. Dabei setzte sie sich immer neben ihn, und er sorgte dafür, dass ein Platz für sie frei blieb. Sie wurde schneller gesund, als er gedacht hatte. Weil der Oberarzt meinte, dass ihre Beziehung beide stabilisiere, verbrachten sie den Großteil des Tages gemeinsam. Sie freuten sich über die Senfwickel um die Waden, die Leierstunden und das Specksteinschnitzen unter den strengen Augen von Fräulein Walter. Am Wochenende kamen Referenten aus Dornach, dem Heiligtum der Anthroposophen. Einige waren so alt, dass sie Doktor Steiner noch persönlich gekannt hatten. Sie genossen besondere Verehrung, und manche der Patienten berührten nach den Gedichtrezitationen oder Vorträgen über Goethes *Faust* ihre Gewänder und behaupteten anschließend, es ginge ihnen jetzt viel besser. Zeyra und er taten das nicht, sie trafen sich hinterher in der Holzscheune, ritzten sich die Arme auf und rieben sie gegeneinander, bis ihr Blut in seinen Adern floss und seins in ihren. Das durften die Pfleger nicht merken; aufgeschnittene Arme mochten sie nicht.

Gero wollte mit ihr schlafen, seit er sie gesehen hatte, wollte er das, aber sie war noch nicht so weit.

Du kannst mein Blut haben, sagte sie, aber er wollte nicht nur ihr Blut, er wollte mehr.

Was du willst, ist nicht mehr, sagte sie. Es ist weniger. Wir kommen von den Engeln, wir müssen erst ganz Fleisch werden, das ist sehr wichtig, verstehst du, Gero, erst dann können wir als Menschen zusammenkommen.

Wir lieben uns jeden Tag mehr, und ich werde sie heiraten, hatte er seinem Bruder und Clara erzählt, als sie ihn in der Klinik besuchten, aber Dietmar glaubte ihm nicht.

Was ist das schon für eine Liebe, die hier wächst, fragte er, und Gero sagte, dass sie hundertmal größer sei als die Liebe draußen, weil man hier keine Mauern vor dem Herzen brauche, die Mauern stünden draußen vor der Anstalt.

Aber Dietmar lachte, und vielleicht lachte er zu Recht, denn die Mauern waren nicht hoch genug, und als sie sich ein halbes Jahr kannten, kletterte Zeyra hinüber und lief zu der Fußgängerbrücke über die Bundesstraße, deren fernes Rauschen je nach Windrichtung manchmal bis zur Anstalt strich.

Am Abend vorher hatten sie sich hinter der Scheune getroffen. Es war eine kalte Nacht gewesen, doch sie wurden nicht eingesperrt, sie waren ja die leichteren Fälle, eigentlich fast schon gesund, und hin und wieder schlug Gero einen der anderen Patienten oder kotzte das Essen auf sein Bett, damit sie ihn nicht als völlig geheilt nach Hause schickten, während sie Zeyra noch behielten.

Wir sind jetzt ganz da, hatte Zeyra gesagt, ganz Mensch und keine Engel mehr, jetzt ist es so weit, und sie waren in die Brennnesseln gesunken, aber sie brannten nicht, nicht in dieser Nacht, sie erstickten sie und saugten sich die Schreie gegenseitig aus dem Hals, damit die Pfleger sie nicht hörten.

Am nächsten Tag balancierte Zeyra mit ausgebreiteten Armen über das Geländer der Brücke, bis sie direkt über den Fahrbahnen stand. Sie wollte sich gerade fallen lassen, als ein rumänischer Lastwagenfahrer sie sah und den Sattelschlepper genau unter ihr anhielt. Sie musste später kichern, wenn sie davon erzählte: Also zwei Meter unter mir ist da diese blaue Plastikplane, sagte sie, und ich stehe da oben und weiß, zwei Meter auf Plastik, das ist einfach nicht genug.

Auch auf der Gegenfahrbahn staute sich inzwischen der Verkehr, das war keine Alternative mehr, und schließlich kam die Polizei und fuhr sie in die Klinik und den Lastwagenfahrer auf die nächste Wache, weil sein Fahrtenschreiber manipuliert war und die Bremsen nicht richtig funktionierten.

Hinterher wurde es schwerer, sich zu treffen. Sie gingen zusammen zum Weben und töpferten kleine Figuren, doch sie ließen sie nicht mehr in die Nähe der Holzscheune.

Vier Wochen später war sie wieder verschwunden.

Die Bahnlinie liegt ein Stück weiter weg als die Bundesstraße. Der Zug rollt hier den Schwarzwald hinab durch das Höllental bis nach Himmelreich und weiter nach Freiburg, aber an diesem Abend war zwischen Himmel und Hölle plötzlich Endstation, und wer weiterwollte, musste den Bus nehmen, der schließlich organisiert wurde.

Gero schrie und wollte an den Scheiben seine Adern öffnen, um Blut daraus zu trinken, Zeyras Blut, und dann war Schluss mit Senfwickeln und Speckstein, dann kamen Gitter ans Fenster, Fesseln ans Bett und Infusionen in seinen Arm, sodass seine Zunge dick und weich durch die Mundhöhle rollte und er nichts sagen konnte, als sein Bruder kam, neben seinem Bett saß und weinte.

Das Zimmer seines Vaters lag am Ende eines blau lasierten Gangs. Gero klopfte, und sie warteten auf Antwort, aber nichts geschah. Er klopfte wieder, und sie traten zögernd ein. Das Zimmer war dunkel, weil die Tanne vor dem Fenster das Licht schluckte, sodass er seinen Vater kaum erkannte, der in einem Sessel saß, die Füße in grauen Stricksocken auf einem Schemel.

Paul wollte nicht in das dunkle Zimmer, und Clara nahm ihn daher mit raus in den Park.

Gero setzte sich auf einen Klappstuhl neben seinen Vater und sah in die gleiche Richtung wie er. Sie blickten auf eine braune Kommode mit Messingbeschlägen, auf der ein staubiger Strauß mit Trockenblumen stand.

Vater, sagte Gero und legte seine Hand auf die des alten Mannes. Sie fühlte sich an wie ein morsches Stück Holz. Draußen hörte er die Stimme von Paul, der Verstecken spielen wollte.

Es ist schön, dich zu sehen, sagte Gero.

Das Gesicht des alten Mannes bewegte sich nicht, und Gero nahm seine Hand wieder fort und fühlte sich, als hätte er etwas Verbotenes getan.

Wir haben uns lange nicht gesehen, sagte er. Es tut mir leid, ich hätte dich öfter besuchen sollen.

Sein Vater schüttelte unmerklich den Kopf und hob die rechte Hand, um sich am Ohr zu kratzen.

Weißt du etwas über die Wohnungen von Großvater, fragte Gero. Ich weiß, es ist seltsam, hier so reinzuplatzen und danach zu fragen, aber es interessiert mich trotzdem.

Die Trockenblumen zerbröselten unter dem stummen Blick des Vaters.

Was ist mit den Wohnungen passiert, die er verwaltet hat, wollte Gero wissen. Wo sind die Besitzer hin? Laura Ferber und Albert Rosenfeld, kennst du die Namen? Aus der Zollernstraße?

Der Vater sah auf seine grauen Socken und bewegte abwechselnd die großen Zehen.

Ich bin extra aus Konstanz gekommen, um mit dir zu reden. Jetzt sag etwas. Irgendwas. Sag: Hallo Gero.

Sein Vater knetete mit der rechten Hand seine Lippen, um sie geschmeidiger zu machen für Worte, die er dann doch nicht aussprach.

Was war mit Helmut und Eva Spiegler? Was geschah im Billardzimmer?

Sein Vater drehte den Kopf zu Gero und sah ihn an, und Gero versuchte, in seinem Blick zu lesen, doch da war nichts; nichts, was er erkannte, nichts, was sich abspielte hinter der milchig trüben Iris, und Gero tätschelte dem alten Mann über die frisch rasierte Wange und ging einerseits enttäuscht, andererseits bestätigt in dem Bild, das er von seinem Vater hatte.

*

Billardzimmer. Billardzimmer. Billardzimmer, dachte sein Vater und sah auf die Trockenblumen.

Langelange her, das alles. Lange her. So endlos lang. Man war noch ein Kind, damals, als man in das Zimmer ging. In kurzen Lederhosen, so ging man da rein, ein Lederhosenkind, und als man wieder rauskam, war man erwachsen geworden. Erwachsen in kurzen Lederhosen. Das Billardspiel hat das gemacht. Die Kugeln, die Stöcke und Vater. Der Billardvater rief einen ins Zimmer, das heißt: Er rief nicht, sondern schwieg einen hinein. Er musste keine lauten Befehle erteilen. Sein Mund konnte gleichzeitig befehlen und schweigen. Der Schweigemund vom Schweigevater. Schweigend konnte Vater die besten Befehle erteilen. Und alle folgten, was sonst, denn was er wollte, das wusste man immer. Nie ahnte man, was er dachte und erst recht nicht, was er fühlte, doch was er wollte, war immer deutlich. Ihm folgen war wichtig, ganz wichtig, das besänftigte ihn, machte ihn weich, wenn man Glück hatte, für einen kurzen Moment, dann war alles gut, doch wenn nicht, dann wurde er wütend und schlug zu. Immer schlug er zu, egal wen, egal wann, egal welche Folgen das hatte. Die lachenden Nazis vor der Tür des Schuhladens schlug er zusammen, die ihn nicht reinlassen wollten am Tag der splitternden Scheiben, doch ihnen verging das Lachen und sie spuckten Blut, als sie seine Rechte traf, die Schlaghand, die er zur Not benutzte, wenn nichts anderes in der Nähe war. Ansonsten griff Vater sich einfach einen Ledergürtel, ein Stromkabel oder das Lineal, meistens war etwas greifbar, und man rollte sich auf dem Boden zusammen und versuchte sein Gesicht zu schützen, wenigstens das und biss sich die Lippen blutig, die Kinderlippen, um nicht zu schreien, denn schreien mochte er nicht, wenn man schrie, wurde er noch aufgebrachter, Ohrenschmerzen machte man ihm, doch wenn man nur leise wimmerte, dann wurde er wieder ruhiger und sah auf einen runter mit einem traurigen Gesicht, das man nicht verstand. Man hatte den armen Vater traurig gemacht. Nie wusste man den Grund. Es gab sicher einen Grund, einen guten Grund, wenn er einen schlug, sonst hätte er das nicht getan, er war gerecht und gut, das sagten alle, ein Vaterheld, doch man war zu dumm. Dummerjunge, dummer. Klar, dass er wütend wurde. Er hätte ein anderes Kind verdient. Ein Heldenkind für den Vaterheld. Doch da war nur eines, das vor seiner Hand zusammenzuckte. Nie hatte man gewagt, die Vaterhand anzusehen, immer nur gespürt, immer wieder, seine Vaterliebe, die er in einen schlug, Hieb um Hieb, weil man zu dumm war. Viel später erst betrachtete man sie genau, erst auf seinem Krankenbett. Die Ärzte sagten, er habe Krebs, doch sie hatten Unrecht. Er wurde krank, weil seine Wut alt geworden war, und er starb, weil er keinen Grund mehr fand, jemanden zu schlagen. Vaters Hand war immer noch groß und stark, eine richtige Pranke, eine Handwerkerhand, Schmiedehand, ein Erbe von seinem eigenen Vater. Aber mit der Krankheit war die Haut ganz weich geworden, fast durchsichtig, und man konnte jede einzelne Ader erkennen. Die Sehnen waren verkrümmt und hielten die Finger in einer lockeren Faust. Er konnte sie weder öffnen noch schließen. Das beruhigte einen sehr, und man berührte sie vorsichtig, und sie zuckte zusammen wie ein Tier. Auf dem Handrücken wuchsen braune Flecken, die man nicht kannte. Je mehr Kraft aus der Hand entwich, umso mehr wagte man, sie zu streicheln. Am Tag, als er starb, war man so weit und umfasste seine Faust mit den eigenen Händen. Man brauchte beide dafür und hielt sie und verstand. Jetzt war er tot und man war kein Dummerjunge mehr.

Im Billardzimmer war es umgekehrt, und Vater hatte seine Hände auf die Jungenfinger gelegt, sicher das erste Mal, das erste Mal zumindest, dass man sich erinnerte, und man wollte wegsehen, weil einem seine Hände Angst machten, doch man durfte nicht, denn er zeigte einem, wie man den Queue hielt und zielte. Der Stock zitterte in der Hand. Nie durfte man zuvor den Queue berühren, erst jetzt, und er flüsterte einem Anweisungen ins Ohr. Es war wichtig, sie genau zu beachten, so wichtig, denn sonst würde er den Billardstock auf dem Rücken zerbrechen und wieder traurig sein wegen dem schönen Stock. Dummerjunge. Keine falsche Bewegung machen, auch nicht, als er die Kugeln aus der Wandhalterung holte und einem den Rücken zudrehte, denn seine Augen waren überall und erkannten die kleinste Nachlässigkeit. Auch hinter seinem Rücken war man nicht sicher, diesem Rückenberg, den niemand brechen konnte, auch nicht die Nazis, sie konnten ihn nur schlagen. Man war schon fast groß, als man in Italien zum ersten Mal die Narben auf dem Rücken sah. Kräftige Wülste blühten in der südlichen Sonne, immer röter und obszöner, sodass man den Blick abwenden musste, als hätte man etwas Unanständiges gesehen.

Vater legte die weiße Billardkugel auf den Tisch und zeigte einem, wie man ein Auge zukniff, die Queue an den Fingern der linken Hand entlangführte und mit der Rechten konzentriert zustieß. Man hatte Angst, dass man den Filz durchstoßen würde, Dummerjunge, doch die Angst war nicht wichtig, plötzlich war da etwas anderes, etwas Größeres, Unausgesprochenes, wieder etwas, das man nicht verstand, doch nicht drüber reden, bloß nicht, denn worüber man schwieg, das führte selten zu Schlägen. Der Kreidequader malte einem die Finger blau, als man die Spitze des Billardstocks drin drehte. Dann baute Vater ein Nest aus den farbigen Kugeln. Die Weiße schoss drauf zu wie ein Adler, die anderen stoben davon, und ein paar von ihnen stürzten sich vor Angst in die Löcher.

Vater nahm die Weiße und legte sie einem in die Hand.

Elfenbein, sagte er. Aus dem gleichen Material wie die Tasten eines Klaviers, aber viel schwerer und viel schwerer zu spielen. Man weiß nie, wie die Kugeln rollen, wie sie reagieren, völlig unmöglich, das im Voraus zu berechnen. Von daher ist Billard viel anspruchsvoller als das Klavierspiel, wo man immer eine eindeutige Orientierung hat. Billard ist etwas für Menschen, die mit dem Unbekannten umgehen können, mit dem Chaos, und dennoch nicht daran verzweifeln. Klavierspielen ist etwas für schwache Menschen, die einen Halt brauchen. Wie steht es mit dir? Bist du Klavierspieler oder Billardspieler?

Es war eine große Frage, hinter der eine Dringlichkeit steckte, die einen erschreckte. Man musste das Richtige sagen, das war wichtig, und man überlegte sich, ob man unter den Tisch springen sollte, falls die Antwort nicht stimmte, doch man sagte Billardspieler, und alles war gut.

Guter Junge, sagte er und lächelte und klopfte einem auf die Schulter.

Von diesem Tag an konnte der gute Junge nicht mehr Klavier spielen, nie wieder wagte er sich daran.

*

Gero fand Clara im Park des Heims. Paul war auf eine der Eichen geklettert und wollte nicht wieder runter, und Clara versprach ihm drei Kugeln Eis, sonst wäre er vermutlich oben sitzen geblieben. Auf der Rückfahrt schlief er auf dem Kindersitz ein, und Gero erzählte Clara, dass sein Vater nicht mit ihm geredet habe.

Und jetzt, fragte sie.

Jetzt setzt du mich zu Hause ab, und morgen muss ich mal wieder in der Zeitung vorbeischauen.

Du machst aber keinen Mist, sagte sie.

Wenn ich Mist mache, gebe ich dir vorher Bescheid. Einverstanden?

Sie nickte.

Es war erst früher Abend, aber die Stadt lag schon dunkel und schweigend, als wären alle längst beerdigt. Seine Wohnung war finster bis auf das Blinken des Anrufbeantworters im Flur. Gero drückte auf die Wiedergabetaste, und die Stimme seines Bruders klang durch die dunkle Wohnung:

Ich würde dich gerne treffen, es gibt Missverständnisse zwischen uns, das muss nicht sein, und die möchte ich ausräumen. Wie wäre es mit übermorgen, zehn Uhr abends bei Webers? Wenn du nicht zurückrufst und absagst, werde ich dort sein. See you.

Im Grunde seines Herzens wollte Dietmar immer, dass alles gut ist. Wenn etwas nicht gut war, dann wurde es eben geklärt, so einfach war das. Was sich nicht klären ließ, wurde ignoriert. Man muss schließlich nicht alles persönlich nehmen.

Gero nahm alles persönlich.

Der zweite Anruf kam von Quante. Wenn er morgen nicht in der Redaktion erschiene, dann käme sie ihn holen, um ihm eigenhändig beide Beine zu brechen.

Er machte das Licht an, aber es wurde nicht besser. Zum ersten Mal wünschte er sich ein paar Bilder an den Wänden oder ein Bücherregal oder wenigstens ein Radio.

Gero überlegte sich, ob Laura und Albert zusammen in einer Wohnung gewohnt hatten. Ob sie ein Paar waren? Vielleicht hatten sie schon jahrelang gemeinsam in Konstanz gelebt. Vielleicht kamen sie in die Stadt, weil es ihre letzte Hoffnung war, von hier über die Schweiz ausreisen zu können. Vielleicht trafen sie sich erst zufällig und wurden durch ihr gemeinsames Schicksal aneinander geworfen, weil nichts so verbindet wie Leid.

Möglicherweise kannten sie sich aber auch kaum, sondern wussten höchstens, dass da noch ein anderer Flüchtling im Haus wohnte, und hatten gleichzeitig

Angst vor jedem Kontakt. Ein Einzelner kommt besser durch; der Stärkste ist am mächtigsten allein, und selbst der Schwächste wird nicht stärker mit einem zweiten Schwachen an seiner Seite.

Laura könnte in seinem Schlafzimmer gewohnt haben. Hier war früher ein separater Eingang gewesen, die Tür wurde erst in den Sechzigern zugemauert, und man konnte unter dem Verputz noch ihre Umrisse ahnen. Albert lebte vielleicht direkt nebenan, denn es waren die billigsten Wohnungen gewesen, unter dem Dach, das damals noch nicht isoliert war und durch das im Winter kalt der Wind zog.

Sie hatten damals den gleichen Blick aus dem Fenster wie er heute: ein paar alte Giebel; wenn man den Kopf schräg hielt und nach unten schielte, ein Stück der Straße; nicht weit entfernt der Turm des Münsters. Konstanz nach dem Krieg sah aus wie Konstanz vor dem Krieg. In anderen Städten gab es das Bombardement aus der Luft, das Häuser, Menschen und Sünden pulverisierte. Hier war nur die Synagoge verbrannt.

Weil der Anruf von Quante gestern so dringend geklungen hatte, ging Gero am nächsten Morgen direkt in die Redaktion.

Die Sekretärin telefonierte, als er reinkam, und winkte ihn direkt in das Zimmer der Chefin.

Quante drehte sich langsam um, als er die Tür öffnete.

Graf von Nohlen, sagte sie. Sehr angenehm, dass Sie sich mal wieder unter uns Normalsterbliche wagen.

Hinter ihm fiel die Tür ins Schloss.

Frau Quante, sagte er. Ich kann alles erklären. Das liegt daran, dass …

Ruhe, sagte sie. Ihre Termine für heute: um eins ein Treffen mit zwei Greisen, diamantene Hochzeit in Hegne, achtzig Zeilen, Fotograf ist bestellt. 14.30 ein Termin beim Arbeitsgericht; dieses Möbelgeschäft will wieder Betriebsratswahlen boykottieren. Schauen Sie mal, was da los ist. Heute Abend ist ein Konzert in der Lukaskirche, anschließend bekommt der Leiter der Kantorei vom Regierungspräsidenten das Bundesverdienstkreuz umgehängt. Am Bande. Da machen Sie bitte etwa dreißig Zeilen. Und der deutsch-japanische Kulturverein richtet gerade Go-Tage aus. Irgendein Großmeister ist gerade hier, da hätte ich gerne ein kleines Feature. Das langt aber auch morgen noch.

Dann drehte sie ihren Stuhl zurück.

Frau Quante, sagte er.

Sind Sie immer noch da, fragte sie. Dann wird das zeitlich ja alles etwas knapp, oder?

Er arbeitete einen Termin nach dem anderen ab. Das diamantene Hochzeitspaar glaubte an die Ehe, der Betriebsrat an die Mitbestimmung und der Kantor an die Musik. Nachts um zehn hatte Gero den letzten Artikel beendet. In der Stadtredaktion war niemand mehr. Er sollte jetzt nach Hause gehen, aber er starrte den Bildschirm an und der starrte zurück. Gero schaltete das Redaktionssystem aus, um sich ins Internet einzuwählen.

Albert Rosenfeld tippte er in das Suchfeld von Google.

Die Suchmaschine fand 151 Einträge, darunter einen Professor für Stahl und Holzbau in Leipzig, einen Schlagersänger aus Oberfranken, einen Schriftsteller, der zu viele Kurzgeschichten in obskuren Internetmagazinen veröffentlicht hatte, und eine amerikanische Rechtsanwältin. Außerdem tauchte ein Albert Rosenfeld in vielen Foren auf, die in Tschechisch oder Slowakisch oder einer ähnlichen Sprache geschrieben waren. Ein Albert Rosenfeld wurde 1952 in Johannesburg geboren. Gero fand ihn auf einer Seite für jüdische Ahnenforschung, aber er konnte mit seinem Albert nichts zu tun haben, denn dessen Eltern kamen beide aus einer alteingesessenen jüdischen Familie in Basel.

Bei Laura Ferber sah es nicht viel besser aus. Eine Laura aus Luxemburg (Geburtstag am 25.11.1985) suchte auf einer Singleseite einen Partner. Ihr Motto: *Have fun*, ihr Bild: eine Frau am Strand, viel Brust, viel Bein, sehr blond. Eine andere Laura Ferber spielte Schach in der deutschen Damenmannschaft. Eine war Krankenschwester in einer Traumaklinik in Boston, und eine weitere trat beim Karneval in Dormagen als Trommlerin auf.

Mehr gab es nicht.

Dafür gab es 800 Einträge zu Spiegler und Phoenix in Arizona. Dahin waren Eva und Helmut angeblich nach dem Krieg ausgewandert, weil dort irgendein Neffe von Eva lebte. Er klickte sich durch alle Einträge hindurch, die einigermaßen vielversprechend klangen. Schließlich hatte er drei Dutzend E-Mail-Adressen von diversen Spieglers in Phoenix und Umgebung. An alle schickte er die gleiche Nachricht: Er sei als Journalist auf den Spuren seiner Familie und würde gerne mehr über Eva und Helmut Spiegler wissen, die während des Krieges von seinem Großvater versteckt worden waren. Er würde sich über eine Antwort freuen und bei allen entschuldigen, die sich nicht gemeint fühlen.

Es war kurz nach drei, als er nach Hause kam. Um sechs lag er immer noch wach. Wenn er jetzt noch einschlafen würde, wäre der Tag wieder gelaufen, also stand er auf und stellte sich unter die kalte Dusche. Wenn man eine Nacht lang nicht schläft, gibt es morgens einen Zustand sehr großer Klarheit. Alles findet plötzlich seinen Platz, die ganze Welt ist so, wie sie eigentlich immer sein sollte, geordnet, durchsichtig und rein.

Er trank einen Espresso am Bahnhof und ging über die Brücke zum See, wo weiße Schwaden über das Wasser wehten und die Schwäne ihre Bahnen durch die glatte Oberfläche zogen wie mit dem Lineal. Ein Fisch sprang aus dem Wasser und fiel mit einem zarten Klatschen zurück. Hinter ihm rumpelte ein Zug voller Pendler über die Gleise. Heute würde ein guter Tag werden.

Quante war begeistert, ihn so früh zu sehen, und lobte ihn für seine Artikel von gestern. Rotmöller brummte etwas dazwischen, was er nicht verstehen konnte, und Gero setzte sich nach der Konferenz direkt an den Computer.

Sie haben keine neue Nachricht, meldete sein E-Mail-Konto, also ging er zu den Go-Tagen.

Das Spiel sah simpel aus, aber es sei noch komplexer als Schach, deshalb gebe es noch keinen Go-Computer, erklärte ihm Masataka Saijo, der japanische Großmeister, und lachte. Er lachte überhaupt viel. Sie spielten eine Runde, nachdem er Gero die Regeln erklärt hatte, und dabei musste er auch lachen. Go gefiel Gero. Es passte zu der Klarheit, die sich am Morgen in ihn gesenkt hatte.

Sie spielen wie ein Japaner, sagte der Meister zu ihm. Die Deutschen spielen normalerweise wie Fleischfresser, die Japaner wie Vegetarier, doch wenn ein Tiger einen Elefanten trifft, ist offen, wer gewinnt.

Er lachte, als sie sich verabschiedeten, und lud ihn zu einem weiteren Match ein, aber Gero glaubte nicht, dass er sein frohes Gemüt zweimal innerhalb kürzerer Zeit ertragen könnte. Nachdem er den Artikel über den Go-Spieler geschrieben hatte, blieb er noch eine Weile in der Redaktion, wo niemand Verwendung für ihn hatte. Bevor er ging, öffnete er noch einmal sein E-Mail-Konto und fand vier Mails von diversen Spieglers aus Phoenix.

Dear Gero von Nohlen,

falls es sich um das Erbe unserer Familie handeln sollte, das in den Wirren des Krieges und der Nachkriegszeit in Deutschland verblieben ist, bitten wir um eine umgehende Aufstellung der relevanten Werte. Wir werden dann mithilfe unseres Anwalts entscheiden, wie wir weiter verfahren werden.

Sincerely Yours
Family Spiegler

Dear Gero,

schön, dass du dich endlich meldest, ich habe dich schon lange vermisst. Besuche mich auf meiner Homepage und du wirst unvergessliche Erfahrungen machen. Klick einfach auf den Link hier unten.

Yours Linda

Dear Mister von Nohlen,

ein Doktortitel von einer angesehenen amerikanischen Hochschule muss nicht länger ein Traum bleiben. Schon zahllose Menschen haben mithilfe unseres Institutes promoviert – ohne großen Zeitaufwand und mit garantiertem Erfolg.

Fordern Sie unverbindlich unser Informationsmaterial an oder schauen Sie auf unserer Homepage vorbei.

Dear unknown German,

Sie spielen ein Familienpuzzle? Dann spiele ich mit. Vielleicht habe ich ein Puzzleteilchen für Sie. Und Sie welche für mich?

Wir hören voneinander
Yours
Tony Spiegler

Einen Doktortitel wollte Gero genauso wenig wie unvergessliche Erfahrungen. Er vergaß seine Erfahrungen lieber. Und die Sache mit den Erbschaften schien nichts mit der Mail zu tun haben, die er losgeschickt hatte. Er löschte die drei ersten Nachrichten. Blieb die mit den Puzzleteilchen. Das mit dem Puzzle war ihm ein bisschen zu konfus. Außerdem schrieb Tony nichts von den Spieglers oder seinem Großvater, vielleicht war er nur ein ganz normaler Irrer, der sich freute, Post zu bekommen, und sich daher sofort bei ihm gemeldet hatte.

Er antwortete daher vorsichtig:

Dear Tony,

ich freue mich über Ihre schnelle Reaktion und wäre froh, wenn Sie mir Details nennen könnten, was die Geschichte Ihrer Familie betrifft, sodass wir uns sicher sein können, dass wir das gleiche Puzzle spielen und nicht zwei Spiele vermengen, die nichts miteinander zu tun haben.

Mit freundlichen Grüßen
Gero von Nohlen

Dann fuhr er zu Clara.

Warum ziehst du nicht gleich hier ein, fragte sie durch die Gegensprechanlage, das würde Paul freuen.

Dietmar auch, fragte er.

Der ist nicht da und ist daher nicht stimmberechtigt. Willst du nicht wissen, ob es mich freuen würde?

Nein, sagte er. Lass mich jetzt rein, oder schläfst du gerade mit dem Postboten?

Der Türöffner summte, er setzte sich ins Wohnzimmer und wartete, bis sie runterkam.

Paul ist bei einem Freund, tut mir leid für dich, sagte sie und lehnte sich zurück.

Sie war barfuß, und Gero betrachtete ihre frisch lackierten Fußnägel.

Und jetzt, fragte sie, gibst du endlich auf?

Jetzt schaue ich im Archiv der Firma nach.

Da wird Dietmar dich sicher nicht reinlassen.

Das stimmt, gab Gero zu.

Sie sagten beide nichts und sahen sich an.

Gero, sagte sie schließlich. Wenn du mich nach dem Schlüssel fragst, sage ich Nein, das weißt du.

Er nickte und schwieg.

Obwohl Dietmar mich gerade ärgert, sagte sie, und du ein netter Kerl bist, aber das ist zu viel.

Gero sagte noch immer nichts.

Das mit der Wahl zum Oberbürgermeister, sagte sie, das hätte nicht sein müssen. Wenn er sich das gespart hätte, wäre ich sehr froh. Trotzdem kann ich dir den Schlüssel nicht geben.

Das verstehe ich, sagte Gero. Das würde ich an deiner Stelle auch nicht tun. Geben kannst du mir den nicht, aber mir möglicherweise verraten, wo Dietmar den Zweitschlüssel für die Firma aufbewahrt und anschließend in die Küche gehen und uns beiden einen frischen Orangensaft auspressen.

Sie kramte in ihren Taschen nach Zigaretten und ließ sich von ihm Feuer geben. Sie inhalierte tief, aber lustlos, drückte die Zigarette nach zwei Zügen wieder aus, verschwand in der Küche und rief von dort: Hinter dem Hundertwasser. Außerdem siehst du ziemlich bleich aus, du brauchst dringend ein paar Vitamine.

Sie trafen sich drei Minuten später wieder im Wohnzimmer.

Hübsch, diese Bilder von Hundertwasser, sagte Gero. Der röhrende Hirsch des zwanzigsten Jahrhunderts.

Mir gefallen sie, also red nicht, sondern trink, sagte sie.

Clara drückte ihm ein Glas in die Hand.

Morgen ist der Schlüssel zurück, sagte sie.

Es war zu früh für das, was er vorhatte, also fuhr er zu Mehmet, um einen Börek zu essen. Die Welt in der Kneipe war übersichtlich und konkret. Hier hatte nichts eine Bedeutung, die über die eigentliche Funktion der Dinge hinausging. Ein Teller war ein Teller und ein Stuhl ein Stuhl. Er musste sich keine Gedanken machen, ob nicht alles für etwas anderes stand, was es zu sagen hatte oder wie es gemeint sein könnte, und es war vollkommen egal, wo etwas herkam.

Problem var mı, fragte Mehmet, als er sich an den Ecktisch setzte, von dem aus man einen Blick auf den Fernseher hatte, wo gerade eine türkische Tanzgruppe Bauchtanz übte. Die Tänzerinnen sahen alle ein wenig wie Zeyra aus.

Problem yok, sagte Gero, es gibt keine Probleme.

Tamam arkadaşım, sagte Mehmet. Gut mein Freund, aber du siehst nicht glücklich aus.

Glück ist immer da, wo man selbst nicht ist, sagte Gero.

Mein Freund, sagte Mehmet und legte ihm seine

kräftige und behaarte Hand auf die Schulter. Du bist ein reicher Mann in einem reichen Land. In meiner Familie ist ein Viertel der Männer erschossen, ein Viertel im Gefängnis, ein Viertel arm und ein Viertel in Deutschland. Jeder von ihnen wäre glücklich, wenn er dein unglückliches Leben leben dürfte.

Er brachte ihm sein Essen. Gero verbrannte sich an dem heißen Schafskäse die Zunge. Heute hätte er gerne ein Bier gehabt, doch hier gab es keinen Alkohol, nur Raki, das war kein Alkohol, hatte Mehmet erklärt.

Zwei Männer fuhren mit einem gelben Mercedes direkt vor die Glastür, stiegen aus und verschwanden mit Mehmet in der Küche. Eine Viertelstunde später kamen sie wieder und verneigten sich zum Abschied vor ihm.

Zwei Straßen weiter war ein Internetcafé. Gero war der einzige Gast. Der Mann hinter der Theke hatte einen rasierten Schädel, ein Ziegenbärtchen und spielte mit seinem Zungenpiercing. Gero hatte insgesamt dreißig E-Mails aus den USA. Knapp die Hälfte waren sexuelle Angebote, ein weiteres Viertel machte Werbung für Kredite oder Versicherungen, und die übrigen waren zwar von Privatleuten, hatten aber offensichtlich nichts mit seiner Anfrage zu tun. Allerdings war eine Mail von Tony dabei.

Dear Mister von Nohlen,

ein Puzzle? Zwei Puzzle? Wir werden sehen. Meine Großmutter heißt Eva, aber es gibt keinen Adam. Eva Spiegler. Sie verbrachte die Nazizeit am Bodensee. Aber sie redete nicht davon. Nie. Obwohl irgendjemand sie versteckt haben muss. Es gibt einen Passierschein der französischen Besatzer, der direkt nach dem Krieg in Konstanz ausgestellt worden ist. Vielleicht lebte sie dort, vielleicht woanders am See.

Yours

Tony Spiegler

Der Mann hinter der Theke legte eine Techno-CD auf. Die Musik wummerte durch Geros Hirn. Er tippte eine Mail, ohne nachzudenken.

Dear Tony Spiegler,

mein Großvater hatte Eva Spiegler mit ihrem Mann Helmut zwischen 1941 und 1945 in seiner Wohnung versteckt. Wir spielen sicher das gleiche Puzzle, aber wo ist Helmut?

Yours

Gero von Nohlen

Er bezahlte fünfzig Cent für die Computernutzung und ging durch die Niederburg in die Seestraße. Die Gassen waren krumm und uneben, und die Häuser klammerten sich aneinander, als hätten sie Angst, dass der Nebel sie verschlucken könnte.

Es war kurz nach zehn. In Dietmars Firma brannte kein Licht mehr. Der Schlüsselbund lag schwer und fremd in Geros Hand, und er brauchte einige Minuten, um den richtigen Schlüssel für die Glastür im Erdgeschoss zu finden. Dabei wurde er misstrauisch von der Sandsteinfigur beobachtet, die an der Hauskante klebte wie eine Galionsfigur und einen kleinen Erker auf dem Rücken trug. Als Kind hatte er immer Angst vor den versteinerten Gestalten gehabt, vor allem vor den gefiederten Monstern, die sich auf jeden stürzen wollten, der die Eingangstreppe hinaufkam.

Im ersten Stock waren Ausstellungsräume. Hier hingen Fotos und Pläne von verschiedenen Anwesen und zwischendrin Kunst angeblich regional bedeutsamer Maler. Im zweiten und dritten Stock waren die Büros. Das Archiv war ganz oben unter dem Dach. Sie waren als Kinder öfter da gewesen, um zu spielen. Er erinnerte sich an die schmale Treppe, die ganz nach oben führte, und das Steingeländer, auf dem sie runtergerutscht waren.

Die Tür zum Speicher öffnete sich widerwillig, als sei lange niemand mehr hier gewesen. Er erkannte die dumpfe, warme Luft, die ihm entgegenschlug: eine Mischung aus Sägemehl, Papier, Leim und Rost und tastete neben der Tür nach dem Licht. Der alte Drehschalter mit seinem satten Klacken ließ die nackten Glühbirnen an der Decke aufflackern. Sein Bruder arbeitete hin und wieder nachts, so hatte Gero keine Angst, dass der Lichtschein jemanden alarmieren würde.

Der Raum ging über die gesamte Grundfläche des Hauses. Größer als ein Tennisplatz, aber voll mit altem Papier. Die Geschichten der Häuser standen säuberlich in Akten auf Metallregalen. Manchmal früher, in ganz seltenen Momenten, waren sie mit ihrem Vater hier gewesen. Er hatte einen Ordner in die Hand genommen, ihn gehalten wie ein Buch und angefangen zu erzählen. Es sind Geschichten, hatte er gesagt. Geschichten, die nicht leicht zu lesen sind, obwohl alles dasteht: Reichtum und Ruin, Streit um Erbschaften und Inflation, Vertreibung und Scheidung, Kreditwucher, Leid, Hoffnung und Tod. Man muss sie entschlüsseln wie eine Geheimsprache.

Sein Vater übersetzte dann die Bilanzen, Gerichtsbescheide und notariellen Urkunden in Märchen, in denen gekämpft und gelitten wurde. Gero war ein Kind gewesen, das keine Geschichten mochte, auch nicht die seines Vaters. Die meisten hatte er einfach nicht verstanden. Nur eins hatte er verstanden: dass Vater eigentlich in die Welt der Märchen gehörte und nicht an die Spitze eines Unternehmens. Dafür war er immer zu schwach gewesen. Er hatte nichts Eigenes, keinen Willen, keine Ambitionen, keine Idee. Vater war wie ein leeres Blatt gewesen, das darauf wartete, beschrieben zu werden. Auch das wäre nicht weiter schlimm gewesen. Vielleicht hätten Dietmar und Gero ihn zu ihrem perfekten Vater machen können oder Mutter ihn zu ihrem vollkommenen Mann, doch es war längst zu spät dafür gewesen, denn Großvater hatte ihn mit seinem Text beschrieben, sodass nichts anderes mehr Platz hatte, nur ein paar Fußnoten oder winzige Randbemerkungen.

Jede Immobilie hatte einen eigenen Ordner. Allein in Konstanz gehörten der Firma *Von Nohlen Immobilien GmbH* über fünfhundert Objekte. Gero ärgerte sich, als er das dachte. *Objekte*, das war ein Wort aus der Sprache seines Bruders. Er wollte keine Maklerworte benutzen, er wollte sie nicht einmal denken. Vermutlich lag es an dem Geist der Firma, der einen besetzte, wenn man in seine Nähe kam.

Er machte einige zögernde Schritte durch die langen Gänge zwischen den Regalen. Es war unheimlich, vor allem dort, wo die Lampen ungeschickt hingen und düstere Schatten über die Aktenordner fielen, sodass er nur schwer erkennen konnte, was dort stand. Er ging durch die Reihen und entzifferte die Adressen auf den Rücken der Ordner. Die meisten waren alphabetisch sortiert, nur hin und wieder war einer falsch eingestellt, sodass er sich fragte, was das bedeuten sollte.

1940 hatte sein Großvater laut der Anklage des Landrates zwanzig Häuser für jüdische Besitzer verwaltet. Zwanzig Adressen, die Gero sich im Archiv der Zeitung herausgeschrieben hatte. Wenn eines der Häuser noch zur Firma gehörte, gab es einen Ordner dazu im Regal. Er arbeitete sich mit seiner Liste durch die Regalreihen und machte ein Häkchen hinter die Häuser, zu denen er eine Akte fand. Nachdem er alle Regalreihen abgelaufen war, standen zwölf Häkchen auf seinem Zettel. Zwölf Häuser, die sich Großvater unter den Nagel gerissen hatte. Zwölf Häuser zu viel.

Jetzt musste er nur noch wissen, wie er das gemacht hatte.

Hinten an der Wand, aus der auch der schiefe Backsteinkamin herauswuchs, standen die Bilanzen und Gewinn-und-Verlust-Rechnungen der Firma.

Die älteste Mappe war aus dem Jahr 1921. Er nahm sie aus dem Regal und blies den Staub von den Seiten. Er erkannte die Schrift seines Großvaters mit den scharf gezackten Linien. Im April des Jahres hatte Großvater das erste Haus am Stephansplatz gekauft und im November desselben Jahres mit einem Gewinn von 30 Prozent weiterverkauft. Gero wusste nicht, warum das alte Zeug hier aufbewahrt wurde. Er nahm an, dass es entsprechende Bestimmungen gab. In den nächsten Jahren hatte Großvater Häuser gekauft und mit Gewinn verkauft. Manche behielt er einige Jahre, manche nur Wochen. Anfang 1922 nahm er einen Kredit auf, um das Geld in einen ganzen Straßenzug zu investieren. Zur Hochzeit im November 1923 zahlte er die Schulden zurück. Gero stellte sich vor, wie Großvater lächelnd zur Bank kam, einen 5-Millionen-Schein aus seiner Jackentasche kramte und auf den Schaltertisch legte. Er hatte die Straße vermutlich für den Gegenwert eines Brotes oder einer Schachtel Zigaretten bekommen.

Das gefiel Gero. Sein Mut, die Risikobereitschaft und das Warten auf den richtigen Augenblick. Es erinnerte ihn an das Go-Spiel. Großvater spielte wie ein Fleischfresser.

1935 hatte er einen Vertrag mit einem jüdischen Arzt in der Zogelmannstraße über die Verwaltung seines Hauses geschlossen. Gero hatte den Namen nie gehört, er stand also nicht auf der Liste der Deportierten nach Gurs, sondern hatte es rechtzeitig geschafft, sich abzusetzen. Großvater sollte die Miete kassieren und zehn Prozent davon als Verwaltungsgebühr einbehalten. Der Rest des Geldes floss laut Vertrag auf ein Konto in Zürich.

Aus dem Jahr 1936 fand er acht solcher Verträge, mal mit höheren, mal niedrigeren Beträgen für die Verwaltung. Ähnliche Abmachungen für den Rest der Adressen auf seiner Liste gab es aus dem Jahr 1937.

Zwischen den Jahren 1937 und 1939 gab es nichts Auffälliges, was im Zusammenhang mit dem jüdischen Besitz stand. Allerdings schienen die Preise für Häuser insgesamt deutlich gefallen zu sein. Großvater kaufte im Februar 1940 ein Haus in der Rheinstraße für 40 000 Reichsmark von einem Lutz Müller zurück, dem er es fünf Jahre vorher für 68 000 Reichsmark verkauft hatte. Krieg schien nicht gut zu sein für Immobilienpreise.

Im März 1940 kaufte sein Großvater das Haus in der Zogelmannstraße, das er als Erstes verwaltet hatte. Der jüdische Arzt lebte inzwischen in Beerscheba und hatte Großvater über seinen Rechtsanwalt in der Schweiz ein Angebot gemacht, dem er nicht widerstehen konnte: Der Besitzer verlangte nur 500 Reichsmark für das Haus.

Das Haus, in dem Gero jetzt lebte, hatte Großvater im selben Jahr für 400 Reichsmark gekauft.

400 Reichsmark für ein Haus, das einige Zehntausend wert sein musste. Gero hatte Recht gehabt: Großvater spielte das Häuser-Go wie ein Fleischfresser.

Das nächste Haus kostete 430 Reichsmark. Schon im August 1940 verwaltete Großvater keines der Häuser mehr, er besaß sie. Insgesamt hatte er für zwanzig Häuser weniger als 9 000 Reichsmark gezahlt. Gero öffnete das Fenster, das über die Konstanzer Bucht blickte und atmete die feuchte Nachtluft. Wellen leckten leise am Ufer, und der Schrei einer Möwe stand in der Luft wie gemalt.

Früher hatten sie Steine durchs Fenster in den See geworfen. Er wünschte sich, Dietmar würde jetzt kommen, weil er die Lichter in dem Haus gesehen hatte, ihn hier entdecken und dann mit ihm Steine um die Wette werfen. Wer in den See traf, bekam zehn Punkte. Wessen Stein in der Platane hängen blieb, dem wurden drei Punkte abgezogen und fünf dem, der nur die Straße erwischte. Das waren ihre Regeln gewesen.

Ein Motorboot dieselte unter der Rheinbrücke hindurch.

Gero hoffte, dass die kühle Luft ihm helfen würde.

9 000 Reichsmark für zwanzig Häuser.

Das war kein gutes Geschäft. Das war zu billig. Das war unter dem Niveau von Großvater. Einen Kredit von fünf Millionen zur Inflationszeit zurückzuzahlen, das hatte Stil. Ein Haus innerhalb von einem halben Jahr mit einem Drittel Gewinn zu verkaufen, das war intelligent. Häuser zu Ramschpreisen von vertriebenen Juden zu kaufen, das war geschmacklos.

Er hätte ihm Schweinereien zugetraut, aber keine

Geschmacklosigkeiten, doch offensichtlich musste er jetzt umdenken.

Er machte das Fenster wieder zu, und in dem Moment ging das Licht aus. Er hatte vorher noch das Klacken des Schalters gehört, es war also keine durchgebrannte Sicherung oder ein Stromausfall. Gero duckte sich unter das Fensterbrett. Es war stockfinster, er konnte gerade noch die Regale ahnen, die direkt vor ihm standen. Der andere, der hier war, konnte genauso wenig sehen wie er. Die kalte Luft fiel ihm durch die Ritzen des Fensters in den Nacken. Er hatte Angst. Die gleiche Angst, die er als Kind in diesem Raum gehabt hätte, wenn er hier auf einmal im Dunkeln gestanden hätte, vor ihm ein unbekannter Eindringling, ein Räuber, ein Feind.

Plötzlich schnitt das Licht einer Taschenlampe durch den Raum und tastete über die gegenüberliegende Wand. Das Licht war blau und grell, wanderte weiter nach rechts und kam langsam näher. Gero hörte auf zu atmen und kroch auf allen vieren davon. Er wollte bis zur Wand und dort hinter dem Sekretär verschwinden, der seit Jahrzehnten unbenutzt in der Ecke stand. Er hatte ihn heute noch gar nicht bemerkt. Früher war er dort gewesen, und es gab keinen Grund, warum er das nicht mehr sein sollte. Bald müsste er da sein, doch der Strahl war schneller. Einen Moment lang spürte er ihn über seinen Rücken gleiten wie ein leichtes Streicheln und hoffte, der andere habe ihn nicht gesehen, aber das Licht kehrte zurück und fing ihn ein.

Hab ich dich, sagte eine Stimme voller Genugtuung. Gero kannte die Stimme und den zufriedenen Tonfall. Beides gehörte zu Dietmar.

Er hörte, wie sein Bruder Richtung Tür ging, der

Lichtschalter einrastete und spürte den Strom, der durch die Deckenleitungen schoss und die Glühfäden der Birnen zum Leuchten brachte.

Hast du Steine mitgebracht, fragte Gero ihn. Daran musste ich gerade denken.

Dietmar kam zwischen zwei Regalen auf ihn zu. Sein Mantel war nass vom Nebel.

Was für Steine, fragte Dietmar.

Die Steine, sagte Gero und zeigte nach draußen. Weißt du nicht mehr? Wir haben Steine in den See geworfen, hier aus dem Fenster.

Er war sehr glücklich, dass Dietmar da war.

Hast du welche dabei, fragte Gero.

Dietmar verschränkte die Arme vor der Brust.

Wir haben hier sicher nie einen einzigen Stein rausgeworfen, das hätte Papa nicht erlaubt, sagte er.

Dietmar, bat Gero, erinnere dich. Es gab Abzug, wenn einer die Bäume traf oder die Straße.

Du träumst wieder, sagte sein Bruder.

Dietmar, sagte Gero, du lebst wie ein Spiegel. Nichts hinterlässt Spuren in dir, doch es gab eine Zeit vor der Gegenwart.

Vor allem gibt es eine Zeit nach der Gegenwart, sagte Dietmar und machte das Fenster zu. Man nennt sie Zukunft. Schon mal gehört? Aber darum geht es jetzt nicht. Clara hat mir erzählt, dass du den Schlüssel hast, um hier rumzuschnüffeln. Was soll das?

Er packte Gero an der Schulter und drehte seinen Arm nach außen.

Wenn du etwas von mir willst, dann frag mich. Wenn du Angst hast, mich zu fragen, dann lass es. Hat es sich wenigstens gelohnt, hier einzubrechen? Bist du jetzt glücklich? Hast du gefunden, was du gesucht hast?

Er ließ Geros Arm wieder los, der zurückpendelte wie ein toter Ast.

Gero erzählte ihm von den zwanzig Häusern, die Großvater fast umsonst bekommen hatte.

Und, fragte Dietmar.

Nichts und, sagte Gero. Es passt halt nicht ins Bild. Das ist zu erbärmlich. Zu einfach. Ein Gauner mit Klasse, das ist okay. Ein Gauner, der die Not von Flüchtlingen ausnützt, das hätte ich nicht erwartet.

Opa war kein Abzocker, sagte Dietmar. Ich zeige dir was.

Sie gingen rüber zu den Bilanzen. Dietmar blätterte in dem Jahrgang 1946 und zeigte auf ein vergilbtes Blatt, auf dem eine Kaffeetasse einen braunen Halbkreis hinterlassen hatte.

Der Arzt aus Beerscheba hatte im Frühjahr des Jahres sein Haus in der Zogelmannstraße zurückgekauft, für 600 Schweizer Franken.

Siehst du, sagte Dietmar.

Gero las, ohne zu verstehen.

Opa hat die Häuser für sie gerettet, sagte Dietmar und tippte mit seinem Zeigefinger auf das Blatt. Wenn er das nicht getan hätte, dann wären die ganzen Häuser an den Staat gefallen. 1941 oder so hat man den gesamten jüdischen Besitz einkassiert. Auch die Häuser. Dann wären sie weg gewesen. Alle. Er hat sie hier in der Firma geparkt. Anschließend hat er sie ihnen für die gleiche Summe wieder verkauft, oder er hat sie nach dem Krieg ausgezahlt und einen fairen Preis bezahlt.

Alle Häuser, fragte Gero.

Fast, sagte Dietmar. Manche Eigentümer sind halt gestorben. Auf der Flucht oder so, was weiß denn ich. Schiffe versenkt, Brücken gesprengt, Bomben, KZs; es war halt Krieg, das war ihr Risiko. Familie hatten sie nicht oder die starben gleich mit. Dein Haus ist eines davon. Die Firma hat es einbehalten, quasi als Entschädigung für den ganzen Aufwand. Schließlich war es eine heikle Sache. Großvater hat Glück gehabt, natürlich, wie immer.

Gero blätterte in den nächsten Ordnern und hakte die Häuser von seiner Liste ab. 17 Häuser wurden zurückgegeben oder entschädigt. Blieben drei übrig.

Drei Häuser für umsonst, sagte Gero. Nicht schlecht für eine Aufwandsentschädigung, oder? Und wenn Hitler den Krieg gewonnen hätte, dann hätte Großvater alle zwanzig Häuser behalten können. Im Grunde nicht ungeschickt von ihm. Verliert Hitler den Krieg, dann gewinnt Großvater politisch. Bleibt Hitler an der Macht, dann gewinnt Großvater finanziell. Egal, was passiert: Er bleibt Sieger.

Ich finde, du übertreibst, sagte Dietmar. Was soll das Wühlen in der Vergangenheit? Schau dir an, wie die Welt jetzt aussieht: Kriminalität, Terrorismus, Drogen, Islamisten, Wirtschaftspleiten. Und du steckst das bisschen Energie, das dir geblieben ist, in diese alten Geschichten. Kannst du mir sagen, warum?

Vielleicht weil ich keine eigene Erinnerung an Großvater habe, sagte Gero, es ist fast nichts da, kein Bild, nicht seine Stimme, gar nichts.

Warum wundert dich das, fragte Dietmar. Die Ärzte hatten dich doch gewarnt, dass so etwas passieren könnte. Das sind halt die Pillen. Aber sei doch froh. Ich wäre zufrieden, wenn die Vergangenheit verschwindet. Was ich von Opa weiß, macht mich auch nicht glücklicher, als wenn ich es vergessen hätte. Am deutlichsten erinnere ich mich daran, wie wir zusammen Fußball spielten, du warst nicht dabei, vermutlich warst du zu jung. Ich muss sechs oder sieben gewesen sein und hatte ein Tor geschossen, doch Opa wollte es nicht gelten lassen. Ich war vollkommen fassungslos, ein einwandfreies Tor und er weigerte sich, es zu zählen. Wenn ich mit Paul spiele, dann lasse ich ihn gewinnen. Alle Erwachsenen lassen alle Kinder gewinnen, wenn sie mit ihnen spielen, doch Opa nicht, Opa wollte selbst gewinnen, nur gegen dich nicht.

Wie meinst du das, fragte Gero.

Gegen dich hat er immer verloren, sagte Dietmar. Immer, das weißt du doch.

Gero schüttelte den Kopf. Nicht einmal das weiß ich, sagte er leise. Manchmal kommen mir Bilder, und ich weiß nicht, ob es eigene Erlebnisse sind oder nur Träume oder Szenen aus Filmen.

Du warst der Einzige, der gegen ihn gewinnen durfte, sagte Dietmar. Frag mich nicht, warum. Du trägst seinen Namen. Und ausgerechnet du wendest dich gegen ihn. Das verstehe ich nicht, und ich weiß nicht, ob Opa das verstanden hätte.

Sie räumten schweigend die Ordner wieder ein und gingen. Dietmar knipste das Licht aus und schloss die Tür. Beim Runtergehen ließ Gero die Hand über das Treppengeländer gleiten. Es war glatt und kühl. Er hätte Dietmar gerne gefragt, ob er sich daran erinnerte, wie sie hier heruntergerutscht waren, obwohl er seine Antwort ahnte.

Manchmal frage ich mich, warum du alles von früher vergessen willst, sagte Gero, und ob das auch so wäre, wenn Mutter noch …

Weiter kam er nicht. Mit einer einzigen Bewegung drehte Dietmar sich um und schlug ihm die rechte Faust in den Bauch. Gero klappte zusammen wie ein Messer und fiel an ihm vorbei die Stufen hinunter bis auf den nächsten Treppenabsatz.

Wir haben eine Verabredung, sagte Dietmar. Es wäre einfacher für alle, wenn wir uns daran hielten.

Seine Worte tröpfelten von weither durch eine Nebelwand in Geros Kopf und sammelten sich dort in einer kleinen Pfütze. Irgendetwas in seinem Bauch fühlte sich an wie geplatzt, und ein warmer Schmerz strömte in die Beine. Er schloss die Augen, um das Gefühl besser genießen zu können, und sah ihren letzten Schultag vor sich:

Sie mussten immer schweigend essen, eine der Regeln des Internats, an großen Tischen mit jeweils zwölf Schülern. Das Essen war schlecht, das sollte gut sein für die Moral, und das Schweigegebot sollte sie vorbereiten auf den Unterricht, wo sie auch nur dann reden sollten, wenn sie gefragt wurden. Gero aß gerne in Ruhe, aber die anderen hatten bald gelernt, miteinander zu flüstern, ohne die Lippen zu bewegen. Sein Bruder saß ihm gegenüber, neben Steiner, der Gero in Israel die Kerze reingesteckt hatte. Dietmar war nicht dabei gewesen, weil er nicht singen konnte, und Gero hatte seinem Bruder nichts davon erzählt. Steiner hatte etwas über ihre Mutter gesagt. Gero hatte es nicht verstanden, aber alle am Tisch wussten, dass sie bei einem Unfall gestorben war und dass man nicht über sie redete. Niemand tat das, auch Dietmar und Gero nicht, das war die Verabredung, die sie getroffen hatten, damals, als der Notarzt sie aus dem Auto geschnitten hatte und sie aneinander geklammert im Straßengraben saßen und hörten, wie er ihr alle Rippen brach bei dem Versuch, sie wiederzubeleben.

Wir dürfen nie darüber reden, hatte Dietmar in sein Ohr geflüstert, nicht daran denken, niemals davon träumen, dann ist es, als sei es nie passiert. Dann ist es so, als sei sie gerade nur weggegangen und würde bald wiederkommen. Als sei sie im Theater oder beim Friseur.

Gero war neun Jahre alt gewesen, und sie hatten sich beide daran gehalten.

Er hatte nicht mitbekommen, worüber sich Steiner und sein Bruder vorher unterhalten hatten; er war damit beschäftigt, einen wässrigen Knödel in der Bratensoße zu zermantschen in der Hoffnung, dass er dann besser schmecken würde.

Sag das noch mal, flüsterte sein Bruder.

Eure Mutter, sagte Steiner, muss es mit zwei Männern getrieben haben, wenn ein Sohn so blöd und groß ist und der andere so ein schlauer Zwerg.

Einen Augenblick lang war es wirklich still an ihrem Tisch gewesen, vielleicht zum ersten Mal überhaupt, seit sie hier waren. Das hatten alle zwölf verstanden. Dietmar hatte nichts gesagt, aber im nächsten Augenblick seine Gabel genommen und mitten durch Steiners Handrücken gerammt. Dann nahm er Steiners Kopf und schlug ihn zweimal gegen die Tischkante. Beim ersten Mal kullerten ein paar Zähne in Steiners Teller und schwammen in der dunklen Soße wie kleine Eisberge, beim zweiten Mal sah Gero nur das Blut, das aussah, als käme es überallher, aus Steiners Mund, der Nase, sogar aus den Augen.

Die übrigen Jahre bis zum Abitur wurden sie von uralten Hauslehrern unterrichtet, die Großvater für sie ausgesucht hatte, genauso wie er vorher bestimmt hatte, dass Gero und Dietmar ein Internat besuchen sollten, weil ihr Vater nach dem Tod der Mutter mit den beiden überfordert gewesen sei. Gero war bei diesem letzten Essen im Internat ungeheuer stolz auf seinen Bruder gewesen, und eine Ahnung dieses Stolzes war auch jetzt noch in ihm, als er die Treppenstufen hochsah und ihn dort oben stehen sah, stark und konsequent, bei allem, was er tat.

Dietmar kam langsam zu ihm und sah ihn an, als wüsste er nicht, ob er weiterprügeln oder ihm aufhelfen sollte. Er entschied sich für das Letztere, stellte ihn auf die Füße und entschuldigte sich bei ihm, aber so abwesend, dass Gero das nicht ernst nehmen konnte. Vor der Tür verabschiedete sich Dietmar von ihm. Gero wartete, bis sein Bruder in seinen Wagen gestiegen war und vom Nebel verschluckt wurde. Die Reifen quietschten, dann war lange nichts zu hören und Gero stand und lauschte. Von weither dröhnte schließlich eine tiefe Sirene über den See, als würde ein Containerschiff einen Fischkutter aus seiner Fahrrinne jagen, aber hier gab es keine großen Schiffe.

Gero lief los, als hätte er auf diesen Ton gewartet und machte einen kleinen Umweg über die Zeitung. Die Stadtredaktion war längst geschlossen, nur das Licht in der Schlussredaktion brannte noch, und er klingelte so lange, bis ein schlecht rasierter Volontär öffnete, den er nur vom Sehen kannte. Ihm war es egal, dass Gero sich noch einmal an einen Computer setzen wollte, so lange er ihn nicht weiter störte.

Er hatte eine neue E-Mail von Tony Spiegler.

Dear German friend,

der Punkt ist nicht, wo Helmut Spiegler ist, sondern: Wer ist Helmut Spiegler?

Das war natürlich richtig, und Gero wollte gerade antworten, als der Computer abstürzte. *Die Anwendung wird wegen eines ungültigen Vorgangs abgebrochen*, meldete der Bildschirm, *informieren Sie den Hersteller, wenn das Problem häufiger auftaucht*. Gero fuhr den Computer ein zweites Mal hoch und wartete, bis sich das Programm endlich wieder öffnete und er antworten konnte. Es dauerte viel länger, als es sollte. Er hätte Tony gerne viel geschrieben, aber als er sich endlich wieder bis zu dem E-Mail-Programm durchgeklickt hatte, tippte er lustlos: *Ich werde diese Frage beantworten*, und schickte den Satz ab.

Im selben Moment bereute er es. Er hatte gerade eine Verpflichtung übernommen, dabei mochte er keine Pflichten, aber es war zu spät: Sein Versprechen raste durch die Telefonleitungen der Zeitung zum Server, wurde von dort in Überlandleitungen geschossen, durchquerte Europa, jagte im unterirdischen Glasfaserkabel durch den Atlantik oder schoss per Satellit über den Himmel, tauchte an der amerikanischen Ostküste wieder auf, floss durch Hochleistungsprozessoren und landete auf dem E-Mail-Konto von Tony Spiegler, noch bevor er sich ganz bewusst war, was er ihm geschrieben hatte. Gero fluchte über den Computerabsturz.

Wer war Helmut Spiegler?

Er nahm das Foto aus der Tasche, von dem er glaubte, dass das Ehepaar Spiegler darauf zu sehen war. Bisher hatte er Helmut kaum beachtet. Es war das Bild von Eva und Großvater für ihn gewesen. Helmut war halt ihr Mann, kein Grund, ihm viel Aufmerksamkeit zu schenken.

Jetzt sah er ihn sich genauer an: Er sah einerseits glücklich aus, weil seine Frau sich zu ihm neigte und ihre Stirn leicht gegen seine lehnte, aber er sah auch so aus, als ob er eine stärkere Berührung gar nicht ertragen könnte. Als ob ihn schnell alles überfordern würde, was von außen an ihn herangetragen wurde, weil er zu sehr mit dem beschäftigt war, was in seinem Inneren vor sich ging. Bestimmt war das der Grund, dass er auf dem Bild die Augen geschlossen hielt. Sein Gesicht war weich und sein Mund voll und eine Spur zu feminin für einen Mann. Dabei glaubte Gero eine scharfe und schonungslose Intelligenz in seinem Gesicht zu erkennen, diese Art von Intelligenz, die einsam macht. Daher verstand er auch, dass der Mann aussah, als sei ihm die offen zur Schau gestellte Liebe seiner Frau etwas befremdlich.

Zur Schau gestellt.

Vielleicht war das die Lösung.

Es war kein Schnappschuss. Der Fotograf oder die Fotografin – vielleicht war es seine Großmutter gewesen – hatte einen Blitz benutzt; man sah seine Reflexionen in den Augen Evas. Das war damals mit einigem Aufwand verbunden, das ging nicht spontan, denn zu jenen Zeiten konnten Blitz und Kamera noch nicht synchronisiert werden. Die beiden wussten, dass sie fotografiert wurden, und Eva schaute ihren Mann nicht nur aus Liebe, sondern auch für die Kamera an. Ihr Mann mochte diese künstliche Situation nicht und die Spannung, die damit verbunden war. Nur Großvater sah ganz echt aus. Er sah auf Eva, gierig, haltlos und verwundet, aus der Tiefe des Raumes, wo ihn der Blitz fast nicht erreicht hatte, und wollte der Kamera nichts vorführen, aber vielleicht konnte er das auch nicht.

Die Kamera.

Gero stutzte und sah das Foto genauer an. Die Qualität des Bildes war gut, viel besser, als bei vielen anderen Fotos aus dieser Zeit. Die Grauwerte waren perfekt, die Hauttöne weich mit zart verlaufenden Schattierungen, das fiel ihm erst jetzt auf. Der Abzug war sehr feinkörnig, also auf keinen Fall eine Vergrößerung, sondern von einem 9x12-Negativ gemacht worden, dem Format der Linhof-Großformatkamera; der Kamera, die Großvater ihm geschenkt hatte, vielleicht sogar mit der Kamera selbst, die inzwischen keine Bilder mehr machte, weil Gero während der letzten Aufnahme ins Dunkle gestürzt war. Er fror, als er das dachte, und fragte sich, was das zu bedeuten hatte, als er das Bild wieder ansah, das neben den Erzählungen seiner Familie der einzige Hinweis dafür war, dass es Helmut Spiegler gegeben hatte. Vorausgesetzt, es zeigte das, was Gero glaubte. Wenn nicht, dann sprach überhaupt nichts für dessen Existenz, außer ein paar Familiengeschichten.

Denkbar war daher, dass Helmut nie gelebt hatte, sondern immer nur erzählt worden war, aus guten Gründen natürlich: Eine junge Frau in die Wohnung aufzunehmen, das war nicht nur mutig, sondern auch anrüchig. Ein Ehepaar hingegen, das war etwas anderes: nobel und anständig. Eine Möglichkeit war also, dass Großvater den Ehemann vielleicht einfach erfunden hatte. Das konnte nicht allzu schwierig gewesen sein, denn außer ihm und seiner Frau wusste wahrscheinlich niemand, was in der Wohnung passierte. Selbst die engsten Freunde waren nicht eingeweiht. *Das sind irgendwelche Verwandte* wurde ihnen sicher erzählt, aber Genaues hatte keiner gewusst, das wäre zu gefährlich gewesen.

Irgendwann waren die Geschichten dann anscheinend immer detaillierter geworden. Helmut Spiegler hatte ein Gesicht bekommen und Charakterzüge, eine Vergangenheit und einen Beruf. Er sei Pianist gewesen, hatte seine Großtante gesagt, und sie hatte an die Existenz von Helmut Spiegler geglaubt, wie es schließlich alle getan haben, nur sein Großvater hatte die Wahrheit nicht vergessen, er war kein Freund von Märchen gewesen.

Es war also denkbar, dass auf dem Foto Eva Spiegler mit einem Bekannten seiner Großeltern zu sehen war und sie das Bild in den ersten Tagen nach der Befreiung gemacht hatten. Eva war möglicherweise gar nicht verliebt in den Mann, den sie ansah, sondern in die Freiheit, die vor ihr lag und auf die sie lange gewartet hatte, eingepfercht in diese Wohnung.

Eva hatte es tatsächlich gegeben, sie war nicht nur eine Fiktion, denn Gero hatte Kontakt mit ihrem Enkel. Eine Geschichte bekam keine Kinder, sondern endete abrupt, wie die von Helmut, als er keinen Erzähler mehr hatte.

Der Bildschirm vor ihm war schwarz geworden, als der Computer auf Sparbetrieb umgeschaltet hatte. Gero drückte die Leertaste, und es erschien die Bestätigung *Ihre Nachricht wurde abgeschickt.*

Er schrieb eine zweite Mail an Tony:

Vielleicht ist die Frage nicht, wer Helmut Spiegler war, sondern ob.

Bevor ihm irgendwelche Zweifel kommen konnten, ob das jetzt intelligent war oder nicht, sendete er auch das und fuhr den Computer herunter. Der Volontär war in seinem Schreibtischstuhl zusammengesackt, atmete schwer und reagierte nicht, als Gero die Tür schloss.

Als er nach Hause kam, zog Gero ein schmales Päckchen aus dem Briefkasten. Es war eine Tonbandkassette darin und ein kurzer Brief von Maelzer. Der Bankmensch schrieb, dass der alte Giebendorff sich zwar nicht mit Gero treffen könne, ihm aber einiges zu sagen hätte und sich freue, wenn er auf diese Weise dazu beitragen könne, dass Gero die Festschrift erfolgreich abschließen werde. Gero steckte die Kassette ein. Er hatte keinen Recorder in der Wohnung und würde sie morgen im Auto hören.

Als er am nächsten Tag auf dem Weg zu Kroll ins Stadtarchiv war, hatte Gero das schon fast wieder vergessen und schob die Kassette erst in das Gerät, als er schon auf dem Parkplatz des Archivs stand. Zuerst hörte er nichts außer dem Rauschen des Tonbands und drehte die Lautstärke bis zum Anschlag auf, sodass das plötzliche Räuspern eines alten Mannes ihn erschreckte wie ein Donnerschlag aus wolkenlosem Himmel. Gero drehte die Lautstärke wieder auf Normalmaß und hörte eine brüchige Stimme, die Giebendorff gehören musste:

Ich denke, es wäre günstig gewesen, wenn ich mich in der Lage befunden hätte, persönlich mit Ihnen zu sprechen, allerdings erlaubt es mir meine gesundheitliche Situation momentan nicht, mich mit anderen Menschen zu treffen, und ich befürchte, sie wird es mir auch nicht mehr erlauben.

Die Stimme hallte ein wenig, und Gero stellte sich einen alten Mann vor, der in einem Ledersessel in einer riesigen Bibliothek saß, die Füße in eine karierte Wolldecke eingeschlagen und neben sich eine Tasse mit Tee, die ihm die Haushälterin gebracht hatte. Der Blick aus der Bibliothek müsste aus einer großen Flügeltür auf den See gehen.

Nach einer kleinen Pause redete Giebendorff weiter:

Herr Maelzer hat mich dahingehend informiert, dass

Sie für eine Arbeit über Gero von Nohlen weitere Details benötigen, Sie kennen also Herrn Maelzer. Er ist gut für die Bank, nicht wahr, auch wenn er keine Ideen hat, keine Pläne, nichts, was über das rein Geschäftliche hinausgeht, sondern im Grunde nur eine Art intelligentes Sparschwein ist, was heutzutage allerdings vollkommen ausreicht, da sind wir sicherlich einer Meinung. Damals genügte das aber nicht. Damals war ganz anderes gefragt, und wenn Sie an Ihren Großvater denken, vergessen Sie alle Maßstäbe, die Sie heute an Menschen anlegen würden. Es war eine Zeit, in der Großes geschehen konnte, in der man eine Vision brauchte, ein Bild der Welt, das weit über die Gegenwart hinausreichte, und in der es Menschen brauchte, die sich nicht fesseln ließen von den Vorstellungen der anderen. Ich lese Ihnen gerne ein wenig vor, damit Sie verstehen, was ich meine.

Die Stimme wurde undeutlicher und Gero hörte es rascheln. Nach einer kleinen Pause zitierte Giebendorff seinen Großvater:

Wie überwinden wir die Not des Geldes und des Geldkapitals? Gutachten von Regierungsdirektor Gero von Nohlen. 30. August 1946.

Er machte eine kleine Pause, und Gero spürte, dass das seine Art war, Großvater zu würdigen.

Es besteht die Notwendigkeit einer sofortigen Geldreform als Grundvoraussetzung einer neuen gerechten Wirtschaftsordnung, einer gesunden öffentlichen Finanzwirtschaft, einer gerechten Wiedergutmachung an den Opfern des Nationalsozialismus und vor allem einer geistigen Erneuerung.

In diesem Satz zeigt sich schon die ganze Bandbreite des Denkens Ihres Großvaters, das ist doch offensichtlich. Dieses Gutachten war Herr von Nohlens Vorschlag zur Währungsreform an die Alliierten. Sie kennen den Text vermutlich nicht. Kein Mensch kann heute noch ermessen, welcher Anstrengung es bedurfte, um unser Land wieder groß zu machen, von daher ist auch sein Reformvorschlag nur eine bedeutungslose Fußnote der Geschichte, obwohl er, ohne dass ich jetzt in die Details gehen werde, größtenteils genau so umgesetzt wurde, wie Herr von Nohlen es geplant hatte. Dabei geht seine Zielrichtung, wie man sehen kann, immer weit über das rein Wirtschaftliche hinaus. Letztendlich wollte er eine bessere Welt schaffen.

Wieder raschelte es, es gab eine kleine Pause, und Gero überlegte, ob er nicht einfach ausschalten sollte, doch er war zu langsam und die Stimme redete weiter.

Ich habe hier jetzt ein anderes Buch mit dem Titel *Der neue Weg zum eigenen Haus*, ebenfalls von Herrn von Nohlen. Im Nachwort schreibt er, dass das Ziel des Buches sei, auch Arbeitern und Frauen den Weg zum eigenen Haus zu zeigen und so zu ihrer Befreiung aus traditionellen Fesseln beizutragen. Sehen Sie, was ihn antrieb? Nie geht es ihm um das rein Geschäftliche, sondern immer um die Verbesserung der Lebenssituation der Menschen.

Er räusperte sich wieder, bevor er weitersprach mit einer Stimme, die Gero immer priesterhafter vorkam und ihn schon deswegen zweifeln ließ an dem, was er hörte.

Als Nächstes lese ich Ihnen einen kleinen Abschnitt vor aus seiner *Loseblattsammlung für Architekten* und anschließend aus den *Handbüchern über das Steuerwesen* und dem *Lexikon der Nationalökonomie*, und ich freue mich, Ihnen auf diese Weise etwas von Ihrem Großvater mitzuteilen, das Sie bislang kaum kennen werden.

Gero schüttelte den Kopf und spulte die Kassette vor, während er aus dem Fenster in den Hof der Kaserne sah. Als er wieder auf *Abspielen* drückte, hatte Giebendorff das Thema gewechselt.

… wie ich schon sagte, war ich gerade achtzehn geworden, als ich ihn kennen lernte. Herr von Nohlen hatte in seinem Haus einen Vortrag von Wilhelm Filchner über dessen China- und Tibetexpedition organisiert. Filchner zeigte seine Fotos und beeindruckte mich natürlich sehr, aber noch mehr hatte mich Herr von Nohlen in seinen Bann gezogen durch seine Unbedingtheit allem und jedem gegenüber und seine geistige Schärfe, die auch viele andere geschätzt haben. Sie wissen natürlich, dass Hermann Hesse einige Male auf dem Weg nach Italien bei Herrn von Nohlen vorbeigekommen war und mit ihm über die Konzeption des Glasperlenspiels gesprochen hat, an dem er zu dieser Zeit schrieb. Gesehen habe ich das zwar nicht selbst, aber es wurde mir berichtet von Zeugen, deren Glaubwürdigkeit ich nicht anzweifle. Sie kennen natürlich auch die Korrespondenz, die Herr von Nohlen mit Teilhard de Chardin über das Verhältnis von Kultur und Individuum geführt hat und …

Wieder spulte Gero vor. Lobpreisungen des Großvaters waren nichts, was ihn weiterbrachte. Außerdem war es ihm peinlich, dass er weder von Filchner noch von Chardin je gehört hatte. Als er das Tonband das nächste Mal laufen ließ, erzählte Giebendorff gerade von der Reichspogromnacht:

Ich war natürlich vollkommen überrascht von diesem organisierten Ausbruch von Gewalt – ausgerechnet an Schillers Geburtstag – viel mehr als Herr von Nohlen. Er war morgens beim Einkaufen schon mit zwei von den Nazis aneinander geraten, die ihn nicht in seinen Schuhladen gehen lassen wollten. Mittags war ich mit ihm zu einer Wohnungsbesichtigung unterwegs, Termin ist schließlich Termin, nicht wahr, auch wenn die Glasscheiben splittern. Da sahen wir, wie die Nazis Moritz Bloch verschleppten, einen Rechtsanwalt, den Herr von Nohlen nicht mochte, aber gut kannte. Herr von Nohlen packte mich und stieß mich in seinen Wagen, ein fantastisches Auto nebenbei, ein Maybach. Er hatte die Karosserie selbst entworfen und für einige Monate hatten die Nazis es später beschlagnahmt, doch irgendwie hatte Herr von Nohlen es geschafft, den Wagen wiederzubekommen. Allerdings gab es dann schon kein Benzin mehr, und er hatte einen Motor für Holzgas installiert. Besser als nichts, auch wenn der Zylinder täglich gereinigt werden musste. Er verfolgte also den Wagen der Nazis bis zur Seestraße, wo er später das Haus kaufte, um seiner Firma eine würdige Adresse zu geben. Die Nazis schleppten Bloch in ein Boot und stießen ihn ins Wasser, um ihn zu ersäufen, was rein geschäftlich gesehen nicht das Schlechteste für Herrn von Nohlen gewesen wäre, denn Bloch hatte bei einigen Mietstreitigkeiten die Gegenpartei vertreten und er hatte ihn mehr als einmal verwünscht, doch damals am See schrie Herr von Nohlen so viele Passanten zusammen, Spaziergänger, Angler, Touristen, Frauen mit Kindern, bis eine große Menschenmenge am Ufer stand und die Nazis den halb ertrunkenen Bloch wieder ins Boot zogen. Allerdings nahmen sie auch Herr von Nohlen fest, der sich, im Gegensatz zu mir, nicht rechtzeitig davongemacht hatte. Im Vergleich mit ihm ist man ein bisschen feige gewesen, aber wir müssen uns nicht alle mit den von Nohlens messen. Manchmal denke ich, dass die Welt ohne sie besser aussehen würde, friedlicher zumindest. Ich persönlich lebe lieber in Zeiten, die keinen Heldenmut verlangen, aber wir suchten uns unsere Zeit nicht aus, da müssen Sie mir Recht geben, das taten wir wirklich nicht, und Bloch und Herrn von Nohlen wurden in dieselbe Zelle gesteckt, aber unterschiedlich behandelt. Bloch wurde mit Stahlruten geschlagen und erblindete auf einem Auge, wurde aber noch am gleichen Tag mit der Auflage entlassen, sich möglichst viel in der Öffentlichkeit zu zeigen, damit der Aufruhr, den Herrn von Nohlen angezettelt hatte, sich wieder beruhigte. Den schlug man auch, behielt ihn aber einige Wochen in Haft, in der er natürlich genauso unbeugsam blieb wie …

Gero spulte weiter, denn er hatte keine Lust auf Heldengeschichten. Wie tapfer Großvater in der Schutzhaft gewesen war, hatte er zur Genüge gehört.

… das hat sich ganz langsam entwickelt, sagte die Stimme Giebendorffs später. Im Grunde ist Herr von Nohlen da hineingeraten, weil er schon als Makler jüdische Häuser verwaltet und verkauft hat, hart, aber gerecht und ohne die Zwangslage der Flüchtlinge allzu sehr auszunutzen. Wenn die Juden weniger für ihre Häuser bekommen hatten, als sie es sich gewünscht hätten, war das eine Folge der Angebotsflut. Es war ja nicht die Schuld Herrn von Nohlens, dass plötzlich alle ihre Häuser verkaufen mussten und der Marktpreis niedriger war, als von manchen erhofft, da kann ihm niemand einen Vorwurf machen, da müssen Sie mir zustimmen. Später waren dann auch Flüchtlinge gekommen, die schnell etwas zu Geld machen mussten. Ein Bild, Schmuck oder eine Versicherungspolice. Auch daran ließ sich verdienen, nicht ohne Risiko, natürlich nicht, aber Herr von Nohlen hat kein Risiko gescheut, im Gegenteil, er hat immer mit der Gefahr gespielt. Zum Schluss kamen diejenigen, die gar nichts mehr hatten. Ich erinnere mich noch genau, wie es anfing, damals, als ich mit von Nohlen eine Runde Billard spielte, die Türglocke läutete und plötzlich eine abgerissene Gestalt im Flur stand. Der Mann, an dessen Namen ich mich zwar erinnere, den ich allerdings aus verschiedenen Gründen nicht nennen will, sah so jämmerlich aus, dass ich ihn sofort hinausgeworfen hätte, denn man muss schließlich irgendwo eine Grenze ziehen, nicht wahr, und das sagte ich auch Herrn von Nohlen, der mit dem Queue in der Hand auf den Mann starrte und ihn hereinbat, um sich seine Geschichte anzuhören, keine schöne Geschichte, natürlich nicht, und doch keine einzigartige, denn es waren eben andere Zeiten damals.

Von Nohlen half dem Mann nicht anders als denen, die dafür bezahlen konnten, und ich begleitete ihn, nur dieses eine Mal, dann war mir das zu gefährlich geworden. Zuerst hat Herr von Nohlen ein Foto des Mannes gemacht und eigenhändig im Badezimmer entwickelt. Anschließend fuhren wir zum Hauptkommissariat.

Heil Hitler, brüllte Kommissar Lanz, als von Nohlen und ich zur Tür hereinkamen, und klebte dennoch, kaum dass die Tür geschlossen war, ohne ein weiteres Wort zu verlieren, das Foto des Flüchtlings in einen Blankoausweis und stempelte ihn ab. Noch am selben Tag setzte von Nohlen den Flüchtling, der keinen einzigen Pfennig dafür bezahlen konnte, auf den Beifahrersitz seines Wagens und schnauzte ihn an, er solle jetzt gefälligst aufhören zu jammern, die Gefahr sei vorbei. Herr von Nohlen hatte die Dienstpläne sämtlicher Grenzposten und entschied sich für einen kleinen Übergang in der Nähe von Schaffhausen, wo sich die Grenzer weniger für die Papiere als für den Wagen von Nohlens interessierten, sodass Herr von Nohlen den Flüchtling problemlos bis Zürich fahren konnte, wo er ihm sogar noch Geld zusteckte. Und dieser Flüchtling war nur der Erste gewesen, viele andere kamen später noch nach, das wissen Sie ja vermutlich längst alles.

Giebendorff machte eine kleine Pause und zögerte, und dieses Zögern verhinderte, dass Gero das Tonband jetzt endgültig ausschaltete. Bis hier klang alles viel zu flüssig, fast wie auswendig gelernt. Erst dort, wo Giebendorff ins Stocken geriet, würde er etwas erfahren, was ihn wirklich interessierte.

Ich weiß nicht, warum von Nohlen das alles getan hat, sagte Giebendorff schließlich. Ich weiß es wirklich nicht, obwohl ich damals viel über ihn nachgedacht habe, das heißt, eigentlich nicht nur damals, sondern seither denke ich über ihn nach und merke, dass ich ihn bewundern muss, obwohl ich nicht nachvollziehen kann, warum er manches tat. Natürlich hat es sich im Nachhinein als das Richtige erwiesen und ausgezahlt, obwohl das keineswegs abzusehen war, auch direkt nach dem Krieg nicht, obwohl Herr von Nohlen da ja einen gewissen Vorsprung hatte zu einer Zeit, in der jeder Nazi irgendeine jüdische Urgroßmutter im Stammbaum haben wollte. Er hatte wirklich geholfen, doch er redete nicht darüber. Das kam gut an. Man wusste, was er getan hatte, die Franzosen machten ihn zu ihrem Vertrauten, doch er schwieg über seine Heldentaten. Alles andere wäre ihm auch schlecht bekommen. Nazigegner und Judenretter waren ein Stachel im Fleisch der Deutschen, natürlich, denn sie erinnerten sie daran, dass jeder Einzelne auch anders hätte handeln können.

Dass Herr von Nohlen von diesem israelischen Zentrum geehrt wurde, hatte sogar einer seiner politischen Gegner veranlasst, weil er glaubte, das würde seinem Ruf mehr schaden als nützen, aber er hatte sich getäuscht.

Was Herr von Nohlen also während der Nazizeit getan hatte, war eine Investition, die sich in jeder Hinsicht auszahlte. Aber Sie müssen wissen: Das hat selbst Herr von Nohlen damals noch nicht ahnen können. Im Grunde sind mit seiner Hilfe für die mittellosen Flüchtlinge Aufwand und Ertrag in ein Missverhältnis geraten. Außerdem hat er die Preise verdorben, logischerweise, denn er war im Grenzgebiet nicht der Einzige, der von Flüchtlingen lebte. Ich selbst hatte als rationaler Homo oeconomicus von Nohlen geraten, seine Investitionen auch mittelfristig rentabler zu gestalten, aber Herr von Nohlen war kein Mensch, der sich manipulieren ließ, weder von mir noch von den Zeitumständen. Er war frei.

Vielleicht hatte er auch das Gefühl, dass er den Juden etwas schuldig war, nach allem, was er in den vorangegangenen Jahren an ihnen verdient hatte, und es war seine Art gewesen, ihnen etwas zurückzuzahlen. Ich weiß das wirklich nicht. Ich weiß nur, dass Herr von Nohlen von einem bestimmten Zeitpunkt an nicht mehr für seine Hilfe bezahlt wurde, jedenfalls …

Hier gab es eine lange Pause. Es klang, als ob Giebendorff einen Schluck trank, dann raschelten Blätter, und Gero hörte ein leises Kichern.

… jedenfalls nicht mit Geld, fuhr Giebendorff schließlich fort, aber manchmal hat es natürlich andere Mittel und Wege gegeben, nicht wahr? Ich erinnere mich noch gut an eine Sängerin aus Österreich, die

Herr von Nohlen nicht außer Landes schaffen konnte oder wollte, sondern mit falschen Papieren ausstattete und als Souffleuse am Theater unterbrachte und die auf ihre Weise einen Weg gefunden hatte, Herrn von Nohlen zu entlohnen.

Es wurde einen Augenblick still in Geros Wagen, dann knackte es, und die Kassette war durchgelaufen. Er drehte sie um, spulte kurz vor, weil er hören wollte, wie es weiterging, und merkte, dass er Giebendorff das Wort abgeschnitten hatte, doch jetzt sprach er von den Spieglers, und Gero ließ das Band laufen.

... so standen die Spieglers also da, und wir alle spürten, dass etwas Besonderes passierte. Das lag nicht nur daran, dass es ein wichtiger Tag für Herrn von Nohlen war, schließlich war sein Buch über Milaräpa veröffentlicht worden. Filchner hatte das Vorwort geschrieben, und der Schweizer Verleger war sehr optimistisch, weil gerade in so finsteren Zeiten die Menschen auf das Licht angewiesen seien, das aus dem Osten komme, wie er ausführte, als es klingelte und alle erstarrten. Die Furcht senkte sich damals schnell in alle Herzen, verständlicherweise in jenen Zeiten, und sie wich auch nicht, als die beiden Flüchtlinge plötzlich im Salon standen und Herr von Nohlen sie als seine Cousine und ihren Mann vorstellte, was natürlich nicht der Wahrheit entsprach und doch von allen geglaubt wurde, weil es die einfachste Lösung war. Sie war nicht seine Cousine, und doch schienen sie sich zu kennen und umkreisten sich gegenseitig, das heißt, eigentlich umkreisten sie sich nicht, sondern stießen sich gegenseitig ab, aber wie aus zu großer Ähnlichkeit, wie zwei Magneten, wenn Sie wissen, was ich meine. Ich sprach sie an, um sie aus der Nähe zu sehen, denn sie war sehr schön und sehr verunsichert, auf die Art und Weise, die einen Mann dazu brachte, sie beschützen zu wollen, was ich gerne getan hätte, auch wenn ich mit meiner Verlobten auf dem Fest war, doch ich kam zu spät; es war Herr von Nohlen, bei dem sie Unterschlupf suchte, und ich beneidete ihn, dass er zu der Sorte Mann gehörte, bei der sich eine Frau wie Eva Spiegler geborgen fühlte. Allerdings bekam er nicht nur die Frau, sondern musste auch ihren Mann ertragen, Helmut Spiegler, dessen Benehmen mehr als ungehörig war und dessen Namen und Gesicht ich gerne vergessen würde, was mir jedoch trotz aller Anstrengung nicht gelingt.

Als deutlich wurde, dass die beiden längere Zeit bei ihm wohnen würden, versuchte Herr von Nohlen, Helmut Spiegler in unseren Kreis einzuführen. Wir waren acht oder neun Herren und trafen uns regelmäßig bei Herrn von Nohlen, um gemeinsam zu lesen, zu diskutieren, die militärische Lage zu analysieren und Pläne zu machen für die Zeit danach. Herr von Nohlen stellte uns seinen Gast vor, doch der legte es darauf an, ihn zu kränken, indem er die Zigarre ausschlug und sich weigerte, ein Glas von dem Whiskey zu trinken, den Herr von Nohlen sich aus der Schweiz besorgen ließ. Sehr ungehörig, wirklich; ein Affront, der umso unverständlicher war, als der Mann Herrn von Nohlen augenscheinlich sein Leben verdankte. Ich vermute heute, da ich die Menschen besser verstehe als damals, dass der Flüchtling dadurch seine Autonomie beweisen wollte, trotz der Abhängigkeit, in der er sich befand, aber dennoch war das ein sehr unpassendes Verhalten, zumal er sich anschließend dem Gespräch mit uns verweigerte, sich an den Flügel setzte und unaufgefordert zu spielen begann.

Herr von Nohlen ließ es geschehen, dass der Flüchtling in den folgenden Wochen und Monaten den Flügel okkupierte und durch die Musik die Lufthoheit in der Wohnung errang, sodass er sich selbst dort immer fremder fühlte, ausgestoßen und immer mehr Zeit außerhalb verbrachte. Ich verstand diese Form von Schwäche nicht, und ich verstehe sie immer noch nicht, zumal es die einzige Schwäche war, die ich bei Herrn von Nohlen erlebte, und ich habe einiges mit ihm erlebt, das können Sie mir glauben. Ich kann mir nur vorstellen, dass Helmut Spiegler für Herrn von Nohlen kein ebenbürtiger Gegner war, sondern ein Gast, ein Abhängiger, und dass er daher den offenen Kampf mit ihm scheute, der den anderen in jedem Fall vernichtet hätte. Ich bedauerte damals sehr, Herrn von Nohlen nicht mehr in seiner Wohnung besuchen zu können, natürlich auch deswegen, weil es so für mich keine Gelegenheit gab, Eva Spiegler wiederzusehen. Ich hätte sie gerne wieder getroffen, vor allem in der Zeit nach dem Tod meiner Verlobten, doch die Umstände, in denen ich sie schließlich traf, waren nicht die, die ich mir gewünscht hätte, denn wieder war es Herr von Nohlen, der die älteren Rechte hatte …

Gero erschrak, als es hart an die Scheibe seines Wagens klopfte. Es war Kroll. Gero drückte auf Stopp, stieg aus dem Auto und folgte ihm die flache Rampe an der Außenseite des Hauses hoch ins Archiv.

Ich habe noch einiges über deinen Großvater rausgefunden, sagte Kroll, als sie in seinem Büro angelangt waren. Weißt du, warum er nach dem Krieg zum Regierungsdirektor ernannt wurde?

Nein, sagte Gero.

Dein Großvater hat mit seiner Widerstandsgruppe verhindert, dass die Nazis die Rheinbrücke noch sprengten. Überdies hat er geholfen, dass die kampflose Übergabe Singens vereinbart wurde.

Ja, ja, ja, ja, sagte Gero. Ein echter Held eben. Ich habe mir gerade schon eine Menge Rittermärchen anhören müssen. Gero von Nohlen, der edle Recke, Beschützer der Witwen und Waisen. Erzähl mir was Neues.

Er hat nach dem Krieg das *Neue Deutschland* gegründet, sagte Kroll.

Die Zeitung?, fragte Gero, das jetzt auch noch? Und die Glühbirne hat er auch erfunden und den *Don Giovanni* geschrieben? Die Relativitätstheorie? Die Erstbesteigung des Nanga Parbat?

Nein, sagte Kroll, nicht die Zeitung, sondern eine Art Partei der Widerstandsgruppen aus der Nazizeit. Sie wollten sozialistische Arbeiterbewegung und Bürgertum vereinen.

Parteigründungen liegen bei uns in der Familie, sagte Gero. Ich überlege schon dauernd, ob …

… Doch dann entstanden die anderen Parteien wieder, und das *Neue Deutschland* ging ein. Dein Großvater wurde zum Mitbegründer der SPD nach dem Krieg. Er saß sogar im Vorstand der badischen Sozialdemokraten.

Mein Großvater, sagte Gero, ist kein Thema mehr. Er ist von allen Sünden reingewaschen, fast jedenfalls. Die Übrigen sind harmlos und werden im Fegefeuer verbrannt. Ich habe eine andere Frage: Helmut Spiegler. Wie finde ich heraus, wer er war und was er machte, wenn er illegal hier gelebt hat?

Gar nicht, sagte Kroll fröhlich. Ohne Ausweis keine Existenz.

Das, sagte Gero, ist zu einfach. Angeblich hat mein Großvater ihn mitsamt seiner Frau versteckt. Beziehungsweise: Er hat die Frau mitsamt ihrem Mann versteckt. Die beiden kamen aus Köln. Die Frau emigrierte in die USA, aber nicht der Mann. Kannst du herausfinden, was da los war?

Einhundert Möglichkeiten, sagte Kroll. Die ersten neunundneunzig: Sie trennten sich. Sie ging links, er ging rechts und das war's. Sie gründete eine Familie in den USA, und er ging nach Israel und wurde Rabbiner.

Gut, sagte Gero. Das Problem liegt bei dir in den richtigen Händen. Ich hoffe, du brauchst nicht so lange.

He, sagte Kroll, du willst doch einen alten Krüppel nicht hetzen. Was ist mit einer Runde Backgammon?

Ein andermal, sagte Gero und ging.

Im Besprechungszimmer der Redaktion beschimpfte Quante gerade einen der Fotografen, schickte ihn aber mit einer wegwerfenden Handbewegung aus dem Raum, als sie Gero sah, und winkte ihn zu sich herein.

Das Interview mit Ihrem Bruder vergessen Sie wieder, sagte sie, das mache ich selbst. Ihr Bruder kommt nachher hier vorbei. Das mit seiner Kandidatur scheint mehr Erfolg zu haben, als ich vermutet habe. Das wird jetzt Chefsache. Trotzdem schön, dass Sie hier sind, denn ich habe Aufgaben für Sie, etwas ganz Besonderes, jetzt, wo Sie zur Fasnacht ausnahmsweise mal in Konstanz sind.

Gero wurde schwarz vor Augen.

Nein, flehte er. Bitte nicht, alles andere gerne: Kleintierzüchtervereine, Jubiläen, Hochzeiten, Beerdigungen, Gerichtsverhandlungen, die in drei exjugoslawische Sprachen übersetzt werden. Aber nicht das.

Sie sind zu hochmütig, sagte Quante. Sie nehmen sich zu wichtig, obwohl es dazu keinen Grund gibt. Details besprechen wir später, aber ich will alles: Am Donnerstag die Fanfarenzüge und die Hemdglonker. Am Samstag den Jahrmarkt in Freudental und am Sonntag den großen Zug durch die Stadt. Außerdem ein paar kleine Human-Touch-Reportagen. Und ich will in den Artikeln kein bisschen Ironie lesen, keine Distanzierung, sondern zutiefst empfundene Sympathie für die Tradition.

Damit ließ sie ihn laufen. Gero setzte sich in ein leeres Büro und schloss die Augen. Es gibt wenig, was schlimmer ist als eine Stadt unter Verkleidungszwang. Morgen war Donnerstag, da würde es losgehen. Normalerweise flüchtete er immer um diese Zeit, aber das hatte er diesmal vergessen, wegen dieser Geschichte mit Großvater.

Er sah aus dem Fenster.

Noch sah die Stadt ganz normal aus, bürgerlich und gesetzt. Gerade das war vielleicht die Maske, und sie zeigte ihr wahres Gesicht erst in der Gestalt der entfesselten Masse, die in den nächsten Tagen durch die Straßen toben würde.

Lieber flüchtete er in die Vergangenheit seiner Familie. Auf seinem E-Mail-Konto hatte die Flut der Nachrichten von diversen Spieglers aus Arizona inzwischen nachgelassen. Er löschte sie und las die Antwort Tony Spieglers auf seine Mail.

Unbekannter Deutscher,

ich nehme Sie beim Wort und hoffe auf Informationen über Helmut Spiegler. Wenn Sie mehr über meine Großmutter Eva wissen wollen, dann müssen Sie kommen. Mir sagt

sie nicht, was war. Vielleicht spricht sie mit Ihnen? Sie lebt in einem Altersheim in Sedona, nicht weit von Phoenix.
Tony Spiegler

Gero las die Nachricht drei- oder viermal, bevor er begriff, was da stand. Anschließend rührte er sich nicht, sondern starrte auf den Bildschirm, bis die Buchstaben verschwammen.

Eva Spiegler lebte noch.

Damit hätte er eigentlich rechnen können. Elsbeth lebte schließlich auch noch, aber er war so dumm gewesen, so blind. Erst als der Bildschirm schwarz wurde, löste sich seine Erstarrung, und er kramte in seinem Sakko. Das Foto aus seiner Tasche war inzwischen schon sehr verknittert, aber Eva Spiegler war immer noch schön. Schön und jung, etwa Anfang zwanzig; ein paar Jahre jünger als der Mann, den sie ansah. Großvater im Hintergrund hatte kein Alter, er war zu unscharf, zu dunkel. Wenn das Bild Eva Spiegler zeigte, dann wurde es frühestens 1941 gemacht. Großvater war damals neununddreißig oder vierzig. Sie war erst halb so alt wie er. Heute wäre sie dann Mitte achtzig. Das hieße, dass auch Helmut Spiegler noch leben könnte.

Gero schrieb Tony zurück, dass ihn seine Nachricht komplett überrascht hätte und er sich erst einmal an den Gedanken gewöhnen müsse, dass Eva Spiegler noch lebe. Er würde kommen, sobald er die Gelegenheit dazu hätte, aber es erscheine ihm sehr zweifelhaft, dass Eva Spiegler ihm – einem Fremden – etwas sagen würde, was sie ihrer eigenen Familie vorenthalten hatte. Dennoch würde er es auf einen Versuch ankommen lassen. Was er Tony nicht schrieb, war, dass er nach der Fasnacht einen längeren Urlaub nötig haben würde und dass ihm ein Aufenthalt in Arizona auch von daher gut passte. Außerdem hatte er dank der Zahlungen von Giebendorff & Söhne zum ersten Mal seit langem wieder Geld auf dem Konto.

Anschließend fuhr er mit dem Aufzug ins Archiv. Hier ließ er sich den Ordner über seinen Großvater bringen, um dort weiterzulesen, wo er das letzte Mal aufgehört hatte. Gero überblätterte die Artikel über die Neugründung der SPD und seine Wahl in den Landesvorstand und fand auf einer der nächsten Seiten das Bild eines Unfalls. Gero sah den schwarzen Maybach seines Großvaters, von der Seite aufgenommen, sodass die Größe des Fahrzeuges betont wurde. Laut Bildunterschrift war es eine Pullman-Ballonlimousine. Man sah kaum das andere Auto, das von ihm von der Straße gestoßen worden war und mit zerdrückter Motorhaube an einem der Bäume der Allee zur Reichenau hing.

Gero kannte die Geschichte aus Erzählungen. Großvater war nach der Besetzung von den Franzosen als Regierungsdirektor eingesetzt worden. Zwei Wochen später hatte er in seinem provisorischen Büro den Staatsanwalt getroffen, der ihn in Schutzhaft gesteckt hatte, und er hatte ihn aus dem Amtszimmer geworfen. Das hatte Großvater aber offensichtlich nicht gereicht, denn anschließend hatte er den Staatsanwalt in seinem Wagen verfolgt und dessen Auto gerammt. Seinen Gegner hatte Großvater vom Fahrersitz gezogen und war gerade dabei, ihm nach beiden Armen auch das Genick zu brechen, als eine Streife ihn davon abhielt. Den Posten als Regierungsdirektor hatte Großvater dennoch verloren.

Auf der nächsten Seite war er dann schon Baubürgermeister und weihte eine Straße ein. Die nächsten Jahre war er Bürgermeister gewesen, und es gab entsprechend viele Artikel, die Gero nicht weiter interessierten. Es ging um Schulneubauten und Ausweisung von Gewerbegebieten. Das Leben schien so kurze Zeit nach dem Krieg schon sehr normal geworden zu sein. 1952 gab Großvater das Amt freiwillig ab, und es wurde von da an nur noch sehr unregelmäßig über ihn geschrieben. Einige Artikel über seine Mitwirkung bei der Gründung des Bankhauses Giebendorff & Söhne. Ein größeres Porträt zu seinem sechzigsten Geburtstag. Ein Bericht über die Allee der Gerechten in Yad Vashem und den Baum, der dort für ihn gepflanzt worden war. Auf der Wirtschaftseite ein Bericht über das Immobilienbüro. Ein Kurzinterview mit ihm über seine Erfahrungen während der Reichspogromnacht. Der Nachruf, als er gestorben war. Nichts, was Gero überraschte. Er klappte den Ordner zu. Die Akte Gero von Nohlen war geschlossen.

Er fragte einen der Archivare, ob sie etwas über Helmut Spiegler aus der Zeit des Dritten Reiches hätten.

Der schüttelte den Kopf.

Kein Helmut Spiegler, sagte er. Spieglers haben wir aus der Zeit nur drei: Alexander, Erwin und Hartwig. Keinen Helmut, ganz sicher. Tut mir leid.

Gero bedankte sich bei ihm und ging zu Mehmet. Beim Essen ließ er sich von Öcalan zusehen, der schief in seinem Bilderrahmen hing. Gero wusste von Zeyra, wer er war, denn sie hatte das gleiche Bild bei sich im Zimmer hängen. Er war ihr Held, denn sie kam aus irgendeinem Bergdorf an den Hängen des Ararat. Ihr Onkel war von türkischen Soldaten an einen Jeep gebunden und dreimal durchs Dorf gezogen worden. Es blieb nicht viel von ihm übrig, das sie begraben konnten. Ihr Vater hatte mit dem kurdischen Widerstand nichts zu tun. Als sie ihn zum zweiten Mal nachts zum Verhör abgeholt hatten und er hinterher nicht mehr stehen, nicht mehr sitzen und nicht mehr liegen konnte, beschloss er zu fliehen. Zeyra war fünf Jahre alt gewesen. Als sie über die Berge mussten, erfroren ihr alle Zehen am rechten Fuß und wurden zuerst schwarz und später amputiert. Gero fragte sie, welche Berge, aber sie wusste es nicht, vielleicht in Jugoslawien oder Italien, meinte sie, denn durch die Schweiz waren sie in einem verplombten Container gefahren, während ihre Mutter die ganze Zeit über Lieder in ihre Ohren gesummt hatte, damit sie nicht schrie.

Öcalan ist der Einzige, der wirklich für die Kurden gekämpft hat, sagte Zeyra, und es ist nie sinnlos zu kämpfen, auch wenn man weiß, dass man verlieren wird.

Es lebe das freie Kurdistan sagte Mehmet, der seinen Blick auf das Bild bemerkte und wiederholte den Satz in einer Sprache, die Gero nicht verstand.

Ist das Türkisch, fragte er.

Zaza, sagte Mehmet. Unsere Sprache.

Du siehst gar nicht aus wie ein Träumer, sagte Gero.

Ohne Traum bist du tot, sagte Mehmet und schenkte ihm einen Tee nach. Gero trank aus und ging heim, um sich zu erholen. Die nächsten Tage würden fürchterlich werden.

VIII

Am nächsten Tag waren von Nohlen und seine Frau wieder frühmorgens gegangen, und Helmut war sofort im Salon verschwunden. Ich saß im Arbeitszimmer, an dem Platz hinter dem Schreibtisch, an von Nohlens Platz. Ich weiß nicht, wie lange ich rechnete, aber ich weiß noch, dass nach einer Weile die Zahlen in meinem Kopf die Töne vertrieben, die Helmut im anderen Zimmer spielte, in dieser immer gleichen Wohnung mit der immer gleichen Luft, die stickig und sauer wurde in der Sommerhitze, die inzwischen über der Stadt lag. Hin und wieder hörte ich Elsbeth, wenn sie beim Abräumen des Frühstücks oder dem Spülen einen Teller scheppern ließ oder mit der Drahtbürste den Herd schrubbte, und manchmal zuckte ich zusammen, wenn es ein Ton war, den ich nicht erwartet hatte. Eigentlich sollte von Nohlen längst wieder hier sein; ich hoffte, dass ihm nichts zugestoßen war, jede Verspätung konnte das Schlimmste bedeuten. Ohne ihn konnte ich nicht weiterarbeiten, und ich blätterte in den Unterlagen der vergangenen Jahre. Alles, was er anpackte, wurde zu Geld, das er investierte und das sich wieder vermehrte, unabhängig von der Politik oder dem Kriegsglück. Seit Kriegsbeginn hatte er die Zahl seiner Häuser mehr als vervierfacht. 1939 hatte er acht Häuser gekauft. 1940 dreiundzwanzig Häuser. Davon nur drei zu einigermaßen realistischen Preisen. Die anderen fast umsonst. Ein paar hundert Reichsmark pro Haus. Das war seltsam, und ich wollte gerade in seinen Unterlagen nach den Vorbesitzern suchen, als ich das Klopfen hörte. Bevor ich *Herein!* rufen konnte, polterte die Tür auf, und zwei SS-Männer stürmten ins Zimmer.

Das Gesicht des Älteren mit den wachen, fast freundlichen Augen war leicht aufgedunsen wie das eines Alkoholikers. Er hob seinen Arm zu einem nachlässigen Hitlergruß, während der Jüngere die Absätze seiner schweren Lederstiefel zusammenknallte, für den Bruchteil einer Sekunde Haltung annahm und den Arm nach oben riss, als wolle er jemandem etwas beweisen, Heil Hitler brüllte, bevor er wieder zusammensackte und sich an der Tür postierte. Sein Kopf ruckte unruhig hin und her, und seine Augen glitten durchs Zimmer. Er nahm seine Aufgabe sehr ernst und wollte unbedingt verhindern, dass ich aufsprang und eine Waffe zog, um mir den Weg in die Freiheit zu erkämpfen.

Der Ältere sah ihn belustigt an, setzte sich mit leichtem Stöhnen mir gegenüber und zog die schwarzen Handschuhe aus, die er zuerst ordentlich übereinander legte und dann doch auf den Schreibtisch warf, als ob er es sich anders überlegt hätte.

Das also war das Ende.

Es kam viel selbstverständlicher, als ich immer befürchtet hatte, fast beiläufig, ohne Widerstand hervorzurufen, nicht mit einem einzigen Gedanken dachte ich daran, im Gegenteil, ich nahm mir vor, jetzt ganz ruhig zu bleiben, um ihnen nicht den Triumph zu gönnen, vor ihren Augen zusammenzubrechen. Ich würde früh genug zusammenbrechen, in einem feuchten Kellerloch oder einem Lager im Osten.

Seit dem Moment, in dem sie hier hereingekommen waren, war offensichtlich, dass es so weit kommen würde. Von nun an würde ich nicht mehr entscheiden müssen, jetzt wurde entschieden. Das Seltsame war, dass mit einem Mal alle Angst von mir gewichen war. Nie wieder würde ich zusammenzucken, wenn auf der Straße vor dem Haus Reifen quietschten oder ich zur Unzeit im Treppenhaus Schritte hörte. Nie mehr ängstlich auf den Wind lauschen und die Töne, die er mit sich trug. Nie wieder die Wolken anstarren mit dem Gefühl, dass in ihnen einer sitzt, der mich gerade beobachtet. Ich war ganz befreit, ganz erleichtert, dass es endlich geschah und das lange Warten ein Ende hatte. Wenn ich gewusst hätte, wie einfach es war, dann wäre ich nicht so lange davongelaufen.

Jetzt fiel mir Helmuts Klavierspiel wieder auf. Auch bei ihm würden zwei Männer in schwarzen Uniformen sitzen, die er noch gar nicht bemerkt hatte, weil er so in die Musik versunken war. Ich gönnte ihm jede Sekunde, die er noch frei war, und hörte zum ersten Mal seit langem seinem Klavierspiel wirklich zu. Das hätte ich vorher tun sollen, vielleicht hätte ich dann auch verstanden, was er mit dieser neuen Art der Musik ausdrücken wollte, wirklich Mühe hatte ich mir nie gegeben; jetzt war es fast zu spät und ich lauschte den letzten Tönen, die ich von ihm hören würde, als verrieten sie ein Geheimnis. Ich hoffte, dass wir uns noch einmal sehen würden. Mit ein bisschen Glück würden wir mit dem gleichen Wagen abtransportiert werden. Das wünschte ich mir und betete mit verschlossenen Lippen darum, ein einziger Wunsch, mein größter, wenn es einen Gott gibt, trotz allem, dann lass mich Helmut ein letztes Mal sehen. Noch ein Blick in seine Augen.

Noch einmal seine Hände berühren, so lange er sie noch bewegen konnte. Vermutlich würden sie ihm als Erstes die Finger brechen. Das taten sie gerne. Die SS-Männer waren Barbaren, voller Neid auf Bildung, Kunst und Musik. Für Musiker hatten sie keine Verwendung, doch ich konnte mit Zahlen umgehen. Das war etwas wert und würde mein Leben verlängern, oder mein Leiden.

Ich bin Herrn von Nohlens Buchhalterin, sagte ich. Ich erkannte meine Stimme nicht, sie war eine Oktave nach unten gerutscht. Um weniger zu zittern, presste ich beide Hände auf die Schreibtischplatte.

Ja, ja Frau Spiegler, das wissen wir doch, sagte der Mann gegenüber, lächelte mich an und sah zu dem Jüngeren hin.

Stimmt's, Wilhelm?

Auch der Mann an der Tür lächelte. Es machte ihnen sichtlich Freude, jemanden zu verhaften, vor allem eine Frau. Noch mehr Freude würde ich ihnen machen, wenn ich mich wehren würde. Dann könnten sie sich auf mich werfen, meine Handgelenke zu Boden drücken und mich überall begrapschen.

Helmut spielte noch immer Klavier.

Vermutlich saßen die SS-Männer drüben kichernd vor ihm, weil er sie nicht sah, sie nicht sehen wollte. Vielleicht hatte er Glück, und es gelang ihm tatsächlich, in Beethovens kalten Kosmos zu entkommen, und wenn sie schließlich genug gewartet hätten und sie ihm die Hände auf die Schultern legen würden, wäre nichts mehr übrig von ihm, außer einer leeren, leblosen Hülle, die noch ein paar kristallklare Takte spielen würde, bevor sie in sich zusammensank.

Von Nohlen musste ihnen alles verraten haben. Ob

sie zuerst ihn verhaftet hatten und er von uns erzählt hatte, um sein Leben zu retten, oder ob er aus freien Stücken zu ihnen gegangen war, um unsere Anwesenheit zu melden? Vielleicht hatte er doch noch Angst bekommen, obwohl Angst kein Gefühl war, das Platz in seinem Leben hatte. Wahrscheinlicher war, dass er es nicht mehr mit uns aushielt in dieser Enge. Nie war geplant, dass wir bleiben. Er hätte nur mit uns reden müssen. Ein kurzes Gespräch, eine Andeutung, und wir wären verschwunden. Doch was der Grund für sein Handeln war, würden wir nie erfahren.

Stehen Sie doch einmal auf, bat mich der Ältere.

Ich gehorchte. Daran würde ich mich sowieso gewöhnen müssen, ohne nach dem Sinn der Befehle zu fragen.

Jetzt einmal umdrehen und dann wieder hinsetzen, sagte er.

Das tat ich. Ich musste fast kichern dabei. Das Leben war mit einem Mal so einfach geworden.

Nicht schlecht, was, sagte er zufrieden zu dem Mann an der Tür. Ich habe dir ja gesagt, Gero von Nohlen hat Geschmack. Wenn er jemanden in seiner Wohnung aufnimmt, dann hat das seine Gründe.

Er drehte den Kopf wieder zu mir und musterte mich ausgiebig. Vermutlich stellte er sich vor, was er mit mir alles anstellen würde, wenn er mich erst einmal allein in den Fingern hatte.

Wirklich makellos, sagte er zufrieden. Und dieser Eindruck wird durch die schlichte Kleidung durchaus verstärkt.

Bitte, fragte ich, weil er eine kleine Pause machte, um mir in die Augen zu schauen, als erwarte er eine Reaktion, um weiterreden zu dürfen.

Ich bin der Ansicht, dass die Auffassung von der Eintagsfliegenschönheit der modischen Formen ausgerottet werden muss, sagte er. Die Mode für die Frau soll schön sein, aber auch Bestand haben. Nur so kann auch der sinnlose Verbrauch von Stoffen beendet werden. Was Sie da tragen, entspricht bis ins Detail meinen Vorstellungen.

Meinen Sie wirklich, man sollte der SS auch die Deutungshoheit über die Mode zugestehen, fragte ich.

Je länger dieses Gespräch dauerte, desto länger würde ich hier sitzen bleiben können. Die letzten Augenblicke in zivilisierter Umgebung. Jenseits dieser Türschwelle wartete eine Zelle auf mich, Stacheldrahtverhau, Güterwaggons, Wellblechbaracken, der Tod.

Warum nicht, sagte er. Unsere Haltung ist keine schönheitsfeindliche Barbarei stiefeltragender Kommissbanausen. Dieser ganze Modeschwindel stammt auch gar nicht aus unserem Volkstum, sondern aus dem Ausland. Nicht umsonst gilt ein verjudetes Paris als die Metropole der Mode. Letztendlich ist doch diese ganze Modepsychose nur jüdischer Zivilisationsnepp.

Und was ist der Grund dafür, dass sich arische Frauen mit Schuhcreme die Nähte eines Strumpfes auf die nackten Waden malen, seit es keine Strümpfe mehr gibt, fragte ich.

Die Stoffe dafür werden eben anderweitig gebraucht, sagte er. Ein gepflegtes Erscheinungsbild oder mit der Mode zu gehen, das sind Friedenswünsche, die wir uns im Krieg nicht mehr leisten können. Das haben noch nicht alle Frauen wirklich verstanden.

Das heißt, wir sollen in Sack und Asche gehen, fragte ich.

Wir sollen das Alte und Geflickte mit der Würde

tragen, die einer Uniform gebührt, sagte er. Die Überschätzung der Aufmachung ist doch importiert aus einer Welt des schrankenlosen Ich-Kultes, einer Welt, die am Absterben ist. Was sagte Goebbels über die Frauen, Wilhelm?

Er sagt, dass die Aufgabe der Frauen ist, schön zu sein und Kinder in die Welt zu setzen, sagte der andere.

Eben, sagte der Ältere. Es geht nicht darum, was eine Frau trägt, sondern darum, dass sie ihrem Land und Volk Kinder schenkt, die Geschlechterfolge fortsetzt und die Unsterblichkeit der Natur verbürgt.

Ich wusste immer weniger, warum er mir das alles erzählte. Ein Grund könnte sein, dass von Nohlen noch gar nicht verhaftet war und dass wir so lange hier bleiben mussten, bis er nach Hause kam. Dann hätte von Nohlen uns nicht verraten, sondern seine Frau oder Elsbeth. Es könnte aber auch jeder andere gewesen sein, der auf dem Fest gewesen war.

Noch immer spielte das Klavier. Ich konnte mir nicht vorstellen, dass Helmut sie nicht bemerkt hatte. Vielleicht war es aber auch ganz anders, als ich gedacht hatte, und sie hielten ihm längst die Pistole an die Schläfe und hatten gedroht, abzudrücken, wenn er aufhörte oder sich einmal verspielte. Wenn es so wäre, dann würden wir in zwei Tagen noch hier sitzen.

Jetzt hörte ich im Hausflur eine Tür knallen.

Vermutlich die Verstärkung, dachte ich, doch dann hörte ich die Stimme von Nohlens. Er war wütend, sehr wütend und zischte Elsbeth an, die mit hoher und weinerlicher Stimme antwortete. Um was genau es ging, war nicht zu verstehen, das heißt, vielleicht wäre es sogar zu verstehen gewesen, aber ich musste nichts mehr verstehen, nichts hören und nichts mehr begreifen, ich war jenseits davon in einer Welt, in der das Nichts mehr zählte.

Einen Moment später riss von Nohlen die Tür auf, sah den SS-Mann, der vor mir saß und aufsprang, als er hereinkam, stieß den Jungen an der Tür zur Seite, ging auf den Älteren zu, klopfte ihm auf die Schulter und sagte: Hallo, Onkel Werner, schön dich zu sehen, während der andere SS-Mann wieder die Brust nach vorn schob und den Arm nach oben riss.

Na, immer noch bei dem Verein, fragte von Nohlen und tippte dem Mann vor dem Schreibtisch gegen die Uniform. Du weißt doch, wer der SS fünf neue Mitglieder zuführt, darf selbst austreten. Wer zehn neue Mitglieder wirbt, bekommt sogar eine Bescheinigung, dass er nie dabei gewesen ist.

Während er redete, schaute er zu mir, um zu sehen, wie es mir ging. Er verzog bedauernd das Gesicht und deutete ein Schulterzucken an. Ich wusste nicht, wie ich reagieren sollte, ich wusste gar nichts mehr, und mir war so übel.

Wer Witze über die Schutzstaffel macht, muss aufpassen ... sagte der jüngere der SS-Männer und reckte das Kinn vor.

Gero drehte sich um und sah ihn so böse an, dass er mitten im Satz aufhörte.

Ihr werdet doch nicht ... sagte der ältere SS-Mann.

Ihr habt euch sicher schon vorgestellt, sagte von Nohlen.

Nicht wirklich, sagte der Mann.

Dass ist Werner Feiler, sagte von Nohlen, nicht mein richtiger Onkel, sondern ein Freund der Familie, sozusagen. Trotzdem muss man die Uniform ernst nehmen. Er gehört zur alten Garde. Ich hoffe, Frau Spiegler, Sie haben in meiner Abwesenheit nichts Falsches gesagt.

Ich schüttelte langsam den Kopf, obwohl ich nicht wusste, ob das stimmte.

Gut, sagte von Nohlen. Den anderen Herrn kenne ich nicht.

Wilhelm Kempf, sagte Feiler, gerade war er noch bei der HJ, jetzt ist er bei uns, und ich passe ein wenig auf ihn auf. Oder er auf mich, das ist noch nicht ganz raus, stimmt's Wilhelm?

Jawohl, Herr Obersturmbannführer, bellte der Junge.

Ich versuchte, mir nichts anmerken zu lassen, was nicht einfach war, denn die Angst, die mich vorhin verlassen hatte, kehrte zurück, als ich begriff, dass wir davonkommen könnten. Sie krampfte sich in mein Herz, lähmte den Atem und ließ mich am ganzen Körper frösteln. Wir hatten eine Chance zu leben, keine große, aber es gab die Möglichkeit, dass die beiden nichts merken würden. Gefährlich war vor allem der Junge. Feiler war zu sehr mit von Nohlen beschäftigt und damit, mir in den Ausschnitt zu starren. Der Junge hatte zu wenig zu tun und beobachtete mich mit diesen unruhigen Augen, die nichts Gutes verhießen.

Ich wusste nicht, dass ihr uns besuchen würdet, sagte von Nohlen, halb zu den beiden gewandt und halb zu mir. Ich dachte, du bist in Berlin, weil unser geliebter Führer auf deine Anwesenheit nicht verzichten kann.

Ich soll einen Vortrag an der Napola auf der Reichenau halten. Deshalb bin ich hier. Und wenn ich schon da bin, wollte ich ein paar alte Freunde besuchen. Wo ist Dorothee?

Füttert Enten.

Und da beschweren sich die Leute immer, es gäbe nicht genug zu essen, sagte Feiler. Elsbeth habe ich vorhin schon gesehen. Sie hat uns reingelassen, aber sie sagte, dass sie losmüsse, um beim Bäcker anzustehen, und war sehr schnell verschwunden. Später gebe es nichts mehr, hat sie behauptet. Aber sie ist zurück, oder? Ich habe sie doch gerade gehört.

Sie hatte etwas vergessen, sagte von Nohlen, und musste wieder los.

Und das ist die Frau, die seit einer Weile hier wohnt, fragte Feiler. Elsbeth hat kurz von ihr gesprochen.

Genau. Eva Spiegler, sagte von Nohlen. Habt ihr ihren Mann schon kennen gelernt? Oder ihn nur gehört? Die beiden wurden in Köln ausgebombt. Ich habe sie hier einquartiert. Wir brauchen nicht so viel Platz.

Und warum bringst du sie nicht in einem deiner Häuser unter?

Weißt du Werner, sagte von Nohlen, zum einen ist der Wohnraum so knapp, dass ich jeden Quadratmeter vermieten kann. Gerade jetzt mit dem ganzen Bombenproletariat, das in Konstanz unterschlüpft. Zum anderen habe ich sie lieber in meiner Nähe. Da kann ich besser …

Er machte eine Pause und zwinkerte Feiler zu.

…aufpassen. Wenn du weißt, was ich meine.

Und Dorothee? Und ihr Mann, fragte Feiler.

Sie ist bei den Enten, sagte von Nohlen, und er macht Musik.

Aber das ist doch, sagte Feiler, teils bewundernd, teils schockiert, ich meine die beiden müssen doch merken, dass …

Von Nohlen schüttelte den Kopf.

Du kennst doch die Menschen, sagte er. Man bekommt nur das mit, was man mitbekommen will. Nichts anderes. Darauf baut doch euer ganzes System.

Übertreib's nicht, du alter Schwerenöter, sagte Feiler und sah neidisch von Gero zu mir und wieder zurück. Ich verzog meinen Mund zu einem Lächeln.

Lass uns rüber in den Salon gehen und feiern, sagte Feiler. Ich habe Cognac aus Frankreich. Jahrgang 1928, frisch requiriert. Und prima Zigarren. Der Klavierspieler kann ja Musik für uns machen, aber er soll etwas anderes spielen, nicht dieses düstere Zeug. Was ist das überhaupt?

Beethoven, sagte ich.

Na immerhin, sagte Feiler.

Mir versagten die Beine, und ich konnte nicht aufstehen, um den anderen zu folgen, die schon im Flur verschwunden waren. Von Nohlen wartete an der Tür auf mich, drehte sich um, kam zu mir und reichte mir seine Hand. Er zog mich nach oben, und ich taumelte gegen ihn und wäre gefallen, hätte er mich nicht so fest gehalten, als würde er mich nie wieder loslassen wollen.

Gut gemacht, flüsterte er. Sehr gut. Sie haben nichts gemerkt.

Und Helmut, fragte ich, was ist mit Helmut?

Er weiß Bescheid, sagte von Nohlen. Ich war vorhin kurz bei ihm. Aber wir müssen jetzt rüber. Kommen Sie.

Danke, flüsterte ich, ohne mich zu bewegen. Ich wollte ihn nicht loslassen, so lange er mich hielt, konnte mir nichts passieren.

Wir sollten los, sagte er. Ich will Ihren Mann nicht zu lange mit den beiden alleine lassen.

Ich küsste ihn vorsichtig auf die Wange. Sie war sehr glatt rasiert und schmeckte ein wenig nach Seife und

Alkohol, doch plötzlich, ich weiß nicht, wie das kam, wirklich nicht, schmeckte ich nicht mehr die Haut, sondern seinen Mund und schreckte zurück, aber nur kurz, weil er mich immer fordernder, ausgehungerter und gieriger küsste, sodass ich einen Augenblick lang fürchtete, wir könnten aneinander ersticken, als es viel zu früh an der Tür klopfte und Feiler kopfschüttelnd sagte, na ihr zwei, jetzt langt's aber.

An von Nohlens Arm schleppte ich mich mit wackligen Beinen den Flur entlang, ließ ihn erst vor der Tür ins Wohnzimmer los und stolperte über die Schwelle auf Helmut zu, der mit versteinertem Gesicht am Flügel saß und spielte. Ich strich ihm über die Haare, die Stirn mit den angeschwollenen Adern, deren unregelmäßiges Pochen ich in den Spitzen meiner Finger spürte.

So, jetzt wird getrunken, sagte Feiler dröhnend und ließ sich in einen der Sessel fallen.

Gero, die Gläser, befahl er.

Hier befiehlt niemand außer mir, sagte Gero. Wilhelm, gehen Sie mal zum Schrank, da rechts unten drin sind Gläser, genau dort, nein rechts habe ich gesagt, die Cognacschwenker, nein, das sind Rotweingläser, lernt ihr so was nicht auf der SS-Schule, genau die. Na, geht doch.

Sie achteten nicht auf mich, sahen nicht, wie ich Helmuts Hände nahm, sie in meinen hielt und Gott dafür dankte, dass er meinen Wunsch auf so wunderbare Weise erfüllt hatte.

Jetzt kommt her, sagte Feiler, und wir setzten uns zu ihm, während er fünf Gläser füllte.

Auf die Liebe in allen Variationen, sagte Feiler und hob sein Glas.

Ich trank den Cognac in drei Schlucken, die durch mich hindurchbrannten, und das innere Beben verebbte. Helmut nippte vorsichtig an seinem Glas. Er trank nie Alkohol, und ich hoffte, er würde wissen, wie wichtig es war, jetzt auf keinen Fall den Unwillen der beiden Gäste zu erregen, doch er hatte Glück, denn Wilhelm, der jüngere SS-Mann, verzog ebenfalls angewidert das Gesicht.

Deutsche trinken Bier, sagte er.

Jetzt mal langsam, sagte Feiler, Frankreich gehört uns, das ist also kein französischer Cognac, sondern deutscher. Den kann man unbesorgt trinken.

Obwohl Wilhelm nicht wirklich überzeugt war, kippte er den Weinbrand hinunter, schluckte heftig und sagte mit tränenden Augen: Noch einen, schließlich müssen wir den Feind schädigen, wo immer es geht.

Nur von Nohlen und Feiler tranken ihn so, wie man ihn trinken muss, mit halb geschlossenen Augen, die in eine Ferne sahen, von der wir nichts ahnten, und ich fürchtete, dass von Nohlen dem SS-Mann viel näher stand, als gut für uns war. Anschließend packte Feiler Zigarren aus, und bald hing eine süßlich-schwere Wolke über uns. Immer wieder wurden die Gläser gefüllt. Helmut nippte, von Nohlen trank und Wilhelm kippte den Cognac, nur ich hielt mich zurück, aber ich war eine Frau und damit entschuldigt, doch der Grund war, dass ich mir Sorgen machte, Helmut könnte etwas Falsches sagen, ein unbedachtes Wort, eine kritische Bemerkung.

Feiler war angetrunken und vollkommen glücklich.

Kinder, sagte er immer wieder, Kinder, so jung kommen wir nie wieder zusammen, wenn überhaupt. Wenn ich dich freundlich darum bitte, würdest du dann die Kamera holen, Gero?

Von Nohlen verschwand kurz und baute den Fotoapparat und das Blitzstativ auf. Feiler setzte sich zwischen Helmut und mich und legte die Arme um unsere Schultern, die Zigarre schräg aus dem Mund hängend, sodass sie mir direkt ins Gesicht qualmte.

Ein greller Blitz, der Geruch nach Verbranntem, und Feiler lächelte und goss Cognac nach. Jetzt will ich ein Bild machen, sagte er. Eins von dir mit den beiden aus Köln.

Von Nohlen schüttelte den Kopf und verzog sich in einen Sessel in der Ecke des Zimmers.

Feiler platzierte mich und Helmut so, dass Gero noch mit aufs Bild kam.

Schaut euch an, befahl Feiler.

Ich sah Helmut in die Augen und lächelte mein Fotolächeln. Er schaute schwach und wusste nicht, wie er seine Hände halten sollte. Ich liebte ihn in seiner Unsicherheit; liebte seine Augen, die mich weich und verschwommen ansahen, ganz im Gegensatz zu denen von Nohlens, der zwar weit weg saß, dessen Blick sich aber in mich bohrte wie ein Messer. Ich lehnte meine Stirn leicht gegen die Helmuts. Ich wünschte mir, unsere Schädel würden sich öffnen, für den Bruchteil einer Sekunde, und die Gehirne ineinander fließen, sodass niemand uns je wieder trennen könnte.

Einen Moment bevor es blitzte, schloss Helmut die Augen.

Schade, sagte Feiler und hatte die Freude am Fotografieren verloren.

Sie hätten die Augen offen halten müssen, sagte er. Zur Strafe spielen Sie uns etwas auf dem Klavier, und Helmut folgte gerne und spielte ein paar seichte Tänze, während Feiler die nächste Runde ausgab.

Wilhelm hob sein Glas.

Auf den Krieg, lallte er.

Feiler stieß mit ihm an, während Gero und ich zögerten.

Was ist, fragte mich Wilhelm. Sie stoßen nicht mit mir an? Und was ist mit Ihrem Mann? Warum ist der nicht an der Front wie alle anderen, sondern klimpert hier rum?

Diabetes, sagte von Nohlen. Schwer zuckerkrank. Ich bin froh, wenn ich ihn hier am Leben halten kann, aber leicht ist es nicht. Sonst wäre er nirgends lieber als an der Front, um für Deutschlands Ruhm und Ehre sein Leben zu lassen.

Wenn die Männer wüssten, unter wie viel Schmerzen Leben entsteht, dann würden sie nicht so leichtfertig welches vernichten, sagte ich. Ich glaube nicht an diesen Krieg.

Das ist aber schade, sagte Wilhelm, sehr schade. Ich erkläre Ihnen mal was. Das sollten Sie wissen. Der Krieg …

Er machte eine bedeutungsvolle Pause.

Der Krieg hat uns die Grenzen gezeigt, in denen sich das Leben erfüllen muss.

Waren Sie schon mal an der Front, fragte ihn von Nohlen.

Der junge Mann schüttelte den Kopf.

Das merkt man, sagte von Nohlen. Aber ich. Und Werner auch. Grenzen hat er uns gezeigt, stimmt's Werner, und der Obersturmbannführer sah dem Rauch der Zigarre hinterher und sagte: Flandern. Das war nicht schön.

Hat sich dein Leben dort erfüllt, fragte Gero.

Verdun, sagte Feiler nach einer langen Pause. Das

war noch weniger schön, aber das könnt ihr Jungen nicht verstehen.

Die Leute leiden nicht nur an der Front, sagte ich, sondern auch hier, in Deutschland.

Liebe Frau Spiegler, sagte von Nohlen und sah mich drohend an, weil ich zu viel redete. Egal, was in Köln passiert ist. Egal, wie es Ihrer Familie geht: Was Sie durchmachen, ist nichts im Vergleich zu dem, was ein Soldat an der Front erlebt. Überhaupt nichts.

Wo du Recht hast, hast du Recht, sagte Feiler. Ihr wisst, dass sich seit heute Japan im Krieg mit den USA und England befindet? Noch lässt sich's hier gut sein, doch ich fürchte, dass der Krieg uns mehr kosten wird, als wir ahnen.

Im Gegenteil, sagte Wilhelm. Er redete lauter, als notwendig war. Mit dem Krieg ist unsere Welt reicher geworden um einen Wert, der im dunklen Feuer einer rasend aufstürmenden Vernichtung in seiner letzten Härte und Reinheit erst zu ahnen ist. Reicher um einen Wert, den wir heute begreifen als ein Geschenk. Einen Wert, in dem wir die Wiederkehr des Erhabenen begrüßen.

Dieses Erhabene verlangt zu viele Opfer, sagte von Nohlen.

Unsere Männer opfern sich nicht, sondern richten ein Gesetz auf, sagte Wilhelm. Sie tragen eine Forderung in unsere Welt. In ihrem Namen wird unser Dasein endgültig verwandelt werden zu der Bestimmung, zu der es aufgerufen wurde.

Das befürchte ich auch, sagte von Nohlen. Und niemand soll sagen, Sie und Ihre Leute hätten uns nicht gewarnt.

Das ist keine Warnung, sagte Wilhelm, sondern eine

Vision. Der stille und gläubige Gehorsam unserer Männer an der Front hat die Wiedergeburt des Unsterblichen behütet bis zu dem Augenblick, in dem es frei geboren über den rauchenden Trümmern des Feindes stand. Wir werden den Heldenmut der Soldaten in unsere Zeit und in unser Geschlecht nehmen als die Schrittmacher unseres ganzen Lebens, den Mut unserer Soldaten, die wie eine in vielen Feuern geglühte neue Gestalt am Himmel der …

Onkel Werner, sagte von Nohlen, jetzt komm deinen Erziehungspflichten dem Pimpf gegenüber nach, bevor ich ihn aus dem Fenster werfe.

Wilhelm stand auf, stieß dabei gegen den Tisch und warf zwei der Gläser um.

Wissen Sie, Herr von Nohlen, zischte er, Ihr Gesicht merke ich mir. Und es wird der Tag kommen, da Sie in unserem Keller hocken, und ich verspreche Ihnen, dann werden Sie ganz anders reden, dann werde ich persönlich dafür sorgen, dass …

Feiler zog den jungen Mann am Ärmel, und er fiel schwer in den Sessel zurück.

Nur Spaß, sagte Feiler. Alles nur Spaß. Von Nohlen steht eben gern im Widerspruch zu allen anderen. Würde der Bolschewik hier herrschen, wäre er ein strammer Nationalsozialist. Aber dennoch, Gero, du weißt, dass ich meine schützende Hand immer über dich gehalten habe. Das war nicht immer einfach. Denk an die Anklage wegen der Wohnungen. Denk an deinen Wagen. Denk an die Freistellung vom Wehrdienst. Ich werde dir auch in Zukunft helfen, aber übertreib es nicht. Ich denke, wir sollten gehen, bevor der Junge hier denkt, er müsste Meldung machen.

Sie brachen schnell und schweigend auf; von Nohlen

schloss die Haustür hinter ihnen, lehnte sich mit dem Rücken dagegen und schloss die Augen.

Wenn die beiden gemerkt hätten, dass Sie Juden sind, wären Sie jetzt nicht mehr hier.

Sie auch nicht, sagte ich.

Er öffnete die Augen.

Da haben Sie Recht, sagte er, ließ uns stehen und ging in sein Arbeitszimmer.

Ich wagte nicht, ihm zu folgen. Helmut stand leise schwankend, sah mich an, als wollte er etwas sagen, krächzte tonlos und brach mit einem Mal zusammen.

IX

Gerade als Gero eingeschlafen war, gellte ein Fanfarenstoß durch die Nacht, brach sich an den Giebeln der Häuser, schraubte sich noch eine Terz höher, gewann an Kraft, ließ die Fenster vibrieren und die Wände erbeben. Der Ton wurde immer greller und jagte Schockwellen durch die ganze Stadt, die plötzlich hellwach war. Dann erstarb er, sodass Gero einen Moment lang glaubte, dass es nur ein Traum war. Er schaute auf die Uhr. Es war kurz nach fünf. Bevor er durchatmen konnte, setzte das Schlagzeug ein, und der Musikzug spielte *By the Rivers of Babylon*. Sie wissen nicht, was sie spielen, dachte er, sie wissen nie, was sie tun, aber sie tun es mit ganzer Kraft.

Sie hatten den Psalm gesungen, damals im Chor des Internats; er gehörte zu ihrem Repertoire, und Gero summte die Bruchstücke leise vor sich hin: *An den Wassern zu Babel saßen wir und weinten, wenn wir an Zion gedachten. Denn die uns gefangen hielten, hießen uns singen und in unserem Heulen fröhlich sein. Wie können wir des Herren Lied singen in fremdem Lande? Vergesse ich dich Jerusalem, so verdorre meine Rechte und meine Zunge soll an meinem Gaumen kleben.*

Wenn es einen gerechten Gott gäbe, dann müsste er den Musikern drei Stockwerke unter ihm ebenfalls die Hände verdorren lassen und die Zunge an den Gaumen kleben, damit die Blechbläser Ruhe gaben, doch es gab keinen gerechten Gott.

Gero ging ins Bad, um seine Zähne zu putzen.

Draußen trieben Graupelschauer fast waagrecht durch die Straßen. Er drückte sich an die Häuserwände und klingelte etwas später bei Eppendorfer, einem Oberstudienrat, den Gero kannte, weil er drei- oder viermal über dessen Schulprojekte geschrieben hatte. Der Lehrer hatte nichts dagegen, dass Gero heute kam, um eine Reportage über das Lehrerwecken zu schreiben, aber er wollte in dem Artikel anonym bleiben, obwohl er sonst immer großen Wert darauf gelegt hatte, mindestens dreimal mit Namen und Dienstgrad genannt zu werden. Der Lehrer trug eine alte Cordhose und einen grauen Pullover. Seine Frau flüchtete gerade im Morgenmantel vor der Schülerhorde ins Bad.

Mein Neigungskurs Geschichte, sagte Eppendorfer resigniert und wies auf den Haufen in rotweißen Ringelhemden, der sich über das Frühstück hermachte, das er im Wohnzimmer gerichtet hatte.

Wer ist das da, fragte der Kleinste von ihnen, zeigte auf Gero und rülpste, als er antwortete, dass er die Presse sei.

Aber keine Fotos, sagte der Kleine, zog einen Flachmann aus seiner Jacke, goss sich Schnaps in den Kaffee und reichte die Flasche an seinen Nebenmann weiter.

Gero verdrückte sich in die Küche, wo Frau Oberstudienrat inzwischen auf einem Hocker saß. Sie drückte ihm eine Tasse Kaffee in die Hand.

Sind die immer so, fragte er.

Jedes Jahr, sagte sie und zog die Schultern hoch. Jetzt geht es ja noch, aber in zwei Stunden fangen sie an, sich zu übergeben, und man kann nur hoffen, dass sie das Klo finden.

Muss er sie reinlassen, fragte Gero.

Muss er, sagte sie. Das verlangt die Tradition. Außerdem ist er ein engagierter Lehrer.

Kotzen die wirklich, fragte Gero Eppendorfer, der mit einer Thermoskanne reinkam, um Kaffee nachzufüllen.

Klar, sagte er. Das ist eine der wenigen Ausdrucksmöglichkeiten, die sie perfektioniert haben. Saufen geht prima, bloß vertragen können sie es noch nicht. Aber so etwas nicht in der Zeitung schreiben, versprochen, das klingt nicht pädagogisch genug.

Gero setzte sich für eine halbe Stunde an den Tisch mit den Schülern und sammelte ein paar Zitate ein über die Bedeutung der Fasnacht, Schule im Allgemeinen, ihre Interessen und Vorstellungen für ihre Zukunft. Quante würde begeistert sein. Er verabschiedete sich von den Schülern und war froh, dass er kein Lehrer war.

In der Redaktion war er der Erste und öffnete sein E-Mail-Konto. Tony Spiegler hatte ihm nicht geantwortet. Er machte sich Sorgen, dass er ihn verschreckt haben könnte, weil er seine Einladung in die USA zu direkt angenommen hatte, beschloss daher, ihm vorerst nicht mehr zu schreiben, und tippte die Reportage über das *Lehrerwecken* in den Computer.

Mit der Recherche am frühen Morgen hatte Gero all seine journalistische Energie für den Rest des Tages vollkommen verbraucht. Daher fuhr er runter ins Archiv und kopierte sich verschiedene Artikel über die Fasnachtsumzüge von den Anfängen bis heute. Damit setzte er sich in das Wiener Kaffeehaus an der Marktstätte. Es war das einzige nicht dekorierte Lokal in der ganzen Stadt, ein letztes Refugium der Zivilisation. Hier schrieb er den archetypischen Fasnachtsartikel, den man noch in zehn Jahren verwenden könnte; es war die Essenz der Fasnacht; nur an manchen Stellen ließ er Platz, um aktuelle Bezüge herstellen zu können. Wenn die Zeitung weiter so sparen musste wie in den letzten Jahren, war das der Journalismus der Zukunft. Anschließend ging er heim, steckte sich Klopapier in die Ohren und schlief einige Stunden lang. Die Stadt klang wie im Krieg, als er um zehn Uhr abends aufwachte.

Er fragte sich, wie Laura und Albert die Fasnacht erlebt hatten. Ob sie immer fürchteten, dass jemand aus der maskierten Horde plötzlich die Idee haben würde, auf Judenjagd zu gehen, und sie sich in ihren Wohnungen verbarrikadiert hatten, froh darüber, dass in dem Haus auch Arier wohnten und man ihnen die Bude nicht anzünden würde. Beim Stöbern im Archiv heute Morgen hatte er Fotos von der Fasnacht aus der Nazizeit gefunden. Ein Umzugswagen sah aus wie ein Krokodil mit riesigem Maul aus Pappmaché. *Der Judenfresser* stand darauf, die SS hatte sich Pappnasen ins Gesicht gesetzt und wurde von den Zuschauern am Straßenrand bejubelt.

Vielleicht nutzten Laura und Albert aber auch die Chance und gingen in Verkleidung auf die Straße, ohne gelben Stern, sodass sie für einige Tage genauso wie alle anderen vergessen konnten, wer sie waren. Tanzten, tranken und liebten fremde Menschen in Hauseingängen, ohne die Masken abzunehmen.

Direkt vor seinem Fenster lieferten sich zwei Fanfarenzüge ein Duell, das heißt, beide spielten mit voller Kraft. Der Zug, der aus dem Takt kam, hatte verloren. *99 Luftballons* siegte schließlich gegen *True Love*, und die

Verlierer zogen davon. Gero rief beim Pressesprecher der Polizei an und ließ sich die Zahl der Schlägereien durchgeben. Anschließend ging er in die Redaktion, wobei er versuchte, nicht auf die Betrunkenen am Straßenrand zu treten. Der Fotograf hatte gerade seine Bilder ausgesucht, und gemeinsam texteten sie ein paar Zeilen für die Fotoseite.

Tony Spiegler hatte ihm noch immer nicht geschrieben. Gero hoffte, dass Tony nur wartete, denn er stand in der Pflicht, weil er versprochen hatte, herauszubekommen, wer Helmut Spiegler war. Kroll würde sicher eine Weile brauchen, bis er etwas ausfindig gemacht hatte, denn er ließ sich keine Fasnachtsveranstaltung entgehen.

Gero ging wieder heim. Den ersten Tag der Fasnacht hatte er besser überstanden, als er erwartet hatte. Am Freitag würden alle ihren Rausch ausschlafen, und es würde nichts Wichtiges passieren. Den Jahrmarkt in Freudental musste er leider wieder selbst besuchen. Er fand nur alle vier Jahre statt, sodass er im Archiv nicht genügend Informationen darüber gefunden hatte, daher fuhr er am Samstagabend nach Freudental. Das Dorf lag einige Kilometer außerhalb von Konstanz. Er hatte sich eine weiße Nachtmütze aufgesetzt. Ohne Verkleidung wurde man die ganze Zeit angepöbelt, ein Fetzen Stoff um den Kopf reichte aus, damit man dazugehörte. Gero parkte auf einer verschneiten Wiese und stapfte durch den Matsch in das Dorf. Ein kleiner Rundgang würde reichen, dann hätte er morgen früh vor dem Narrenumzug in Konstanz noch Zeit, einen neunzigzeiligen Nachruf zu schreiben.

Der Wind trieb Schneeflocken über den Dorfteich. Frierende Kinder ruderten in einem kleinen Boot. Nebenan gab es ein Meerschweinchenroulett. Er schrieb ein paar Stichworte in seinen Notizblock und sah zu, wie plötzlich Hunderte von Paaren durch ein Holztor tanzten. Wer unter dem Torbogen stand, wenn eine Sirene ertönte, hatte gewonnen und bekam ein Geschenk. Der Hauptpreis war eine quiekende Sau, die sich plötzlich losriss und nach einer Treibjagd von einem Dutzend Moorhexen gestellt wurde. Sie trieben die Sau mit ihren Reisigbesen zurück. Eine der Hexen rutschte dabei auf dem Schneematsch aus und verlor ihre Maske. Das Gesicht darunter war jung und verletzlich und erinnerte Gero an die Einsiedlerkrebse, denen sie als Kind die Schneckenhäuser abgezogen hatten. Gero machte ein paar Notizen.

Als es ihm draußen zu kalt wurde, ging er in die Wirtschaft. Hier stank es nach Bier und feuchtem Stoff. Ein Blick genügte ihm, er brauchte nur ein kurzes Stimmungsbild für seinen Artikel, aber dann sah er den Indianer. Er trug dicke schwarze Zöpfe und Federschmuck, der rechts und links neben dem dunkelroten Gesicht herabhing. Über die Stirn und auf die Wangen waren weiße Streifen gemalt; auf dem Schoß lag ein Tomahawk. Gero erkannte den Indianer nicht, aber den Rollstuhl.

Kroll, bist du es, fragte er vorsichtig.

Der Indianer drehte seinen Kopf, würdevoll und so langsam, als müsste er sich dafür sehr konzentrieren.

Mein bleichgesichtiger Bruder möge vorsichtig sein, sagte Kroll. Häuptling Rollender Donner darf nur mit seinem Kriegernamen angesprochen werden.

Einen Augenblick lang sah er Gero so an, als meine er es ernst, dann lachte er und hob seine Hand, um zwei Bier zu bestellen.

Ich will kein Bier, sagte Gero, sondern nach Hause.

Nichts da, sagte Kroll. Du bleibst hier. Wenn du immer Fasnacht gefeiert hättest, dann wärst du nicht verrückt geworden. Einmal alle schwarzen Geister ausleben, dann ist hinterher wieder alles gut. Vorbeugen ist besser als Heilen. Das Ganze hier ist nicht nur ein Fest, es hat auch prophylaktische Bedeutung.

Die Kellnerin brachte ihnen die Gläser und einen Hocker für Gero. Kroll prostete ihm zu.

Auf die Fasnacht, sagte er und trank das Glas halb leer.

Ich bin der Anton aus Tirrrrol grölte der Rest der Männer am Tisch.

Gero sagte nichts, sondern nahm einen kleinen Schluck.

Du musst das Ganze in seiner historischen Bedeutung wertschätzen, sagte Kroll. Es hat eine lange Tradition.

Ich weiß, sagte Gero. Habe ich gerade erst gelesen. Die Fasnacht geht zurück auf die römischen Saturnalien, bei denen die Sklaven für ein paar Tage die Herrschaft übernahmen, sodass alle sozialen Unterschiede aufgehoben waren.

Gut gelernt, sagte Kroll, aber leider falsch. Doch das macht nichts.

Saufen, fressen und ficken und die Kinder Bier holen schicken kam aus den Boxen.

Wesentlich ist vor allem, dass die Fasnacht auf den Tod vorbereitet, sagte Kroll. Schau dir die Masken doch an. Hexen, Teufel, Skelette. Hier im Süden sagt man auch Larve, nicht Maske. Larve heißt wörtlich Gerippe oder Gespenst. Das weißt du doch, oder? Der Tod ist immer mit dabei. Schreib das auf.

Er trank sein Glas leer und hob die Hand.

Damit sind wir beim Thema, sagte Kroll. Du wolltest wissen, wer Helmut Spiegler war. Helmut Spieglers gab es einige, aber nur einer kam aus Köln nach Konstanz. Er war Pianist, wusstest du das?

Er sah Gero an, wartete, bis sein Bier kam, und nahm dann einen großen Schluck.

Eigentlich hätte man gar nicht wissen können, dass er in Konstanz lebte, denn er war ja illegal hier, fuhr Kroll fort. Dazu später mehr.

Er trank noch einen Schluck.

Griechischer Wein, das ist wie das Blut der Erde.

Kroll, sagte Gero, mach es nicht spannend. Sag es mir einfach.

Helmut Spiegler, sagte Kroll, wurde in Dachau umgebracht. Am 1. April 1945. Etwa drei Wochen, bevor das KZ von den Amerikanern befreit wurde. Ganz schlechtes Timing, wenn du mich fragst.

Gero schaute ihn an mit seinem roten Gesicht, der Kriegsbemalung und dem Federschmuck und glaubte ihm nicht.

Das kann nicht sein, sagte er. Helmut Spiegler, wenn er überhaupt existiert hat, wurde von meinem Großvater versteckt, von den Franzosen gerettet und erst einmal nach Frankreich gebracht. Was du erzählst, kann nicht die Wahrheit sein.

Wahrheit, sagte Kroll und ließ seine Mundwinkel hängen. Du suchst Wahrheit? Dann bist du bei mir falsch. Wahrheit findest du in der Kirche oder vielleicht bei den Philosophen. Ich bin Historiker. Da geht es nicht um Wahrheit, da geht es um Fakten. Nichts anderes. Vergiss das nicht. Das Interessanteste habe ich dir aber noch gar nicht gesagt.

Kroll zündete sich eine Zigarette an.

Friedenspfeife, sagte er. Rauchst du sie mit mir?

Ich bin auch so friedlich, sagte Gero.

Vielleicht nicht mehr lange, sagte Kroll und sah ihn an. Seine Augen leuchteten unnatürlich weiß in dem roten Gesicht.

Helmut Spiegler wurde der Gestapo ausgeliefert, sagte er. Die war sehr gründlich, selbst im März 1945, als es für Hitlerdeutschland schon gar nicht mehr gut aussah. Sie hatte eine sehr akkurate Buchführung. Gut für meine Branche. Sie hat zwar einige Wochen später versucht, alle Dokumente zu vernichten, aber es waren einfach zu viele.

Weiter, sagte Gero.

Du kennst den Mann, der ihn auslieferte.

Kroll machte eine Pause und sah ihn durch den Zigarettenqualm an. Er sah wirklich aus wie ein Indianer.

Der Mann, der ihn an die Nazis verriet, hieß Gero von Nohlen, sagte Kroll, dein Großvater. Jetzt einen Zug aus der Friedenspfeife?

Gero hielt sich mit der einen Hand am Tisch fest und mit der anderen an der Lehne des Rollstuhls. Er versuchte, sich auf Krolls Gesicht zu konzentrieren. Wenn er nur ihn ansah, dann würde er nicht umkippen, nur ihn ansehen, seine Leuchtaugen. Zuhören, was er sagt. Nicht alles glauben, aber zuhören.

Ich fand sie irgendwo allein in Mexiko, Aaaanitaaaa.

Woher, sagte Gero schließlich, woher weißt du das?

Archive, sagte Kroll. Datenbanken. Es steht alles irgendwo. Fakten. Fakten. Fakten. Nicht die Wahrheit. Man muss es nur suchen.

Bist du ganz sicher, fragte Gero.

Kroll nickte.

Komm am Montag, sagte er, dann zeige ich dir alles.

Gero wollte gar nicht, dass er ihm alles zeigte, er wollte gar nichts mehr wissen, aber er fragte weiter, als ob das etwas helfen würde, als ob er rausbekommen könnte, dass alles nur ein Missverständnis war, ein Faschingsscherz. Umgebracht am 1. April. Ein Witz! Die Rothaut redete mit gespaltener Zunge. Außerdem war sie schon ziemlich betrunken.

Warum hat man das nicht vorher rausbekommen, fragte Gero. Warum gerade du?

Außer mir hat es niemand versucht, sagte Kroll.

Das heißt, jeder Historiker mit dem gleichen Auftrag käme zum gleichen Ergebnis?

Ja, sagte er, sofern er nur etwas von seiner Arbeit versteht.

Warum hat sich vorher niemand um Helmut Spiegler gekümmert?

Bei sechs Millionen toter Juden kann man nicht bei allen recherchieren, was los war. So lange man nicht nachschaut, kann auch nichts rauskommen. Wenn keine Familienangehörigen mehr da sind, interessiert sich auch niemand.

Also liegst du falsch. Helmut Spiegler hatte Familie, sagte Gero. Seine Frau Eva. Kannst du mir erklären, warum die nichts unternommen hat?

Kroll zog die Schultern hoch.

Das kann man höchstens vermuten, sagte er, aber Historiker sollten keine Vermutungen anstellen.

Geros Bier war warm und schmeckte schal. Er trank das Glas leer. Es änderte nichts. Alles blieb, wie es war: die erhitzten Gesichter, der zusammengefallene Bierschaum, die Kellnerin in kariertem Dirndl, die Cowboyhüte und Lebkuchenherzen, die furnierten Wände und die Männer der freiwilligen Feuerwehr an der Theke. Kroll schaute ihn an, aber es war alles gesagt.

Soll ich dich heimbringen, fragte Gero. Ich fahre jetzt.

Kroll winkte ab, und Gero stand unsicher auf.

Gero, sagte Kroll, es ändert sich nichts. Das Leben bleibt, wie es war. Mach dir keine Sorgen.

Gero nickte ihm zu und ging. Der Schneematsch war an den Scheiben des Wagens gefroren, und er musste sie freikratzen, bevor er losfahren konnte.

Das Leben bleibt, wie es war.

Das glaubte er nicht.

Das Schneetreiben war stärker geworden. Das Licht der Autoscheinwerfer grub einen Tunnel in die Welt, der jeden Augenblick einzustürzen drohte. Seine Wände waren durchzogen von zuckenden Rissen. Gero versuchte, nicht darauf zu achten, sondern nur auf die Straße zu sehen, die schwarz und beruhigend vor ihm lag. In der Kurve vor Allensbach leuchteten zwei Augen aus dem Wald. Ein Reh oder ein Wildschwein. Er gab Gas, um vorbeizufahren, bevor es auf die Straße lief, aber nichts geschah. Der Motor heulte kurz auf, die Reifen drehten sich ohne Widerstand, und dann schob sich das Heck des Wagens nach vorn, ganz langsam wie in Zeitlupe. Der Kofferraum überholte ihn, und er rutschte rückwärts die Gegenfahrbahn hinunter. Vor sich sah er die Spuren, die er gerade in den Schnee gefahren hatte. Schließlich schob sich der Wagen gegen den Schneehaufen an der Straße und blieb mit einem sanften Knirschen stehen.

Er schaltete die Warnblinkanlage an und blieb hinter dem Steuer sitzen. Der Schnee pulsierte orangerot wie ein Herz im Brustkorb. Gero versuchte zu verstehen, was genau passiert war, aber er schaffte es nicht. Er wusste nur noch, dass er die Kontrolle verloren hatte und in diesem Moment so glücklich gewesen war, wie schon lange nicht mehr.

Er fuhr schließlich im zweiten Gang nach Hause und kam viel später an, als er erwartet hatte. Im Treppenhaus tastete er sich am Geländer nach oben, ohne das Licht anzumachen. Auch seine Wohnung ließ er im Dunkeln. Er konnte die Wände nur ahnen, weil der Schein der Straßenlaternen durch den Schnee reflektiert wurde und weich und samtig durch die Fenster fiel.

Im Flur blinkte der Anrufbeantworter. Quantes Stimme gellte viel lauter durch die Wohnung, als wenn es hell gewesen wäre. Sie lobte ihn für die Reportage über das Lehrerwecken. Wenn er so weitermachen würde, dann könnte er trotz allem einmal ein richtiger Journalist werden. Es gehe einfach darum, ganz nah an die Menschen zu gehen und keine Angst vor dem zu haben, was man erfahre.

Gero ging unter die Dusche. Es röchelte eine Weile in der Leitung, dann kam das Wasser, und er duschte so heiß er es ertrug. Er schrubbte sich mit der Saunabürste, bis alles brannte, dann drehte er das kalte Wasser auf. Der Strahl hämmerte auf die Mitte der Stirn, dort, wo der Schmerz saß, bis er nichts mehr spürte, weder im Kopf noch im restlichen Körper. Er legte sich nass auf die Matratze und versuchte, nichts zu denken, aber das genügte nicht, denn das Gefühl kehrte zurück, und Fühlen war noch schlimmer als Denken.

Eine alte Geschichte floss in seinem Blut, aber sowohl die Buchstaben als auch die Wörter waren durcheinander geraten, und er konnte nichts verstehen. Nur von ganz weit her ein fernes Raunen, dunkel und schwer:

Mörder.

Immer wieder, mal lauter mal leiser, mit jedem Schlag seines Herzens. Sieben Liter voller Schuld. Die Leukozyten fraßen die Schuld nicht auf, also war sie kein Fremdkörper, sondern gehörte zu ihm. Früher hatte er Blut gespendet. Es gab zwanzig Mark dafür und eine Hand voll Eisentabletten. Er überlegte sich, dass das eine gute Möglichkeit sein könnte, um die Schuld zu teilen, um sie zu verdünnen, aber das war eine Theorie, die nicht stimmte. Die Schuld verließ nicht den Körper, von dem sie sich nährte. Sie blieb, bis einer sie sühnte.

Nachdem Zeyra mit ihm geschlafen hatte, damals in den Brennnesseln hinter der Scheune, sagte sie, dass ihr Vater sie umbringen würde, falls er das jemals erfahren sollte, weil sie eine Schuld über die Familie gebracht habe.

Wir sind nicht verheiratet, sagte sie. Wir haben schwer gesündigt. Mein Vater glaubt, dass es dafür keine Entschuldigung gibt. Nur der Tod reinigt diesen Frevel.

Dann tun wir es gleich noch mal, damit es sich lohnt, sagte Gero.

Du verstehst nicht, wovon ich rede, sagte sie und schob ihn weg.

Nein, natürlich nicht, sagte er. Ich will es nicht verstehen. Solche Ideen haben wir hinter uns.

Man hat nie etwas hinter sich, sagte Zeyra.

Vielleicht hatte sie Recht, damals in den Brennnesseln: Man hat nie etwas hinter sich.

Jetzt, wo das Wasser getrocknet war, spannte seine Haut, als sei sie zu klein geworden für ihn. Als sei etwas in ihm, das sie sprengen will. Er atmete flach und schnell, damit sie nicht zerriss. Er wusste nicht, wie lange er so lag, bevor er zum Telefon kroch, um Dietmars Nummer zu wählen. Es klingelte lange. Gerade als er auflegen wollte, meldete sich sein Bruder. Seine Stimme klang sehr beruhigend, und Gero erzählte ihm alles, was Kroll herausgefunden hatte, und dass es keinen Zweifel an der Geschichte gebe. Als er damit fertig war, hörte er ihn durchs Telefon schluchzen, und er war froh, einen Bruder zu haben, den er anrufen konnte, bis er merkte, dass es gar kein Schluchzen war. Es klang nur so, aber Dietmar lachte. Er lachte so, wie Gero ihn noch nie lachen gehört hatte, völlig enthemmt wie ein Tier oder ein Dämon, und seine Atemstöße keuchten durch den Hörer, den er längst nicht mehr ans Ohr hielt, und erfüllten das ganze Zimmer.

Gero, du spinnst, sagte er, als er sich wieder beruhigt hatte. Du lässt dir da etwas einreden. Das sind Märchen. Lügengeschichten. Du darfst nicht alles glauben, was dir die Leute sagen. Das solltest du doch wissen, gerade als Journalist.

Gero wiederholte, was Kroll erzählt hatte, und betonte, dass jeder Historiker zu dem gleichen Schluss kommen würde. Jetzt klang Dietmar weniger fröhlich.

Das glaube ich nicht, sagte er nur.

Dann war es lange still in der Leitung. Das glaube ich nicht, sagte er zum zweiten Mal. Obwohl es vielleicht gar nicht so schlimm wäre. Wenn das die Wahrheit ist, dann sind wir frei. Nicht mehr das ganze Leben im Schatten von Opa. Von Nohlen: Der Held. Der Retter. Der Gründer. Der Gute. Ich kann es manchmal nicht mehr hören. Die dauernden Vergleiche. Die Forderungen, genauso gut zu sein. Die Ansprüche an mich. Wenn Kroll Recht hat, ist es damit vorbei. Trotzdem: Ich kann das nicht glauben.

Dietmar, sagte Gero, Großvater hat einen Menschen umbringen lassen. Wir müssen unser Leben ändern.

Hat er sicher nicht, sagte Dietmar, trotzdem können wir unser Leben ändern. Schluss mit der Rücksicht, der Gefühlsduselei. Jetzt wird's ernst. Aber die Sache bleibt unter uns, klar? Das ist eine Familienangelegenheit. Kein Wort zu Quante oder sonst jemandem. Nicht einmal zu Clara. Ich glaube zwar nicht, was du da erzählst, aber ich lasse es prüfen. Das Ganze bleibt zwischen dir und mir.

Nein, sagte Gero. Sobald Fasnacht vorbei ist, bitte ich Kroll, darüber zu schreiben.

Das wirst du nicht, sagte Dietmar. Du wirst jetzt niemandem etwas sagen, weil ich zuerst die Wahlen gewinnen will. Dabei kann ich es nicht brauchen, dass irgendwelcher Dreck an unserem Namen hängen bleibt. Du weißt doch, wie blöd die Leute sind. Die würden mich in Sippenhaft nehmen für das, was Opa getan hat. Hinterher wirst du nichts sagen, weil alles andere schlecht für die Firma wäre. Mit Kroll werde ich sprechen, der wird seinen Mund schon halten, wenn er etwas davon hat.

Du weißt genau, dass ich nicht tun werde, was du von mir verlangst, sagte Gero. Maelzer und die Leute von der Bank müssen alles erfahren. Die Zeitung wird berichten. Die Straße von Großvater muss umbenannt und der Baum in Israel abgeholzt werden. Die Sünden der Väter verfolgen die Söhne bis ins siebte Glied, und in uns fließt das Blut eines Mörders.

In meinen Adern fließt nur mein Blut, sagte Dietmar, nichts anderes. Ich trage nicht an irgendwelchen Sünden von irgendwelchen Vorfahren herum. Wenn überhaupt, dann trage ich meine Sünden. Damit bin ich vollkommen ausgelastet, das kannst du mir glauben; also bleib ganz ruhig. Du drehst ja wieder völlig durch. In ein paar Tagen ist das vorbei. So lange wirst du nichts unternehmen.

Doch, sagte Gero.

Was machst du morgen, fragte Dietmar.

Morgen schlafe ich aus, sagte er. Dann schaue ich aus dem Fenster. Der Narrenumzug geht hier vorbei. Später muss ich den Artikel über den Jahrmarkt in Freudental und den Umzug schreiben. Wenn ich Quante sehe, dann frage ich sie, wie sie die Geschichte mit Großvater machen will. Man könnte ein Feature machen; ich sehe schon die Überschrift vor mir …

Das grüne Licht an seinem Telefon leuchtete.

Dietmar hatte aufgelegt.

Gero schlief ein, sobald er wieder auf die Matratze gekrochen war.

Der Narrenumzug am nächsten Tag sollte um zwei Uhr beginnen, aber schon eine Stunde vorher waren die Straßen vor Geros Haus mit Maskenträgern besetzt. Er saß auf einem Holzhocker in der Wohnung im ersten Stock am Fenster. Von hier hatte er einen guten Überblick und war trotzdem weit genug weg.

Kurz nach zwei fuhr ein Polizeiwagen vorbei. Der Mann am Steuer rief *Honarro*, und sein Beifahrer winkte den Zuschauern zu, als Zeichen, dass es jetzt losgehe. Aus der Ferne hörte man schon die ersten Fanfarenzüge.

Gero schrieb die Namen der Gruppen auf, die am Umzug beteiligt waren. Je mehr er davon in dem Artikel erwähnen würde, desto glücklicher wäre Quante: Blätzlebuebe, Jakobiner, Gasse-Hauer, Saubachgeister, Schopfschrate, Riedhexen, Trolle, Seegeister, Moorschrate und die anderen Zünfte marschierten in ihren Kostümen durch die Stadt und warfen hin und wieder eine Hand voll Bonbons in die Menge. Maskierte Zuschauer standen frierend am Rand und riefen *Honarro* und tanzten ein paar Schritte, wenn einer der Musikvereine vorbeikam, die bereits in den vergangenen Tagen immer wieder die Stadt terrorisiert hatten. Ein paar Gruppen hatten Traktoranhänger umgebaut und ließen sich in Bambushütten oder Partyzelten durch die Straßen ziehen.

Später würde er Tony Spiegler eine Nachricht schicken. Er wusste nicht, wie er sie formulieren sollte.

Gero von Nohlen hat Helmut Spiegler umbringen lassen, also mein Großvater unter Umständen Ihren Großvater. Mit freundlichen Grüßen der Enkel.

Oder sollte er ihm alles genau erklären. Aber was war alles? Er wusste ja selbst nichts. Am besten würde er erst noch mal mit Kroll sprechen, also warten, bis Fasnacht vorbei war. Kroll würde die richtigen Worte wissen. Er war Historiker, er hatte Distanz zu den Dingen. Gero würde sich von ihm eine Mail formulieren lassen, die die Fakten neutral und objektiv darstellte.

Ein Zug von Hexen sperrte direkt unter ihm eine Zuschauerin in einen Holzkäfig und entführte sie. Die anderen klatschten Beifall, was eine der Hexen anspornte, die zu Gero hinaufsah. Sie kletterte an der Straßenlaterne vor dem Haus nach oben und ließ sich von den anderen ihren Reisigbesen reichen.

Typisch Fasnet, dachte Gero. Erst saufen, dann irgendeinen Blödsinn machen, bei dem man sich das Genick bricht. Und ich muss dann einen Sechzigzeiler schreiben.

Die Hexe brach sich jedoch nicht das Genick, sondern balancierte auf dem Sims nach rechts und kletterte zu dem Fenster herein, aus dem Gero den Umzug beobachtete. Er hörte noch das Johlen der Zuschauer, dann musste er Platz machen, um die Hexe hereinzulassen.

Bravo. Gut gemacht, sagte er, weil er nicht wusste, was er sonst hätte sagen sollen.

Bitte gehen Sie sofort nach oben in Ihre Wohnung, sagte die Hexe mit einer dumpfen Stimme, die verzerrt aus der Holzmaske kam.

Bitte, fragte Gero.

Machen Sie schon, sagte die Hexe, lehnte sich aus dem Fenster und winkte den Zuschauern. Dann drehte sie sich um und zeigte mit dem Stiel des Besens auf Gero. Es war ein schwerer Holzknüppel.

Er verstand nicht, was das sollte.

Honarro, sagte Gero vorsichtig. Wenn man abends durch die Stadt ging, war das das Zauberwort, mit dem man auch noch den besoffensten Narren besänftigen konnte. Im Alten Testament gibt es eine Geschichte, in der erzählt wird, dass alle, die das Wort Schibboleth nicht richtig aussprechen konnten, hingerichtet wurden. Mit Honarro war es ähnlich, aber bei seiner Hexe half es nichts. Er sah sie zögernd an, und sie stieß ihm den Griff leicht in den Magen. Trotzdem wurde Gero sofort schlecht, nicht von dem Stoß, aber von der Möglichkeit, dass sie fester zustoßen könnte.

Gemeinsam stiegen sie das Treppenhaus hinauf, wobei die Hexe den Stiel ihres Besens über das Geländer gleiten ließ und ihn auf diese Weise antrieb. Im zweiten Stock blieb Gero stehen und sah sie an. Sie hob den Knüppel schweigend und er ging weiter.

Vielleicht ein Attentat auf die Zeitung, dachte Gero, als er die Wohnungstür aufschloss. Möglicherweise hatte die Berichterstattung der vergangenen Jahre eine Zunft ignoriert oder schlecht dargestellt. Jetzt wollten sie einen Exklusivbericht erpressen.

Ich schreibe alles, was Sie wollen, sagte er.

Die Hexe antwortete nicht und schob ihn durch die Tür.

Endlich, schnaufte sie dann, drehte den Schlüssel zweimal um und nahm die Maske vom Kopf.

Das Gesicht war schweißnass und rot geschwollen. Der Mann kam Gero bekannt vor, aber er wusste nicht woher. Er sah ohne die Maskerade viel harmloser aus. Ein winziger Kopf schaute aus dem massigen Wollumhang.

Welches Spiel spielen wir denn, fragte Gero.

Spiel, fragte der Mann irritiert. Kein Spiel. Sie bleiben hier. Ich passe auf, dass Sie nicht weglaufen.

Das konnte nur eines bedeuten.

Mein Bruder, fragte Gero.

Der Mann nickte.

Gero schüttelte den Kopf. Er traute Dietmar fast alles zu, trotzdem erstaunte sein Bruder ihn immer wieder.

Gut, sagte Gero. Dann passen Sie auf.

Er ging ins Schlafzimmer. Sein Entführer stand im Türrahmen, als er sich auf die Matratze legte und die Augen schloss, unsicher, ob er das erlauben sollte.

Gero hörte, wie er durch alle Zimmer lief, dann kam er wieder zu ihm herein.

Scheißwohnung, sagte er, gibt es hier wirklich keinen Fernseher? Nicht einmal Radio?

Gero sagte nichts und wartete, dass er ging. Dann

hörte er das Knarren des Schaukelstuhls aus dem Nebenzimmer.

Schluss mit der Gefühlsduselei und der Rücksicht, hatte sein Bruder gesagt. Er meinte es so.

X

Mit dem Besuch der SS-Männer war meine Angst verschwunden wie ein Feuer, das zu groß geworden war, allen Sauerstoff verbrannt hatte und nun erlosch. An die Stelle der Angst trat die Lähmung, eine Versteinerung meines Körpers, meiner Gefühle, meiner Gedanken, so als ob ich bei lebendigem Leib mumifiziert wäre. Alles wurde härter, unbeweglicher, spröder; jetzt wäre es ein Leichtes gewesen, mich zu brechen, aber niemand kam und versuchte es, niemand legte Hand an mich, nur hin und wieder eine leichte Berührung wie ein Wind, ein Mohnblatt, ein Strahl des Mondes. Nicht von Helmut, der existierte kaum noch in einer Welt jenseits des Flügels, sondern von von Nohlen, der seit jenem Tag mit aller Macht versuchte, Abstand zu mir zu halten, und dem es doch nicht gelang. Immer wieder näherte sich seine Hand der meinen, wenn er mir eine Rechnung reichte oder einen Brief, der abzuheften war. Seine Haut suchte meine Haut wie zufällig, aber immer zielgerichteter, so lange, bis er mich berührte und ein Stromschlag von ihm durch mich hindurchfuhr, eine elektrische Entladung, die zu dieser Zeit das Lebendigste war, das ich spürte.

Die 6. Armee wurde vor Stalingrad eingeschlossen und kapitulierte. 300 000 tote deutsche Soldaten, aber General Paulus lebte.

Helmut übte inzwischen die *Waldsteinsonate* und verbarrikadierte sich in der Musik. Ich addierte und subtrahierte und kollaborierte mit von Nohlen, obwohl ich oft zweifelte, dass es einen Bezug gab zwischen den Zahlen und der Welt vor dem Fenster. Vielleicht gehörten ihm gar keine Häuser; er hatte sie nur erfunden, um mir eine Arbeit zu verschaffen.

Wenn er einen Brief diktierte, dann stellte er sich hinter mich und atmete den Duft meiner Haare ein, und manchmal legte er mir eine Hand auf die Schulter oder strich mit den Fingern über meinen Kopf, ohne mich dabei anzusehen. Die älteren Schüler wurden als Luftwaffenhelfer zum Kriegsdienst eingezogen.

Die *Waldsteinsonate* war schlimmer als die *Hammerklaviersonate*, weil das Motiv durch die Wohnung schlug wie Maschinengewehrsalven, immer wieder, ohne Gnade und es hier unmöglich war, Deckung zu finden. Immer öfter saß Dorothee jetzt neben Helmut. Die Enten auf dem See waren verschwunden und vermutlich in Suppentöpfen gelandet. Selbst bei von Nohlens wurde das Essen immer karger. Ich wusste, dass er im Bekanntenkreis Marken für uns sammelte, auch wenn er nicht darüber sprach. Die Kartoffelernte seiner Bauern war schlecht ausgefallen. Butter wurde immer kostbarer, und Bohnenkaffee hatte es schon lange nicht mehr gegeben. Die Zahnpasta bestand aus Sand und Wasser mit Pfefferminzgeschmack. Auch Seife war rar, und wir gewöhnten uns langsam an den ranzigen Geruch unserer Leiber.

Goebbels bellte im Sportpalast vom totalen Krieg.

Das Licht in den Zimmern war milchig, weil draußen Schnee lag und von Nohlen zusätzlich Winterfenster eingesetzt hatte, die die anderen Häuser grotesk verzerrten. Ich sah trotzdem hinaus, wo dunkle Schemen langsam vorbeischlichen. Es sah aus, als fehlte ihnen die Energie für schnellere Schritte.

Dorothee saß bei Helmut, ihre knochigen Schultern hochgezogen, den Kopf geneigt, um ihn besser zu hören. Er war froh, wieder ein Publikum zu haben, auch wenn es nur aus einer Person bestand. Sie lauschte andächtig, wenn er spielte oder über die Musik philosophierte, ohne ihn zu verstehen. Er nutzte sie aus, ihre Gabe des Zuhörens, so wie sie ihn ausbeutete, seine Musik, seine Gedanken. Vielleicht hörte sie ihm aber auch zu, um ihn nicht länger als Eindringling zu empfinden, sondern ihn als Freund zu gewinnen und wieder heimisch zu werden in ihrer eigenen Wohnung, in der von Nohlen sie zum Fremdling gemacht hatte dadurch, dass er uns aufnahm. Das Zuhören war ihre Strategie, den Frontverlauf zu ihren Gunsten zu verschieben.

Im München wurden Studenten nach einer Flugblattaktion hingerichtet.

Eine Sonate in Es-Dur.

Bei Luftangriffen auf Hamburg starben mehr als 30 000 Menschen.

Helmut spielte die *Appassionata*, als Mussolini gestürzt wurde. Wenn ich aus dem Fenster des Wohnzimmers sah, konnte ich sehen, wie die Sonne hinter einem kleinen Vulkankegel unterging und ihre letzten Strahlen über den See schickte, der noch einmal violett aufleuchtete und dann wieder schwarz wurde, ein weiteres Mal, für eine weitere Nacht, die wieder nur einen Tag bringen würde, an dem ich ein wenig mehr erlosch.

Die Alliierten schlossen Waffenstillstand mit Italien.

Helmut spielte eine Sonate ohne Namen, c-Moll, es sei Beethovens letzte gewesen. Von Nohlen war immer weniger im Haus. Saß er mit mir im Zimmer, konnte er kaum mehr verständlich sprechen.

Die *Mondscheinsonate.*

Berlin wurde bombardiert, Leipzig, Kiel, Bremen, Frankfurt.

Die *Pathétique.*

Dann war auch 1943 vorbei. Noch immer war Krieg, noch immer war ich gefangen.

Es gab Gerüchte über Invasionspläne der Alliierten im Westen, nur Gerüchte, nichts Konkretes, es könnte alles noch jahrelang weitergehen wie bisher, doch ich musste hier raus, das war mein einziger Gedanke. Ich dachte nicht mehr an die Gefahr, die SS, die Gestapo, ich dachte nur an den Wind, der draußen wehte, den unebenen Boden unter den Füßen, feine Nebeltröpfchen auf der Haut, in den Haaren. Ich wollte den Geruch von feuchtem Gras und See und Lastwagen riechen, von Bäckereien und Marktständen, Pferdefuhrwerken und Ledergeschäften. Ich hatte solche Sehnsucht nach Sonnenstrahlen und danach, selbst einen langen Schatten am Abend zu werfen. Nach spielenden Kindern, Schwänen, die langen Anlauf übers Wasser nehmen, bis sie sich in die Luft erheben. Nach Motorrädern. Einer Trabrennbahn. Ich wollte das Gelächter hören, das aus einer Gaststube dringt, und die Tritte der marschierenden Soldaten, das Zischen der Lokomotiven und das Tuten der Dampfschiffe, die über den See fahren. Einen Stehgeiger. Babygeschrei. Fabriksirenen. Nie habe ich in meinem Leben je wieder etwas so stark begehrt wie ein paar Schritte im Land der Mörder. Der Tod, der jeden Tag ein wenig mehr Besitz von mir ergriff, ängstigte mich mehr als der kurze Tod, der vor der Tür auf mich warten mochte, und dennoch war ich über mich selbst erstaunt, als ich mir eines Abends, ohne es geplant zu haben, die Straßenschuhe und den langen Mantel anzog, den ich seit zweieinhalb Jahren nicht mehr getragen hatte. Ganz selbstverständlich waren meine Handbewegungen, denen ich zusah, gleichzeitig aufgewühlt und doch vollkommen unbeteiligt. Niemand kümmerte sich darum, als ich die Wohnungstür hinter mir schloss und die Treppen nach unten stieg. Niemand sah mir nach, als mich vor dem Haus der Nebel überfiel, eine kompakte, weißkalte Masse, in der ich verschwand, die mich aufsaugte wie ein Schwamm, mich auflöste in tausend Tropfen, mich unsichtbar machte und beschützte, als ich durch die Straßen ging. Es tat so gut, mehr als zehn Schritte geradeaus laufen zu können, auch wenn die Absätze an meinen Schuhen sich lösten. Selbst von Nohlen hatte schon lange keine Schuhe mehr besorgen können. Die Stadt war nur an der Oberfläche still. Abweisend und grau standen die Fassaden, als wüssten sie vom Krieg, doch dahinter geschah etwas, das nicht sein durfte: Musik war an manchen Stellen zu hören, Stimmengemurmel, ein gedämpftes Lärmen, das mir zu folgen schien, während ich der großen Straße zur Rheinbrücke folgte. Der Fluss war nicht zu erkennen, zu dicht lag der Nebel über den Wassern, doch ich hörte das tiefe Gurgeln der Strudel, die sich an den Pfeilern der Brücke bildeten. Ich hatte den dunklen Schatten nicht näher kommen sehen, der plötzlich neben mir stand und sich über das Geländer lehnte, um ins Nichts zu sehen.

Ich überlege mir auch immer zu springen, sagte er und bot mir eine Zigarette an.

Ich drehte den Kopf und sah in ein halbes Gesicht. Die Nase, ein Auge und die Haare fehlten.

Ist alles in Russland, sagte er.

Beruhigend zu wissen, sagte ich und nahm die Zigarette. Der Tabak schmeckte bitter und scharf, und ich nahm einen tiefen Zug, bevor ich sie ihm wieder reichte.

Aber dann springe ich doch nicht, sagte er, aber warum?

Ich atmete aus. Der Rauch vermischte sich mit dem Nebel.

Fragen Sie mich nicht, sagte ich. Sonst tun Sie es doch noch.

Wir rauchten gemeinsam zu Ende. Er nahm den letzten Zug, drückte die Zigarette vorsichtig aus und steckte den Stummel in die Tasche seiner Jacke.

Honarro, sagte er.

Bitte, fragte ich.

Honarro. Es ist Fasnacht, das wissen Sie doch.

Nicht im Krieg, sagte ich.

Nicht offiziell. Aber schauen Sie mal im *Roten Engel* vorbei, in der Niederburg. Die Konstanzer lassen sich alles verbieten, aber nicht ihre Fasnacht.

Er nickte noch einmal und verschwand nach ein paar Schritten im Nebel.

Kalte Winde fegten vom See her, pressten mir Nebelschwaden ins Gesicht, und ich ging weiter. Auf der anderen Seite der Brücke brannten alle Laternen. Der Nebel schien von innen zu leuchten wie manche der Quallen, die in den tiefsten Meeren leben und mit ihrem Licht die Opfer anlocken, die sie zuerst betäuben und dann bei lebendigem Leib verdauen, ohne dass diese es merken. Immer wieder tauchten Schatten auf, überholten mich, kamen mir entgegen, bogen unvermittelt in eine der krummen Gassen ab: Viele humpelten auf Krücken, manche wurden im Rollstuhl geschoben, andere am Arm einer Frau geführt, die Augen mit weißen Binden verdeckt. Es gab hier zwanzig Lazarette, hatte von Nohlen einmal erzählt, Zehntausende von Kriegsopfern würden nach Konstanz gebracht. Ein junger Mann, dem ein Bein fehlte, drehte sich um, pfiff mir hinterher. Ich genoss diesen Pfiff, den Nebel, die Kälte, das Licht und die fremden Gesichter, die blasser waren, als ich sie in Erinnerung hatte. Irgendwie wurde ich vor das Portal des Münsters gespült. Ich sah nicht den schweren Turm, der sich grau und einsam über mir in den leeren Himmel erhob, aber ich spürte sein Gewicht und flüchtete davor, denn heute wollte ich frei sein und leicht. Die Gasse schräg gegenüber machte einen kleinen Bogen, und ich folgte ihr, ohne nachzudenken, bog scharf rechts ab und registrierte, dass ich der Musik folgte, die in der Luft lag, ganz leicht wie ein Geruch, kaum merklich, gerade so, dass etwas in mir reagierte. Eine Gasse weiter stand ich vor einem Gasthof.

Zum Roten Engel war in verblichenen Buchstaben auf die Fassade gemalt. Die Tür war verschlossen, doch hier musste es sein, also klopfte ich drei-, viermal, bevor sie einen Spalt weit geöffnet wurde.

Honarro, sagte ich zu den beiden Gesichtern im Dunkeln.

Hier ist niemand, sagte das eine Gesicht.

Lass sie rein, sagte das andere, lächelte, und ich sah seine verfaulten Zahnstümpfe. Ich habe die Frau mal bei von Nohlen gesehen.

Die Tür öffnete sich gerade weit genug, dass ich hineinschlüpfen konnte, das Licht ging an, und ich erkannte den Mann. Er war auf dem Fest bei von Nohlen gewesen an dem Tag, als Helmut und ich dort hinkamen.

Gehen Sie runter, sagte er, dort sind die anderen.

Ich stieg die ausgetretenen Stufen nach unten und hielt mich am Geländer fest, um nicht hinunterzustolpern, dorthin, wo es mit jedem tastenden Schritt dunkler, wärmer und lauter wurde. Am Fuß der Treppe musste ich einen schweren Samtvorhang beiseite schieben. Der Stoff fiel zurück und streifte mein Gesicht und mich schauderte. Der Gang dahinter vibrierte von der Musik. Ich konnte einzelne Instrumente auseinander halten, ein Saxophon, das einen kurzen Witz erzählte, und die meckernde Antwort der Klarinette. Ich tastete mich den Gang entlang, bog um die Ecke und stand in dem Kellergewölbe, dessen Ausmaße ich in dem schummrigen Licht nur erahnen konnte. Als Erstes sah ich eine geisterhafte Maske über einem schweren Gewand aus Tausenden von winzigen Schuppen. Das Wesen darin zuckte zu den Tönen des Schlagzeugsolos, stampfte mit den Füßen, die in klobigen Strohschuhen steckten, und warf sich in meine Richtung, doch ich war längst zur Seite gesprungen und tauchte in der Menge der Tanzenden unter. Ich beobachtete den Schlagzeuger, der wütend sein Instrument drosch, einen Schlägel zerbrach, ins Publikum warf, den nächsten griff und weiterprügelte, als sei nichts geschehen, immer lauter und unbändiger, bis ein paar zarte Klänge des Saxophons und einige ruhige Akkorde auf dem Klavier ihn dazu brachten, die Augen zu öffnen und einen ruhigeren Rhythmus zu spielen, aus dem eine Melodie emporstieg, die ich kannte, es war *Blue Skies*, wir hatten dazu getanzt, in Köln, in einem der verbotenen Clubs, in dem man Swing hören konnte. Die Frauen hier trugen Kleider wie vor dem Krieg, und ich kam mir schäbig vor in meinem geflickten Kittel. Vor mir drehte sich eine Frau allein im Kreis, verkleidet als Charlie Chaplin, sah mich, lupfte die Melone, und ich sah den strengen Scheitel Hitlers und wandte mich ab. Das Saxophon spielte ein neues Thema. Die Band antwortete. *Moon Faced and Starry Eyed.* Ein paar der Zuschauer an den Tischen ringsum johlten. Fast alle von ihnen waren maskiert, nicht viel, gerade so, dass der Betrachter irritiert wurde und sich fragte, ob diese Koteletten denn echt seien, dieser Schwung der Augenbrauen, diese Farbe der Haare. Trotz der falschen Bärte war offensichtlich, dass es dreimal so viele Frauen wie Männer gab.

Meine Finger schnippten den Takt des Liedes. Vielleicht sollte ich tanzen, doch bevor ich mich dazu entschließen konnte, hatte eine kräftige Frau meine Hand genommen, mich in den Kreis der Tänzer gezogen und sprang wild und ungelenk vor mir herum. Ich kannte die Augen, die schwer mit Kajal verschattet waren, und die Nase, die trotz des Puders zu großporig war. Der Mund lächelte glücklich, als sie meine Verwirrung sah.

Sie wissen nicht, wer ich bin, stellte sie fest, doch als ich die Stimme hörte, erkannte ich, dass es Giebendorff war, einer der Freunde von Nohlens.

Die Musik wurde schneller. Er packte meine Hüfte und drehte mich im Kreis.

Warum diese Verkleidung, fragte ich ihn.

Fasnacht, sagte er lachend. Da ist alles erlaubt.

Woher haben Sie das Kleid?

Sein Lachen verschwand.

Lassen Sie uns etwas trinken, sagte er.

Er führte mich an den Tresen und bestellte zwei Schnäpse. Sie schmeckten nach Chemieunterricht.

Der Deutsche grüßt mit Heil Hitler stand auf dem Schild hinter der Bar.

Also, fragte ich.

Die Sachen sind von meiner Verlobten, sagte er. Sie ist an Typhus gestorben, vor einem halben Jahr. Ich habe es nicht übers Herz gebracht, sie wegzugeben.

Und warum tanzen Sie darin, fragte ich.

Sie tanzte gerne. Eigentlich wären wir beide hier. So habe ich wenigstens etwas von ihr dabei. Ich weiß, das klingt einfältig, doch das ist mir egal. Sie müssen mich nicht …

Er machte eine Pause, trank sein Glas leer, bestellte zwei weitere Schnäpse, obwohl meines noch halb voll war.

Aber vielleicht haben Sie Recht, sagte er, obwohl ich nichts gesagt hatte, und ich bin ein Barbar. Das macht der Krieg. Wir werden alle wieder zu Wilden, natürlich. Schauen Sie sich doch nur um, und das ist erst der Anfang.

Das Gedränge auf der Tanzfläche wurde immer größer; ein oder zwei Stühle waren bereits umgefallen, und auf einem der Tische stand ein Mann mit zwei riesigen strohblonden Zöpfen, fegte mit den Füßen die Gläser hinunter und hob einen Rock aus hundert schmutzigen Fetzen, um seine weißgrauen Unterhosen zu zeigen. Irgendjemand hatte meinen zweiten Schnaps getrunken. Ich befürchtete, dass ich das selbst war, denn der Raum kippte nach links, und ich musste mich an Giebendorff festhalten.

Können Sie mir die Toilette zeigen, bat ich ihn, und er führte mich zwischen den tanzenden Leibern hindurch, die uns anrempelten oder versuchten uns festzuhalten, auch das riesige Wesen mit Holzmaske und Schuppengewand war wieder da und wollte zu mir, doch Giebendorff schlängelte sich mit mir sicher davon, weit nach hinten in eine der finstersten Ecken des Saales, wies auf eine der Türen und ließ mich dort allein. Die Tür klemmte, und als ich mich dagegen lehnte, fiel ich in einen winzigen Verschlag mit einer zersprungenen Waschschüssel. Auf dem Hocker davor saß Charlie Chaplin und lächelte mich an. Sie hielt einen Stofffetzen im Mund, den sie um ihren Arm gewickelt hatte, aus dem sie gerade eine Nadel zog.

Willst du auch mal, fragte sie mich. Ich bin Krankenschwester. Ich habe Unmengen davon, und sie hielt mir ihre Handtasche voller Ampullen hin.

Ich schüttelte den Kopf.

Vielleicht Okasa, fragte sie. Für deinen Freund? Damit steht er sogar bei Toten wie eine Eins. Oder Pervitin?

Ich schob sie beiseite und fand die Toilette eine Tür weiter. Hinterher war die Musik noch lauter geworden. Selbst vor den Klos tanzten sie jetzt. Die Menschen schrien auf Deutsch, Italienisch, Französisch und irgendwelchen Sprachen aus dem Osten, die ich nicht identifizieren konnte. Charlie Chaplin hatte sich das Sakko ausgezogen und trug nur ein hautfarbenes Seidenhemdchen. Vor ihr stand ein Mann mit einer Flasche und wollte ihr den Wein unbedingt direkt in den Mund schütten. Sie nahm einen großen Schluck, setzte die Flasche ab und spuckte ihm ins Gesicht. Er lachte unbändig.

Giebendorff fand ich am Tresen wieder. Er hatte uns noch mehr zu trinken bestellt. Der Schnaps schmeckte immer besser, je mehr ich davon trank. Auch die Musiker wurden immer betrunkener, die Töne hämmerten durch den Raum wie Querschläger, inzwischen konnten sie die einzelnen Lieder nicht mehr auseinander halten.

Der Pianist spielte *Old Buttermilk Sky*, die Klarinette *The Mad Boogie* und das Saxophon *King Porter Stomp*. Der Schlagzeuger hatte schon vor längerer Zeit ein ganz eigenes Repertoire eröffnet, es klang nach Schützengraben und Tieffliegerangriff, doch den Tänzern war das egal. Den Trinkern auch. Inzwischen war der Schnaps alle, und wir tranken eine Art Spiritus. Giebendorff wollte unbedingt noch etwas von seiner Verlobten erzählen, aber er lachte und schluchzte zu sehr, als dass ich ihn verstehen konnte. Mir war schlecht. Ich suchte das Klo, um zu erbrechen, aber ich fand die Richtung nicht gleich, geriet zwischen die Tänzer, die mich mit sich rissen und irgendwo im Raum wieder ausspuckten. Charlie Chaplin hockte in einer der dunklen Ecken breitbeinig auf einem Krüppel. Hinter mir tauchte wieder das geschuppte Ungetüm auf. Ich sprang über die Krücken, glitt zwischen einem tanzenden Paar durch und fand den Eingang zur Toilette. Das Wasser aus dem Hahn war eiskalt, und nach ein paar Schlucken ging es mir wieder besser. Der Brechreiz war weg. Trotzdem blieb ich eine Weile drin, damit das Schuppenmonster wieder verschwand. Als ich wieder draußen war, sah ich gerade noch, wie der Schlagzeuger nach hinten kippte und mit den Füßen das Becken mit sich riss, das mit einem grellen Scheppern auf dem Boden aufschlug. Der Saxophonspieler kümmerte sich um den Blutenden, der ohne Erfolg versuchte, wieder auf die Beine zu kommen. Die Tanzenden standen einen Moment wie erstarrt, und ich hatte Angst, dass die ganze Stimmung mit einem Mal zusammenfallen würde, aber jemand legte eine Platte auf, und eine Musik ertönte, die auch die letzten Hemmungen löste, keine Musik, eher nervöse Fetzen, die alles ausließen, was nicht unbedingt notwendig war, laut und hastig und gehetzt, ein Konzentrat von Musik, ein Stenogramm aus bedingungslosen Improvisationen, Intervallen, die in den Ohren schmerzten und doch das Schönste waren, das ich je gehört hatte, weil es so lebendig war, eine fleischliche Kraft hatte, im Gegensatz zu Helmuts Beethoven, und ich erkannte, warum ich so hasste, was er spielte: weil seine Musik machte, was ich selbst tat, nämlich erstarren, immer kälter, immer unmenschlicher werden, während ich hier den Strom des Lebens fand, der mich fortriss, hinein in die Menge der Tanzenden, und ich ließ mich treiben, klammerte mich mal an jenen Arm, mal an diesen Hals, wurde von einem zum anderen gereicht, rieb mich an Frauen, Männern und geschlechtslosen Wesen, spürte Haut und Schweiß und Haar, roch Parfum, Rasierwasser, Lust und Verzweiflung, Bier, Wein und Schnaps, immer ekstatischer schrie das Saxophon, immer schneller taumelte ich von einem Tänzer zum nächsten, bis mich endlich einer festhielt, und ich sah ihn an und erkannte Gero von Nohlen.

Ich wollte auch mit ihm tanzen, aber er stand unbewegt und hielt mich noch eine Spur fester. Er sah mich an mit einem Blick, den ich nicht deuten konnte, den ich nicht deuten musste, weil ich wusste, was er ankündigte, weil klar war, dass ich mit dem Verlassen der Wohnung, dem Verlassen der nebligen Straßen der Stadt eine Grenze überschritten hatte, um hier endlich, nach all den Jahren, wieder das Leben zu finden. Er küsste mich: ein Kuss, um den sich der Raum drehte, die Stadt, das ganze verdammte, zerbombte Land. Das ganze Universum kreiste um diesen einen ruhenden Punkt, von dem aus die ganze Welt aus den Angeln gehoben wurde; ein Kuss, der nicht aufhörte, nicht aufhören konnte, sondern weiterging, auch als wir durch den Raum glitten, zwischen den Tänzern hindurch, an dem Waschraum vorbei zu dem Hinterzimmer, wo auf manchen der Bänke ein Betrunkener geschlafen hatte, der jetzt aus den Träumen gerissen wurde von unserer Umarmung, die immer heftiger wurde, gieriger, lauter, vor allem lauter, denn ich schrie, als ich seine kräftigen Hände an meiner Brust spürte, schrie, als er mir die Lippen wundbiss, schrie, als er in mich eindrang, schrie, als unter seinen Stößen der Tisch zusammenbrach und wir auf dem Boden landeten, schrie um das Leben, das er in mich pumpte, bei jedem Stoß schrie ich vor Schmerz und Gier, vor Freude schrie ich und Verzweiflung, bis sich mein Schrei mit seinem mischte und sich beide höher schraubten, eine Terz, eine Quint, eine Oktave; hier war die Musik des Lebens, hier, nicht an irgendeinem Klavier, dachte ich noch, mit dem winzigen Rest meines Hirns, der noch denken konnte, dann wurde auch das ausgelöscht und wir verstummten.

Viel später war es sehr finster, und ich war allein.

Es roch nach Moder. Ich lag mit dem Gesicht auf dem kalten Zementboden. Aus einer entfernten Ecke des Zimmers hörte ich ein dumpfes Schnarchen. Ich strich meine Kleider wieder glatt, auch wenn das vermutlich nichts half. Die Musik spielte noch immer, doch sie erreichte mich nicht mehr, es war nur ein Lärmen, laut und chaotisch und schrill. Ich stand auf und setzte vorsichtig einen Fuß vor den anderen, als ich zur Tür ging, die in den Tanzsaal führte, sie öffnete und den Raum durchquerte, als sei ich unsichtbar. Niemand berührte mich, niemand sprach mich an, und keiner wollte mehr mit mir tanzen. Als ich die Treppe hinaufstieg, schien es mir, als ob ich mich mit jedem Schritt hundert

Jahre von der Welt dort unten entfernte. Ich trat vorbei an den beiden Männern an der Tür und atmete draußen den Nebel ein. Ich hätte mich gern darin aufgelöst, wäre ein Nebelwesen geworden, ein Schattenmensch, ohne Kern, ohne Identität, doch der Nebel wollte mich nicht aufnehmen, sondern spuckte mich aus, und ich blieb immer sichtbar für mich, immer spürbar mit jedem der Schritte, die mich zum Ufer des Sees trugen, wo die Bäume blattlos standen. Das Wasser war schwarz und weit und verständnisvoll und würde mich bis nach Köln tragen, nach Hause.

Ich zog den rechten Schuh aus und steckte den Fuß ins Wasser. Es war kälter, als ich dachte. Ich zog den Schuh wieder an.

Im Sommer ist das einfacher, sagte plötzlich eine Stimme neben mir, vielleicht ist es besser, zu warten.

Ich drehte den Kopf und sah wieder in das verwüstete Gesicht des Soldaten. Er reichte mir eine halbe Zigarette.

Sie sind wohl immer am Wasser, sagte ich.

Der See lässt mich nicht los, sagte er. Ich warte nur auf einen endgültigen Befehl. Wenn ich den habe, wird es ganz leicht sein.

Es ist nie leicht, sagte ich. Die Zigarette war feucht vom Nebel und schmeckte mir nicht mehr, doch ich rauchte sie, bis die Glut mir die Spitzen der Finger verbrannte. Der Soldat antwortete nicht. Ich sah ihn noch einmal an und kam mir lächerlich vor.

Danke, sagte ich und stand wieder auf.

Wofür, fragte er.

Wofür wohl? Für die Zigarette natürlich, sagte ich und ging über die Rheinbrücke und dann rechts am See entlang, immer weiter geradeaus, bis ich eine kleine

Landzunge erreichte. Hier setzte ich mich auf eine Bank und erwachte erst, als mich zwei Hunde verbellten. Der Besitzer kam kurz darauf, entschuldigte sich, und ich machte mich auf den langen Weg zurück. Als ich in der Friedrichstraße ankam, mit triefenden Kleidern und Haaren, klingelte ich, und Elsbeth öffnete wortlos und mit einem Blick voller Angst und Verachtung. Helmut spielte Klavier, immer noch, oder schon wieder, das immer gleiche Lied mit der immer gleichen Präzision, und ich legte mich ins Bett, nass und kalt wie ich war, in dieses Bett im Billardzimmer und erkannte, dass ich auch nur eine Kugel war, mit der gespielt wurde, doch ich wusste nicht, wer den Queue hielt.

Man bemerkt nur das, was man bemerken will. Das hatte von Nohlen einmal gesagt, und er hatte Recht, denn Helmut spielte einfach weiter Klavier, und Dorothee saß neben ihm oder ging an den See, um zu sehen, ob die Enten wieder aufgetaucht waren. Die beiden wollten nicht wissen, was in von Nohlens Arbeitszimmer geschah, seit jener Nacht in dem Gasthaus, in der ich jede Kontrolle über mich und mein Leben verloren hatte; eine Kontrolle, die ich nicht wiederfinden wollte, denn nie zuvor war ich so glücklich gewesen. Keine Regeln galten mehr für mich, keine Konventionen; jede Verantwortung für mich und mein Handeln hatte ich von mir geworfen und war frei geworden, zu tun und zu lassen, was ich wollte.

Der Frühling kam und ging in den Sommer über. Es war schon seit Wochen nicht mehr neblig gewesen, und der Krieg schöpfte Atem. Von Nohlen wollte alles von mir erfahren, jeden Schritt, den ich in meinem Leben gegangen war, jeden Gedanken verstehen, jedes meiner

Gefühle empfinden, und ich öffnete mich ganz, weil ich es so wollte, nur darum. Von sich selbst gab er nichts preis, doch das war gut so, denn am nächsten war er mir dort, wo er schwieg. Er musste mir nichts erzählen, weil ich jeden Quadratzentimeter seiner Haut ertastete und sein Leben darin las; sein Leben, wie ich es verstehen wollte, angefangen von der feinen Schramme auf der Wange, in der ich eine frühe Kränkung aus seiner Jugend sah, bis hin zu den breiten Narben, die sie in die Haut seines Rückens geprügelt hatten und die mehr über seine Tapferkeit erzählten, als er es selbst je vermocht hätte.

Ein anderes Schweigen trennte mich nachts von Helmut. Wir schwiegen zwar auch beide, aber wir schwiegen von unterschiedlichen Dingen. Nur haarfein war der Riss in der Oberfläche unseres Lebens, nur für den zu sehen, der ihn sehen wollte, und das wollten wir beide nicht. Wir schliefen im gleichen Bett, aßen gemeinsam in der Küche ein Essen, das immer gleichförmiger schmeckte, immer schlechter und weniger wurde, trotz aller Bemühungen von Nohlens. Manchmal erwähnte Helmut Beethoven noch. Manchmal erzählte ich ihm meine Träume.

Irgendwann würden wir befreit werden. Ein Offizier der Alliierten würde in der Tür stehen, ein Amerikaner oder ein Franzose, und uns sagen: Ihr seid frei. Der Krieg ist vorbei. Dann würden wir wieder gemeinsam leben. Ich würde wieder lernen müssen, Helmut zu verstehen, ganz langsam, Wort für Wort, Geste für Geste und er, mir zu verzeihen. Wir würden eine Zukunft haben, wir würden uns lieben, unsere Vorkriegsliebe; doch damals wollte ich nicht die Zukunft, ich wollte unendliche Gegenwart, dieses Frühsommerglück mit von Nohlen, das einen Moment lang jenseits von Raum und von Zeit schien, bis die Meldung kam, dass alliierte Truppen in der Normandie gelandet waren, was den Krieg um Monate verkürzen würde. Von Nohlen und ich sprachen nicht darüber, doch an der Art, wie er sich in mich stürzte, sich festkrallte, wortlos und zum ersten Mal hilflos, erkannte ich, dass die Schatten des Friedens, die sich drohend näherten, ihn nicht weniger ängstigten als mich.

Im Radio hörte ich später vom Attentat auf Hitler.

Von Nohlen war unterwegs, ich wusste nicht, wo; nie wusste ich, was er tat, ich hoffte nur, er würde vorsichtig sein. Hitler wurde von einer Höllenmaschine zerfetzt, meldete BBC. Ich versuchte, die Tränen zurückzuhalten, als ich das hörte, und weiterzuarbeiten, ganz ruhig und ganz konzentriert Zahl um Zahl zusammenzurechnen, als sei nichts geschehen, doch ich konnte nicht mehr. Jetzt war der Krieg vorbei und das Leben, und ich weinte um Hitler.

Ich schaltete das Radio aus und hatte noch feuchte Wangen, als von Nohlen kam, vollkommen verstört und unfähig, etwas zu sagen. Er umarmte mich stumm und verzweifelt und schaltete den deutschen Sender ein. Der *Badenweiler Marsch* lief, das Lieblingsstück Hitlers; danach hörten wir dessen schnarrende Stimme, die von seiner Bestätigung im Auftrag der Vorsehung sprach.

Er hat überlebt, flüsterte von Nohlen fassungslos. Gott sei Dank. Der Führer lebt. Wir haben noch einmal Glück gehabt.

Anschließend liebten wir uns inniger als jemals zuvor.

Das Überleben Hitlers gab uns einen kleinen Aufschub, doch dann fiel Aachen, die Sowjets drangen in Ostpreußen ein, und die Ardennenoffensive der Deutschen scheiterte.

Auch an Helmuts Musik hörte ich, dass der Krieg langsam zu Ende ging. Zuerst fing er an, Beethovens Sonaten mit mehr Gefühl zu spielen, als sei es Musik für Menschen und nicht für die unsterblichen Götter. Plötzlich spielte er auch wieder Chopin. Debussy. Rachmaninow. Liszt. Die Musik hatte jahrelang überwintert, jetzt spürte sie den Frühling und lebte auf, jeden Tag ein neues Stück, ein neuer Komponist, eine lange vergessene Melodie, und Helmut wurde dadurch immer mehr der Mann, den ich kannte.

Eines Tages war von Nohlen unterwegs, während ich die Unterlagen für die Steuererklärung vorbereitete. Helmut spielte die Goldberg-Variationen, das war ganz neu, es war das erste Mal, dass er wieder Bach spielte, und ich hörte genauer hin als sonst, denn die Variationen hatte er früher für mich gespielt, wenn ich nicht einschlafen konnte. Das sei der ursprüngliche Zweck dieser Musik gewesen, hatte er damals gesagt, auch wenn ich nicht glaubte, dass das Schlafmusik war. Ich erkannte jeden einzelnen Takt, jeder Ton war ein Ruf aus vergangener Zeit, eine Aufforderung an mich, und ich ließ den Stift sinken. Vielleicht war die Musik das Zeichen zur Umkehr. Ich summte die vierte Variation leise mit, um mich durch die Melodie mit ihm zu verbinden und summte noch, als er schon aufgehört hatte, im vorletzten Takt. Ich schüttelte den Kopf und versuchte, mich auf die Zahlen zu konzentrieren, aber ich konnte nicht mehr, es fehlte etwas; ein Akkord, ein, zwei Töne, irgendeine Art von Auflösung. Eine Gefahr ging von den fehlenden Tönen aus wie von Blindgängern, die im falschen Augenblick explodieren konnten. Ich ging hinüber ins Wohnzimmer, um ihn zu bitten, sie noch zu spielen, nur für mich. Es wäre das erste Mal seit Jahren gewesen.

Ich öffnete die Tür zum Wohnzimmer. Zuerst sah ich nichts; der Platz hinter den Tasten war leer, doch dann erkannte ich sie, Helmut und die Frau von Nohlens, im Schatten unter dem Flügel; ich sah Helmuts Hände, die einen Walzer auf ihrem weißen Fleisch und den schwarzen Strümpfen spielten, ihre ekelhaften, knochigen Hüften und dann schloss ich die Tür leise. Sie hatten mich nicht gesehen, und ich ging ins Arbeitszimmer, um weiterzurechnen, doch die Zahlen beruhigten mich nicht, während ich von drüben wieder eine Musik hörte, irgendeinen Tanz von Mozart.

Als von Nohlen abends kam, konnte ich ihn nicht berühren wie sonst, sondern schob ihn weg. Er versuchte es wieder, umarmte mich, streichelte mir über den Nacken, flüsterte, bedrängte mich weiter, bis ich ihm sagte, was ich vorhin gesehen hatte. Er sackte im Stuhl hinter dem Schreibtisch zusammen. Helmut spielte noch immer, die Paganini-Variationen; ganz leicht schwebte die Musik durch das Haus, ganz beschwingt, als sei der Frieden schon da, und Gero wurde ruhig, noch viel ruhiger, als ich ihn je gesehen hatte. Ich wusste, seine Rache würde fürchterlich sein, und ich war überzeugt, dass es gut war.

Nachts lag ich neben Helmut auf dem Rücken. Nebeneinander starrten wir ins Nichts, so wie die Steinfiguren auf den Grabmalen Liebender aus der Zeit der Ritter, doch wir waren keine Liebenden mehr. Obwohl wir auf einer Matratze lagen, verlief eine Front zwischen uns, die kein Wort passieren konnte und erst recht keine Geste.

Der nächste Morgen hatte ein Tarnkleid übergeworfen, damit wir glauben sollten, er sei alltäglich. Das Haus war stumm. Von Nohlen und seine Frau waren nicht da. Das war nichts Ungewöhnliches, und doch beunruhigte mich ihre Abwesenheit. Helmut saß am Klavier, ohne zu spielen. Als ich zu ihm gehen wollte, sah ich seine Hände auf den Tasten liegen, die Augen niedergeschlagen, als konzentriere er sich und würde gleich beginnen, die ersten Akkorde eines großen Konzertes. Dass er sie nicht anschlug, machte die Spannung im Zimmer unerträglich. Die Musik, die er jetzt nicht spielte, trennte ihn ebenso sehr von mir wie die *Hammerklaviersonate*, hinter der er sich so lange verschanzt hatte.

Ich ging wieder ins Arbeitszimmer und starrte auf die Zahlen. Hoffentlich kam von Nohlen bald. Ich musste ihm unbedingt sagen, dass ich mich getäuscht haben konnte, dass Dorothee gestern Enten füttern war und Helmut unter dem Flügel nur etwas gesucht haben mochte, vielleicht ein Notenblatt, und dass alles eine Einbildung war, hervorgerufen durch die lange Gefangenschaft oder den Nebel, der sich in die Seele fraß. Er müsse unbedingt mit Dorothee reden, sie würde ihn nicht belügen, niemand würde das tun. Und selbst wenn seine Frau und Helmut …, was ich auf keinen Fall glaubte, dann sei es sicher nur eine einmalige Verfehlung gewesen, ein Kurzschluss, der nichts mit ihm zu tun habe, würde ich sagen, vielleicht im Überschwang des nahenden Friedens, oder hervorgerufen durch die Musik, auf jeden Fall sei es wichtig, jetzt keine übereilten Schritte zu tun, schließlich sei der Krieg fast vorbei, und alles, wirklich alles, was sich währenddessen ereignet habe, sei entschuldigt durch die Umstände einer Zeit, die größer sein wollte als die Menschen, die durch sie hindurchgingen. Die Gedanken wälzten sich auf Panzerketten durch meinen Kopf, sodass ich weder die

Schritte im Treppenhaus hörte noch das Öffnen der Tür. Erst als im Flur jemand die Hacken zusammenschlug und Heil Hitler brüllte, fuhr ich zusammen. Ich öffnete die Tür einen Spalt, um zu sehen, ob es Feiler war und sein Hitlerjunge, aber sie trugen keine Uniformen, sondern graue Straßenanzüge.

Ich hielt den Atem an und schloss die Tür bis auf einen kleinen Spalt. Von Nohlen stand mit dem Rücken zu mir. Er musste mit ihnen zusammen gekommen sein und wies jetzt auf die Tür zum Salon.

Er ist da drin, sagte er. Ich habe ihn gestern aufgenommen. Er sagte, er sei ausgebombt worden, aber ich glaube, er lügt. Er ist Jude, doch das werden Sie sicher überprüfen können.

Ich krallte die Nägel in meine Hand und hätte gerne gebetet, denn Beten hatte uns schon einmal gerettet, doch es ist nicht die Aufgabe der Götter, die Fehler der Menschen zu korrigieren, und mich erfüllte ein stummer, kalter Schmerz, der keinen Raum ließ für Worte.

Die Männer kamen wieder heraus, mit Helmut in ihrer Mitte. Sie hatten ihm nicht einmal Handschellen angelegt. Er sah sehr zart aus zwischen ihnen, und ich wäre gerne zu ihm gegangen und hätte ihn beschützt, aber ich spürte, dass ich das Recht dazu verwirkt hatte. Helmut drehte sich um, um einen letzten Blick auf das Klavier zu werfen, als wüsste er, dass er es nie wieder sehen würde. Er sah nicht zu mir, nicht zum Arbeitszimmer, mit keiner Geste verriet er meine Anwesenheit. Ich wusste, dass er, egal was sie taten, mich niemals verraten würde. Nur deswegen konnte von Nohlen ihn ausliefern, ohne sich selbst zu gefährden.

Die beiden Männer nickten ihm kurz zu. Er beugte sich zu Helmut, um ihm etwas ins Ohr zu flüstern, dann versetzte er ihm einen Schlag auf die Schulter, heiter und etwas zu heftig. Das verzieh ich ihm nicht. Weder den Schlag noch sein Lächeln dabei, das anhielt, als Helmut herausgeführt wurde aus der Tür, der Wohnung, meinem Leben und zu einem Schatten wurde, der seither durch meine Träume gleitet.

Von Nohlen schloss die Tür leise, drehte sich zu mir und sah mich lächelnd an, als erwarte er, dass ich etwas sagte, aber ich war in einem großen Schweigen versunken, das so tief war, dass nichts von mir mehr nach außen drang. Alles, was ich wahrnahm, war gedämpft, in ein warmes grünliches Licht getaucht und verzerrt durch die Spiegelungen an einer Oberfläche, von der ich unendlich weit weg war. Von Nohlen versuchte in den folgenden Wochen immer wieder, mich zu erreichen, warf Worte oder Gesten nach mir wie die Flieger Wasserbomben nach U-Booten warfen, von denen man nicht wusste, dass sie längst leckgeschlagen am Grund des Atlantiks lagen.

Währenddessen spürte ich, wie er in den folgenden Wochen verfiel: Zuerst sanken seine Schultern ein; unmerklich am Anfang, dann immer deutlicher und zogen seinen Kopf nach unten, sodass sein Blick nicht mehr frei auf der Welt lag, sondern sich in den Boden bohrte. Wenn er den Kopf doch einmal hob, wie unter großen Mühen, sah ich, wie sein Mund immer schmaler wurde, immer verbissener. Sein ganzer Körper wurde immer unbeholfener, wo er früher stark gewesen war, war er jetzt nur noch schwer. Spürte er mich, dann schlug er die Wohnungstür hinter sich zu und verschwand für mehrere Tage. Sein Verfall rührte mich an, weil es um meinetwillen geschah.

An dem Tag, von dem ich noch nicht wusste, dass es

der letzte Tag des Krieges in Konstanz sein würde, klopfte er noch einmal an die Tür des Billardzimmers, in dem ich mich verbarrikadiert hatte. Es sei wichtig, sagte er, und seine Stimme klang dringlicher als je zuvor, vollkommen geschwächt und fast zart, sodass ich kurz davor war, die Tür zu öffnen. Vielleicht hätte ich ihn in seiner Schwäche lieben können, mehr noch als zu den Zeiten der Stärke. Vielleicht hätte ich ihm verzeihen können, wenn schon nicht mir. Vielleicht hätten wir ein gemeinsames Leben gehabt, trotz der Scham, trotz der Schuld. Wir hätten darüber schweigen können, und dieses Schweigen hätte uns mehr verbunden als alles Reden über tausend andere Dinge, doch ich zwang mich, ihm nicht zu antworten. Erst nach der Befreiung würde ich mit ihm reden, so lange würde er büßen müssen, und mein Zögern rettete mich vor dem Schlimmsten, denn nur einige Stunden später durchschaute ich ihn.

Da hörte ich Schritte im Treppenhaus, sah, wie sich die Tür zur Wohnung öffnete und die schwarze Uniform eines SS-Mannes durch den Flur marschierte, direkt zum Arbeitszimmer von Nohlens. Ich sah nur den Rücken des Mannes, ein großer, schwerer, brutaler Rücken. Der Mann stieß die Tür zum Arbeitszimmer auf, ohne zu zögern, ohne anzuklopfen und ich sprang hoch, um von Nohlen zu schützen, denn in den letzten Tagen des Krieges wurden immer mehr Männer wie er als Verräter gerichtet. Helmut hatte ich ohne Widerstand in den Tod laufen lassen, doch von Nohlen würde entkommen, mit meiner Hilfe. An ihm würde ich gutmachen, was ich an Helmut versäumt hatte. Vom Tisch im Flur nahm ich den Kerzenständer aus Messing, der so schwer war, dass ich ihn mit beiden Händen halten musste. Ich öffnete die Tür leise und hielt den Atem an, um stark genug für meine Aufgabe zu sein. Gleich würde Helmuts Tod gesühnt, gleich würde ich dem Feind den Schädel spalten, dachte ich, doch das tat ich nicht, sondern ließ meine Waffe sinken, als ich ins Zimmer sah: Von Nohlen war allein. Er selbst trug die Uniform, hatte die Mütze in den Nacken geschoben und zog sich gerade langsam und ächzend einen der schwarzen Lederstiefel vom Fuß. Er hatte immer ein Geheimnis vor mir bewahrt, das war ein Teil von dem gewesen, was mich so sehr an ihn band, doch als ich erkannte, dass er bei der SS gewesen war, explodierte etwas in mir, schleuderte mich quer durch den Ozean der Stille bis kurz vor die Oberfläche, kurz vor einen Schrei, einen Mord an dem Mann, der uns verraten hatte, noch immer verriet und das immer tun würde, der wie ein Fluch auf uns lag, doch ich blieb stumm.

Er sah nicht auf, als sei er zu müde dazu, und bemerkte so nicht, dass ich ihn beim Ausziehen der Uniform beobachtete. Dass ich sah, wie er in seinen Unterhosen im Zimmer stand und mit einer Schere die Uniform in schmale Streifen zerschnitt. Er hatte keine Ahnung, dass ich Zeuge war, wie er den Holzofen in der Küche anfeuerte und die Stofffetzen schließlich verbrannte, sodass nichts mehr blieb, außer einem kleinen Häufchen Asche, das er in den Kehrichteimer warf.

XI

Dietmar kam, als es dunkel geworden war. Gero hatte sich in der Zwischenzeit nicht gerührt. Das hatte er von Zeyra gelernt. Sie konnte sich einfach ausknipsen wie ein Computer, der auf Stand-by umschaltet. Den kleinen Tod spielen nannte sie das. Zeyra war in einem Flüchtlingsheim aufgewachsen und hatte jahrelang mit ihren Eltern und dem Bruder in einem Zimmer gelebt, das kleiner als Geros Küche war. Der kleine Tod war die einzige Möglichkeit gewesen, wenn ihr wieder alles zu viel wurde. Zeyra war ein gute Lehrerin; sie hatte ihm gezeigt, dass man die Gedanken aus sich herausfließen lassen konnte wie Wasser aus der Badewanne, bis nichts mehr blieb als ein winziger Tropfen Aufmerksamkeit, der gebraucht wurde, um wieder funktionsfähig zu werden, und der jetzt registrierte, dass es klingelte, der Mann aus dem Schaukelstuhl sprang und zur Tür lief. Gero blieb liegen, als Dietmar in sein Zimmer kam, obwohl er wieder ganz wach war. Er sah, wie sein Bruder vor ihm stand, in seinem hellen Wintermantel, auf dessen Kragen der Schnee feuchte Flecken hinterlassen hatte; sah, wie er auf ihn herunterblickte und sich ärgerte. Er war gewohnt, dass man ihn wahrnahm. Vermutlich hatte er damit gerechnet, dass Gero aufspringen würde, um sich zu entschuldigen, weil er die Unverschämtheit besessen hatte, ihm sowohl zu widersprechen als auch seine politische Karriere zu gefährden und die Firma in den Ruin zu treiben.

Ich weiß, dass du mir zuhörst, Gero, sagte Dietmar. Es ist mir egal, ob du etwas sagst oder nicht. Irgendwann wirst du aufstehen, irgendwann willst du auch wieder ins Leben zurück. Aber ich lasse dich hier, bis du mir versprichst, den Mund zu halten wegen dieser Sache mit Opa. Du bist stur und hältst sicher eine Weile durch. Aber ich bin härter als du. Das weißt du. Das war ich immer. Ich habe bei Quante angerufen; sie glaubt, du hast wieder einen Rückfall und bist in der Klinik. Sie ist stinksauer, weil du mit einigen Artikeln im Rückstand bist, aber sie rechnet so schnell nicht mit dir. Sie ist vermutlich die Einzige, die dich vermissen wird. Ich werde Oberbürgermeister von Konstanz, das wirst du mir nicht vermasseln. Großvater war nur ein ganz gewöhnlicher Baubürgermeister. Ich gehe weiter als er, das erste Mal. Weißt du, was das für mich bedeutet? Also: am besten du machst es kurz, wir regeln die Sache jetzt und hier, dann wird alles wieder okay.

Nichts ist okay, dachte Gero, nicht für dich und nicht für mich. Trotzdem würde er nicht mit ihm reden. Er wusste, dass sein Bruder vollkommen rücksichtslos sein konnte. Aber dass er selbst sein Opfer war, überraschte ihn. Mehr nicht. Kein Schmerz, keine Trauer. Dafür sah er, wie der Nebel zum Fenster hereinkroch und sich durchs Zimmer tastete auf der Suche nach ihm.

Hallo Gero, sagte Dietmar, ist da wer? Willst du nichts sagen?

Jetzt hatte der Nebel Geros Ohren gefunden und floss sanft am Trommelfell vorbei ins Hirn. Er verstand seinen Bruder noch gut, obwohl seine Stimme dumpfer geworden war und er Unsinn redete, denn er vergaß

Kroll. Der war zwar heute noch verkatert, doch in ein paar Tagen würde er wieder nüchtern sein. Ihn konnte Dietmar nicht einsperren.

Wenn du nicht mit mir reden willst, dann gehe ich wieder, sagte Dietmar, und Horst passt auf dich auf. Ihr habt euch doch sicher schon vorgestellt und Freundschaft geschlossen. Schließlich werdet ihr eine Weile hier gemeinsam verbringen. Er arbeitet auf einer meiner Baustellen als Polier. Ein netter Kerl, aber mach ihn nicht wütend. Das wäre nicht gut. Wirklich nicht. Ich bin erst einmal einige Tage weg, also bleibst du mit ihm allein.

Er meinte das als Drohung, aber das war es nicht. Nicht für Gero, sondern eher für Horst, den er jetzt in der Küche fluchen hörte. Vermutlich hatte er in den Kühlschrank geschaut.

Geros Mund fühlte sich taub an, als der Nebel sich vor den Lippen sammelte und mit jedem Atemzug tief in seine Lungen drang. Von dort breitete er sich aus, sickerte in den Bauchraum und floss in die Beine.

Da fällt mir noch etwas ein, sagte Dietmar, bevor ich jetzt gehe. Dein Freund aus dem Stadtarchiv, der mit dem Rollstuhl. Ganz bedauerliche Sache. Andererseits auch kein Wunder bei den glatten Straßen. Vermutlich ist so ein Spezialwagen schwerer zu steuern, da ist die Bremse ja auch irgendwie bei dem Lenkrad mit dran. Wenn man dann etwas getrunken hat, kann man da nicht so schnell reagieren.

Jetzt war Gero froh, dass der Nebel ihn in seine Arme genommen hatte und sanft umschlossen hielt, sonst wäre er aufgesprungen und hätte seinem Bruder etwas ins Gesicht geschlagen, vielleicht die Flasche mit abgestandenem Sprudel, die neben seinem Bett stand, aber so konnte er liegen bleiben und warten, denn Dietmar würde ihm alles erzählen wollen.

Kroll hatte gestern einen Unfall, sagte Dietmar, auf dem Weg von dem Jahrmarkt in Freudental nach Hause. Er war schon tot, als der Notarzt kam. Es ging alles sehr schnell. Er hat zum Glück nicht lange gelitten.

Jetzt floss der Nebel in Geros Augen, hüllte sie in seinen milchigen Schleier, und er sah nichts mehr. Dietmar verschwand hinter einer weißen Wand. Von weither hörte er seine Stimme.

Also, gibst du mir dein Versprechen, fragte Dietmar. Dann können wir das Ganze vergessen. Wenn nicht, bleibst du hier.

Was er sagte, hatte nichts mehr mit Gero zu tun.

Später spürte er eine Hand an der Schulter und hörte eine Stimme. Es war nicht die Stimme Dietmars.

Pizza, fragte sie. Gero sah nichts, er roch nur den fettigen Käse, Salami und Artischocken und schüttelte ganz leicht den Kopf.

Das geht nicht, sagte die Stimme. Sie müssen was essen. Ihr Bruder ist weg, nach Rumänien. Er kommt erst in ein paar Tagen wieder. Es geht um Plattenbauten und die EU-Osterweiterung. Er will, dass ich Sie gut versorge.

Viel später kam sein Bewacher und brachte ihm einen Kaffee und ein Brötchen. Draußen war die Sonne aufgegangen, aber er konnte nicht essen oder trinken. Gero wollte ihm sagen, dass er sich keine Sorgen machen solle, aber seine Zunge war so schwer geworden, dass sie sich nicht rühren konnte. Horst sah ihn an, zog ein Mobiltelefon aus der Jackentasche und hackte eine Nummer in die Tastatur.

Ja genau, sagte er, Ihr Bruder. Isst nichts, trinkt

nichts. Liegt nur da, eingerollt wie ein Kind mit Fieber … Woher soll ich das wissen, ich bin kein Arzt, ich bin Bauarbeiter … Nein, natürlich nicht … Klar, aber lange geht das nicht mehr … Ganz sicher nicht … Das müssen Sie wissen … Ich bin hier, um Befehle auszuführen … Ihre Verantwortung … Sie sagen es mir dann … wenn Sie meinen, dass das so geht … Ja gut, ich melde mich wieder.

Horst seufzte schwer. Gero hätte ihn gerne getröstet, doch Horst verschwand, und im gleichen Moment hatte er ihn auch wieder vergessen. Gero versank wieder im Nebel und löste sich auf, in den Millionen von feinen Wassertröpfchen. Mal spürte er, wie jemand neben ihm stand und etwas zu trinken brachte, mal roch er ein frisches Brötchen oder den sauren Geschmack von Leberwurst. Im Hintergrund lief ein Fernseher. Manchmal sprach Horst in sein Telefon.

Als Gero erwachte, wusste er nicht, ob aus einem Schlaf oder aus einer Ohnmacht. Der Nebel war plötzlich verschwunden, als hätte ein Föhnwind ihn weggeweht. Alles war wieder klar und an seinem Platz, so als ob nichts geschehen wäre. Er blieb noch eine Weile liegen, weil er dem Gefühl nicht traute. Unter Umständen war es nur ein Loch im Nebel, das Auge im Zentrum des Hurrikans, aus dem er kurz nach draußen schauen konnte, aber die Klarheit blieb, und er stand schließlich auf und ging zum Fenster. Es war schwer zu schätzen, wie viel Uhr es war, denn draußen war immer noch alles trüb; es konnte frühmorgens sein oder schon die Abenddämmerung.

Horst, rief er, aber niemand antwortete. Neben dem Schaukelstuhl stand inzwischen ein Fernseher. Daneben lag ein Stapel aus Pizzapackungen und zerknüllten Chipstüten. Horst hatte sich außerdem einen DVD-Spieler besorgt, aber Gero fand keine DVDs. Vermutlich lieh Horst sie aus; drei Straßen weiter war ein kleiner Verleih. Auf dem Küchentisch lag die Zeitung vom Donnerstag. Wenn das heute war, dann war er seit fünf Tagen eingesperrt. Zeit, dass er hier verschwand.

Geros Bruder sah ihm von der zweiten Seite des Lokalteils direkt in die Augen. Es war dieser Ich-sehe-in-dein-Innerstes-Blick, den er schon früh draufhatte. Quante hatte ihn interviewt. Gero überflog die Seite und las einige der Fragen und Antworten. Es waren die üblichen Argumente, die er auch vorher schon von seinem Bruder gehört hatte, daher blätterte er weiter. Bei den Todesanzeigen las er, dass Kroll am Freitag beerdigt werden würde. Wenn die Zeitung aktuell war, dann war das morgen. Er würde hingehen, egal, was passierte. Kroll hatte ihn zweimal gefragt, ob er noch eine Runde Backgammon mit ihm spielen würde. Gero hatte keine Zeit gehabt. Jetzt würde keiner mehr mit ihm spielen.

Als er die schweren Schritte durch das Treppenhaus hallen hörte, legte er sich zurück auf die Matratze. Wenn er morgen einen Termin hatte, war es besser, Horst wusste nicht, dass er wieder auf den Beinen war.

Er krümmte sich unter der Decke zusammen und spürte, wie Horst kurz in sein Zimmer kam, den Kopf schüttelte und leise seufzte. Dann ging sein Bewacher hinüber und schob eine DVD in den Apparat. Er sah *Con Air* mit Nicholas Cage. Später klingelte es, und der Pizzabote brachte eine Quattro Stagioni und ein Sixpack. Horst machte sich nicht mehr die Mühe, ihm etwas anzubieten. Für ihn war er zu einem Möbelstück geworden.

Als der Film zu Ende war, zappte sein Bewacher durchs Programm. Gero hörte, wie er gähnte und sich überall kratzte. Vielleicht hatte er Angst, sich hier Flöhe zu holen. Die Tür zum Bad ging auf, und die Spülung rauschte. Direkt darauf kam Horst in sein Zimmer, die Zahnbürste in der Hand und Schaum vor dem Mund und sah runter zu Gero. Er rührte sich nicht, während Horst sich weiter die Zähne putzte. Gero hoffte, er würde seine eigene Zahnbürste benutzen. Dann ging drüben das Licht aus, und der Schaukelstuhl knarrte.

Als Horst anfing zu schnarchen, stand Gero auf und lief einen Bogen durchs Zimmer, um die knackende Bohle zu vermeiden. Horst hing mit einem glücklichen Lächeln im Gesicht zusammengesackt im Schaukelstuhl. Der Schlüssel steckte von innen. Gero probierte zuerst die Klinke und drückte sie unendlich langsam nach unten, doch die Tür war abgeschlossen, und er musste zuerst den Schlüssel drehen. Horst grunzte kurz, wälzte sich zur anderen Seite, aber er wachte nicht auf, als Gero die Wohnungstür hinter sich schloss, das Treppenhaus runterrannte und die Haustür zufallen ließ.

Es war spät am Abend. Er fror, denn er trug nur einen dünnen Pullover und die Slipper mit Ledersohle; alles andere war oben. Außerdem hatte er Hunger. All das musste so sein, schließlich war er auf der Flucht. Irgendeiner war immer auf der Flucht vor den Häschern. Albert und Laura würden das Gefühl kennen, mit dem er durch die Straßen rannte. Eva und Helmut würden es kennen. Zeyra auch. Er würde sich irgendwo in Sicherheit bringen müssen, aber zuerst musste er an Tony Spiegler schreiben. Wer weiß, wann er wieder Zeit dafür haben würde.

In dem Internetcafé saß der Mann mit dem Ziegenbärtchen. Er schoss kleine Männchen ab, die mit leisen Plopp zerplatzten und grünes Blut regnen ließen.

Er nickte ihm zu, ohne aufzuschauen. Gero öffnete sein E-Mail-Konto und las die drei Nachrichten, die Tony in der vergangenen Woche geschrieben hatte.

Unbekannter Deutscher,

der Nebel drückt auf Ihr Gemüt? Dann fliegen Sie in die Sonne! Hier gleißt das Licht. Vielleicht finden Sie hier Ihre Wahrheit. Deshalb geht man doch in die Wüste. Kurze Nachricht und ich hole Sie am Flughafen ab.

Tony Spiegler

Schweigender Deutscher,

Sprache verschlagen? Computer abgestürzt? Virus im E-Mail-Programm? Oder auf der Suche nach Informationen über Helmut Spiegler?

Nichts Neues von meiner Seite. Doch eins noch: Klaviermusik. Eva Spiegler kann keine Klaviermusik ertragen, keinen einzigen Ton. Sie fing an zu zittern und lief aus dem Zimmer, wenn im Radio Klassik lief, vor allem Beethoven. Spielen Sie Klavier?

Tony

Verschollener Deutscher,

die Frage ist nicht nur: Wo ist Helmut Spiegler, sondern auch: Wo ist Gero von Nohlen?

Wenn Sie jemals wieder auftauchen sollten, melden Sie sich. Wenn nicht, bleiben Sie fort. Aber was sollte dann das Ganze?

T.

Gero schrieb eine ausführliche Antwort, in der alles stand, was in der vergangenen Woche passiert war, und hoffte, dass Tony sie bald lesen würde.

Als er zahlen wollte, bemerkte er, dass er kein Geld hatte. Es steckte in der Winterjacke, vielleicht war es auch ganz weg, weil Horst damit den Fernseher gekauft hatte.

Kann ich später wiederkommen? Ich kann gerade nicht zahlen, fragte er den Mann, der fluchend auf den roten Knopf seiner Spielkonsole hackte. Ein kleines flauschiges Monster wurde von einer Handgranate in die Luft gesprengt. Das gab ihm einen Augenblick Zeit, um Gero mit einem Nicken rauszuschicken.

Auf der Straße war niemand zu sehen, obwohl es erst halb zwölf war. Die Fasnacht hatte alle Energien verbraucht. Die nächsten Tage würde hier nichts geschehen, was nicht unbedingt notwendig war. Gero ging vorsichtig und drehte sich ein paarmal um. Hoffentlich schlief Horst fest und hatte seinen Bruder noch nicht alarmiert.

Bei Mehmet saßen am Tisch neben dem Eingang zwei Frauen mit Kopftuch, die verstummten, als Gero hereinkam. Das plötzliche Schweigen lockte Mehmet aus der Küche. Er hatte sich ein kariertes Spültuch in den Hosenbund gesteckt und sah müde aus.

Iyi akşamlar, sagte Gero.

Du siehst aus wie ein Toter, sagte Mehmet. Zu viel Honarro?

Nichts Honarro, sagte Gero, später erzähle ich mehr. Ich habe kein Geld, aber Hunger. Bekomme ich etwas zu essen?

Wie viel Hunger?

Fünf-Tage-Hunger.

Mehmet drehte sich wortlos um und verschwand in der Küche. Die Frauen hatten wieder angefangen zu reden.

Als Vorspeise brachte ihm Mehmet kleine Teigröllchen mit Käsefüllung, die im Mund zersplitterten. Dann einen Salat mit Zwiebeln, Gurken, Paprika und Oliven. Dazu ein frisch gebackenes Brot, mit dem Gero die Knoblauchsoße auftunkte. Das Hauptgericht waren Lammspieße mit frittierten Kartoffeln. Zum Nachtisch aß er ein Stück Sesamkrokant. Dann war ihm übel, aber er war glücklich.

Mehmet kam mit einer Flasche Raki und schenkte ihnen zwei Gläschen ein.

Essen gut, fragte er.

Çok iyi, sagte Gero.

Er prostete ihm zu.

Problem var mı, fragte Mehmet dann.

Evet, sagte Gero. Es gibt ein Problem. Ich muss verreisen, am besten noch morgen. Aber mein Pass ist in meiner Wohnung, genau wie mein Geld. Außerdem ist einer in meiner Wohnung, der da nicht reingehört.

Wo ist dein Pass, und was brauchst du noch, fragte Mehmet.

Gero beschrieb ihm alles, und Mehmet versprach ihm, sich gleich darum zu kümmern. Gero könne die Sachen in zwei Stunden bei ihm abholen. Außerdem würde er dafür sorgen, dass Horst für ein paar Tage in der Wohnung blieb und nicht ans Telefon ging.

Mehmet würde auch sein Portemonnaie besorgen, aber Gero hatte Angst, dass Dietmar seine Kreditkarte gesperrt hatte. Er brauchte also Bargeld.

Oberstudienrat Eppendorfer wohnte nur ein paar Straßen weiter, aber der hatte zwei Kinder, und Leute mit Kind haben nie Geld, jedenfalls nicht genug für einen Flug in die USA. Außerdem kannte er ihn nicht gut genug. Kroll war tot. Gero überlegte kurz, ob er Mehmet fragen sollte, aber der tat genug für ihn. Blieb nur Clara. Das war gefährlich, weil Dietmar möglicherweise zurück war und Clara auch schon auf seiner Seite stand, doch er hatte keine andere Wahl. Am Bahnhof stieg er in einen leeren Bus und fuhr raus zum Haus seines Bruders. Der Fahrer und er waren die beiden letzten Menschen auf der Welt. Es war ein gutes Gefühl, zusammen durch die Nacht zu fahren. Früher hatten noch andere gelebt. Man spürte noch ihre Gegenwart in den muffigen Polstern, den Schmierereien am Fenster oder den Schweißflecken auf den Kopfstützen. Jetzt waren sie allein. Der Rest der Menschheit war verschwunden, ein Virus oder eine Bombe. Sie waren davongekommen, weil sie einen seltenen Gendefekt hatten, und suchten nach weiteren Überlebenden.

Eine Blechstimme sagte die Haltestelle an. Gero schreckte hoch und stieg aus. Er überlegte, wer ihm fehlen würde, wenn es tatsächlich passiert wäre. Viele von denen, die er vermissen würde, waren schon tot. Kroll war einer der Letzten auf der Liste. Übrig war nur seine Familie: Clara. Paul. Sein Vater. Vielleicht Dietmar; bei ihm war sich Gero nicht sicher.

In der Gegend, in der er ausgestiegen war, schliefen alle um diese Zeit; alle außer Clara. In ihrem Zimmer brannte noch Licht. Gero wartete eine Weile, ob er etwas hören konnte, denn Dietmars Stimme würde man nachts auch durch geschlossene Fenster erkennen, aber es blieb still, also nahm er einen kleinen Kieselstein von der Garageneinfahrt und warf ihn gegen das Fenster. Er klirrte gegen die Scheibe und schepperte dann über das Fensterbrett. Das Licht drinnen erlosch.

Er warf ein zweites Mal.

Das Fenster ging auf, und Claras Stimme schnitt durch die Nacht: Wer immer das ist, hör sofort damit auf, sonst lasse ich den Hund los.

Clara, flüsterte Gero, lass mich rein. Außerdem habt ihr keinen Hund.

Sie blickte ins Dunkel, ohne ihn zu sehen.

Gero, fragte sie endlich.

Mach auf, sagte er. Sie schloss das Fenster und öffnete eine Minute später die Tür.

Ich habe dich vorhin nicht gesehen, sondern gerochen, sagte sie. Du stinkst noch immer nach Knoblauch. Isst du eigentlich nie etwas anderes? Bist du ausgebrochen? Du siehst beschissen aus.

Du weißt es also, fragte er.

Natürlich, sagte sie. Dietmar hat mir alles erzählt. Er ist noch in Rumänien.

Was meinst du, fragte er, wer von uns hat Recht?

Sie sah verwirrt aus, dann ging sie an den Schrank und goss ihnen zwei Grappa ein.

Wer sollte Recht haben, fragte sie. Du hast einen Rückfall gehabt. Das tut mir sehr leid. Ich habe das kommen sehen. Ich hatte dich gewarnt, und du siehst wirklich elend aus.

Was hatte ich, fragte er.

Einen Rückfall, wiederholte sie. Dietmar hat dafür gesorgt, dass du in die Klinik gekommen bist. Doch wohl mit deinem Einverständnis? Er sagte, du wüsstest diesmal, wie es um dich steht.

Gero trank den Grappa und schüttelte sich.

Darfst du eigentlich Alkohol trinken oder gibt das

Probleme mit deiner Medizin, fragte sie und sah ihn zweifelnd an. Außerdem: Bist du wirklich abgehauen? In Pantoffeln und ohne Jacke? Und warum haben sie dich nicht rasiert? Warst du wieder ans Bett gefesselt?

Nicht ich bin verrückt, sagte er. Dietmar ist verrückt und läuft Amok, sperrt die einen ein und bringt die anderen um. Er müsste in die Klinik, nicht ich. Alles gelogen, was er erzählt, hörst du Clara, alles gelogen. Du glaubst mir doch?

Gero, sagte Clara, setz dich wieder hin und nimm die Hände von mir. Du tust mir weh.

Tut mir leid, sagte er und setzte sich wieder. Ich bin ein bisschen nervös. Mehr nicht. Nur ein bisschen nervös. Ich hatte eine anstrengende Woche, du wirst es gleich hören. Dietmar hat dir seine Geschichte erzählt, jetzt erzähle ich dir meine, einverstanden?

Sie lehnte sich zurück und lächelte ihn an.

Gerne, sagte sie, solange du hier keinen psychotischen Anfall bekommst.

Er brauchte drei oder vier Ansätze, bevor er richtig beginnen konnte. Alles ging durcheinander, aber Clara fragte nicht nach, sondern saß und hörte zu und schenkte hin und wieder Grappa nach, wenn die Gläser leer geworden waren.

Als er fertig war, schwieg sie, und sie hörten die nackten Füße über die Marmortreppe nach unten tappen.

Ihr seid mir zu laut, sagte Paul und rieb mit seinen Fäusten in den Augen. Dann sah er ihn an.

Gero, murmelte er, kam her, rollte sich auf seinem Schoß zusammen und schlief sofort wieder ein.

Was tun, fragte Clara.

Sie sah zum ersten Mal so alt aus, wie sie war. Die Falten neben den Mundwinkeln waren tiefer geworden, und ihre Augen rutschten über die Welt, ohne Halt zu finden. Gero hoffte, dass sie ihm glaubte. Zumindest widersprach sie ihm nicht.

Ich weiß nicht, was jetzt ist, sagte er. Sag's mir.

Er ist mein Mann, sagte sie. Das sage ich nicht nur so. Was soll ich tun? Ihm in den Rücken fallen? Ihn anzeigen? Dich heiraten, damit es in der Familie bleibt?

Kannst du mir Geld leihen, fragte er. Ich will weg.

Geld langt nicht, sagte sie. Du brauchst auch Schuhe und Kleider. Geh hoch und such dir was aus. Ich schau, ob ich genug Geld habe.

Gero legte Paul vorsichtig auf das Sofa und ging in den ersten Stock.

Zuerst rasierte er sich, dann fand er in Dietmars Garderobe ein weißes Hemd und einen schwarzen Anzug. Das war das Richtige für die Beerdigung von Kroll. Dazu passten die schwarzen Budapester aus dem Schuhschrank.

Steht dir, sagte Clara, als er die Treppe herunterkam. Sehr würdig. Außerdem zieht Dietmar den Anzug schon lange nicht mehr an.

Ich werde ihn länger brauchen, sagte er.

Wann kommst du wieder, fragte sie.

Er zuckte die Schultern.

Ich weiß gar nichts, sagte er. Je mehr ich erfahre, desto weniger weiß ich.

Hier. Mehr habe ich nicht da, sagte Clara und drückte ihm 400 Euro in die Hand.

Nur geliehen, sagte er.

Weiß ich schon, sagte Clara.

Sie standen eine Weile schweigend und hielten sich an den Händen.

Mach dir keine Sorgen, sagte Clara.

Das habe ich vor ein paar Tagen schon mal gehört, antwortete er. Der es mir sagte, ist schon tot.

Trotzdem, sagte Clara. Sie drückte seine Hände kurz, ließ ihn dann los und schob ihn aus der Tür.

Er fuhr mit dem gleichen Busfahrer in die Stadt zurück und versuchte, sich wieder vorzustellen, dass außer ihnen kein Mensch lebte, aber es funktionierte nicht mehr.

In Mehmets Restaurant brannte kein Licht. Weil Gero nicht wusste, wo Mehmet wohnte, klopfte er an die Glastür. Das Licht in der Küche ging an.

Geç oldu, sagte Mehmet.

Was, fragte Gero. Das hatte er von Zeyra nie gehört.

Es ist spät, sagte Mehmet. Komm rein. Ich habe alles für dich.

Sie gingen durch die Küche hindurch in ein Hinterzimmer. Auf einer niedrigen Couch lagen seine Jacke, der Pass, Autoschlüssel und sein Geldbeutel.

Wie hast du das gemacht, fragte Gero.

Egal, sagte Mehmet. Der Mann in deiner Wohnung bleibt noch ein paar Tage dort. Es sind zwei Freunde von mir bei ihm. Sie sollen abgeschoben werden. Bei dir wird sie keiner suchen. Jetzt können sie wenigstens Skat spielen. Alle Deutschen spielen doch Skat.

Ich nicht, sagte Gero. Ich spiele Backgammon.

Tavla, fragte Mehmet.

Tavla, bestätigte Gero.

Dann spielen wir, sagte Mehmet. Er holte ein Brett aus einer Kommode und baute die Steine auf. Er zog so schnell, dass Gero kaum sah, was er tat. Trotzdem erwischte er ihn zweimal beim Schummeln.

Pardon, sagte Mehmet, çok yorgunum. Ich bin sehr müde.

Ich hätte nicht gedacht, dass ich so schnell wieder Backgammon spiele, sagte Gero. Den Mann, mit dem ich immer gespielt habe, hat vielleicht mein Bruder umgebracht.

Mehmet schüttelte den Kopf.

Du spinnst. Dein Bruder hat viel Geld, sagte er. Er muss niemanden umbringen. Er kann sich alle kaufen. Außerdem ist es jetzt Zeit zu schlafen.

Er richtete ihm ein Kopfkissen und brachte eine Steppdecke ohne Bezug.

Iyi geceler, sagte Gero.

Gute Nacht, sagte Mehmet.

Am nächsten Morgen buchte er in einem Reisebüro einen Flug nach Phoenix. Er müsse um 18 Uhr zum Einchecken am Schalter der *American Airline* in Frankfurt sein, hatte ihm die Frau hinter dem Schreibtisch gesagt und gleich ein Zugticket ausgedruckt. Weil gerade nichts los war, durfte er sogar ihren Computer benutzen, um Tony Spiegler seine Ankunftszeit in Phoenix zu mailen. Er bezahlte mit der Kreditkarte. Sie funktionierte noch.

Hinterher hatte er noch zwei Stunden Zeit vor der Beerdigung. Er machte einen großen Bogen um sein Haus in der Zollernstraße, saß lange im Kaffeehaus und las Zeitung. Obwohl das Interview mit seinem Bruder erst gestern erschienen war, gab es schon die ersten Leserbriefe. Die meisten stimmten ihm zu, aber das hatte nichts zu sagen. Wer schrieb schon Leserbriefe?

Auf dem Weg zum Klo hing ein Telefon, mit dem er hin und wieder vergeblich versuchte, Quante oder Maelzer zu erreichen, also gab er auf und kaufte anschließend in einem Spielzeugladen ein kleines Backgammonspiel mit Magnetsteinen. Die Schachfiguren, die auch dabei waren, warf er in den Müll. Backgammon ist im Gegensatz zu Schach keine Gefahr für das Selbstbewusstsein. Wenn man gewinnt, war man besser. Verliert man, waren die Würfel schuld. Kroll und er hätten nie Schach gespielt.

Gero parkte vor dem Eingang des Hauptfriedhofs und setzte sich in die letzte Reihe der Aussegnungshalle. Der Pfarrer sprach von der Gnade Gottes. Irgendein Vertreter der Stadt sagte ein paar Worte, und als die Glocken läuteten, standen alle auf und begleiteten den Wagen mit dem Sarg über die Kieswege. Kroll war durchs Leben gerollt und jetzt rollte er in den Tod. Neben dem Grab stand ein älteres Ehepaar, und jeder, der vorbeikam, schüttelte ihnen die Hände und schaufelte etwas Erde ins Grab. Gero hatte vorgehabt, Kroll das Backgammon reinzuwerfen, aber nicht während dessen Eltern danebenstanden. Er zog das Spiel aus der Tasche und holte die Würfel und einen roten Stein raus. Rot war Krolls Farbe. Gero spielte immer weiß. Stein und Würfel kollerten über den Sargdeckel und versanken in der frischen Erde.

Nach der Beerdigung saß Gero im Wagen und starrte aus dem Fenster. Er hatte noch zu viel Zeit, bevor sein Zug abfuhr. Ob Kroll noch leben würde, wenn er nicht mit Gero über seinen Großvater gesprochen hätte? Ob Dietmar wirklich den Unfall inszeniert hatte? Ob sein Bruder schuldig war? Ob es am Blut lag? Ob Gero mitschuldig war?

Gero versuchte, sich auf seinen Atem zu konzentrieren, so wie sie es ihm in der Klinik beigebracht hatten, wenn die Gedanken wieder anfingen wie Maschinengewehrsalven durch den Kopf zu schießen, doch es half nichts, er wurde immer verwirrter, es war zu ruhig hier in dem Wagen, die Gedanken bekamen zu viel Raum, und in einem letzten Moment der Klarheit schob er die Kassette in den Recorder. Die Stimme des alten Giebendorff kam ihm seltsam vertraut vor, er redete fast wie ein Bekannter, ein Freund, der letzte Freund, den Gero noch hatte, jetzt wo Kroll tot war.

Wir hatten uns eine Weile aus den Augen verloren, sagte Giebendorff, nicht wegen mir, nicht wahr, obwohl ich an der Front war.

Er machte eine Pause, und es klang, als ob er sich ein Glas einschenkte und in kleinen Schlucken trank. Es dauerte eine Weile, bis er weitersprach, und je mehr er redete, desto ruhiger wurde Gero wieder. Die Vergangenheit war ein Gift, aber in der richtigen Dosierung eines, das die Krankheiten der Gegenwart heilte:

An der Front, das können Sie sich nicht vorstellen, natürlich nicht, müssen Sie nicht, egal, auf jeden Fall bekam ich einen Bauchschuss und lag anschließend im Lazarett, nicht wahr. Als ich zurückkehrte, war Herr von Nohlen sehr beschäftigt, ich weiß nicht, womit, es kann seine Firma gewesen sein, neue Buchprojekte, es können Flüchtlinge gewesen sein; er redete nicht viel über das, was er tat, nie tat er das, was natürlich auch vernünftig war, verstehen Sie, in der Zeit der Denunzianten, in der die Frauen ihre Männer verrieten und die Kinder ihre Eltern, auch wenn Herr von Nohlen gegen Derartiges gefeit schien.

Ich vermute heute natürlich, dass Eva Spiegler der Grund für seine Zurückhaltung gewesen sein könnte. Ich hatte ihn vor ihr gewarnt, nicht, weil sie ihm hätte gefährlich werden können, das wäre ihm ganz gleichgültig gewesen, sondern weil sie zu stark war, viel stärker, als man es ihr im ersten Augenblick ansah, und für zwei von dieser Sorte kein Platz in seiner Wohnung war, doch er hatte nur gelacht, als ich das sagte, und mich gefragt, ob ich eifersüchtig sei.

Erst in den letzten Wochen des Krieges suchte er meine Nähe. Erfreulicherweise sahen wir uns wieder öfter, auch wenn es ihm nicht um mich ging. Nie ging es ihm um einen einzelnen Menschen, sondern immer ums große Ganze. So wie es früher der Buddhismus gewesen war oder die Literatur und später die Ökonomie, so ging es ihm damals darum, zu verhindern, dass Konstanz zerstört wurde. Zumindest war das das offizielle Ziel, aber inzwischen glaube ich, dass Herr von Nohlen durch seine Aktionen den Tod suchte, denn er wurde immer radikaler, immer waghalsiger, warf sein Leben weg, als sei es nichts wert, doch kaum einer wollte es haben, und die, die es haben wollten, bekamen es nicht, und ich weiß nicht, ob das letztendlich sein Glück war oder das Gegenteil davon. Sie können sich nicht vorstellen, wie sich alles in den letzten Kriegstagen steigerte. Wir schliefen praktisch nie, aßen kaum noch, wuschen und rasierten uns nur flüchtig, immer angetrieben durch Herrn von Nohlens Todestrieb, so kann man das nennen, auch wenn dieser Trieb sich tarnte als Heldenmut. Sie können mir glauben, dass ich Heldenmut gesehen habe, früher, an der Front, und dass ich den Unterschied erkannte zu dem permanenten Selbstmordversuch, den Herr von Nohlen unternahm, unterstützt von mir und einigen anderen Bekannten von ihm, und ich sage absichtlich Bekannte, nicht Freunde, denn Freunde hatte er nicht. Um Freunde zu haben, muss man sich den anderen öffnen, doch gerade das tat er nie, das hätte er als Schwäche empfunden.

In der vorletzten Nacht des Krieges hatten wir in der Nähe des Technikums Panzerfäuste und Munition ausgegraben und anderweitig deponiert. Am nächsten Morgen kam Herr von Nohlen zu mir und bat mich, ihn nach Singen zu begleiten. Nur ich könne das tun, sagte er, und ich frage mich immer noch, warum er ausgerechnet auf mich verfiel. Ob das eine Auszeichnung war oder ob er glaubte, dass ich ebenso todgeweiht war wie er. Doch egal, was der Grund gewesen sein mochte, ich leistete seiner Bitte natürlich Folge. In seinem Wagen, der mit laufendem Motor vor meiner Tür stand, saß Bäder, der stellvertretende Bürgermeister von Singen. Er wollte sich an der Schweizer Grenze mit französischen Agenten treffen, um über eine kampflose Übergabe zu verhandeln. Herr von Nohlen hatte den Kontakt hergestellt. Warum ausgerechnet Singen, fragte ich ihn, doch er meinte, dass das, was mit Singen geschehe, eine Generalprobe für Konstanz sei, denn die Franzosen würden schließlich von Westen her anrücken.

Es war am frühen Abend, und wir fuhren ohne Licht und nur auf Nebenstraßen und Feldwegen, denn das Militär patrouillierte auf den größeren Straßen und versuchte, die flüchtenden deutschen Soldaten zu neuen Kampftruppen zusammenzustellen. Nicht ungefährlich das Ganze und gar nicht nach meinem Geschmack, wissen Sie? Einmal schaltete Herr von Nohlen den Motor aus und rollte rechts in eine kleine Einfahrt, weil wir einen Panzer hörten, der uns entgegenkam. Der Nebel hing dicht über der Landschaft, sodass wir nur einen riesigen Schatten sahen, der langsam und lärmend direkt vor uns vorbeifuhr, kein schönes Gefühl, wirklich nicht, denn einem Panzer gegenüber fühlt man sich selbst in einem Maybach schutzlos ausgeliefert. Als der

Tank vorbeigefahren war, hörten wir wieder die anderen Geräusche der näher kommenden Front: Mörser, einzelne Pistolenschüsse oder das sinnlose Tackern der Flak.

Bäder saß zusammengesunken neben Herrn von Nohlen und zitterte, entweder vor Furcht oder weil wir alle Scheiben runtergekurbelt hatten, denn der Holzgasmotor leckte und wir konnten kaum atmen. Er berichtete von den chaotischen Zuständen in seiner Stadt. Er flüsterte nur und sah sich einige Male um, als ob der Feind auf der Rückbank des Wagens säße, aber da saß nur ich, und mir vertraute er, weil Herr von Nohlen es tat.

Mal hieß es, der Volkssturm sei aufgelöst worden, erzählte Bäder, worauf die Panzersperren weggeräumt wurden, weil alle auf eine friedliche Übergabe hofften. Dann mussten auf Druck der Nazis plötzlich wieder die Panzersperren geschlossen werden und der Volkssturm wurde wieder einberufen. Interessant, wie er sich plötzlich ausdrückte, *die Nazis*, obwohl er auch in der Partei war, selbstverständlich als Bürgermeister, aber so war das eben, auch wenn Sie das heute nicht mehr verstehen. Die meisten Einwohner hatten die Stadt schon verlassen, denn sie kannten den Krieg, wegen der Luftangriffe, nicht wahr, weil Singen, anders als Konstanz, nicht durch die Nähe zur Schweiz geschützt war. Außerdem trieb die SS in der Gegend ihr Unwesen. In Stockach hatte sie gerade ein Dutzend Fremdarbeiter umgebracht, keine schöne Geschichte.

Anschließend gab Herr von Nohlen dem Bürgermeister Anweisungen für das Gespräch mit den Franzosen, wobei er hin und wieder das Wort Befreiung verwendete, ausgerechnet, und ich fragte mich, ob das, was in den kommenden Tagen und Wochen passieren würde, diesen Begriff tatsächlich verdiente, denn wir machten uns Sorgen, verständlicherweise, ich wusste, was Soldaten anrichten konnten, ich war in Russland gewesen, und nach einigen Wochen an der Front macht man sich keine Illusionen mehr über das, wozu Menschen fähig sind.

Als wir an der Grenze ankamen, ließen uns die Schweizer Zöllner durch ein Loch im Stacheldrahtverhau, allerdings erst, nachdem wir zugesichert hatten, nach dem Gespräch mit den Franzosen sofort wieder nach Deutschland zurückzukehren; eine vollkommen groteske Situation. Ich frage mich, was sie mit uns gemacht hätten, wenn wir unser Versprechen gebrochen hätten. An dem Zaun riss ich mir den Handrücken blutig, was ich nicht sofort bemerkte, sodass ich mir mit dem Blut das Hemd ruinierte. Die Zöllner führten uns in das Gasthaus nicht weit von der Grenze, es hieß *Frohsinn*, ausgerechnet. Dort wurden wir auf Waffen untersucht, und Herr von Nohlen musste seine Pistole abgeben, sehr widerwillig, bevor wir in die hell erleuchtete Gaststube eintreten durften, wo mehrere Männer in Zivil sich erhoben und Herrn von Nohlen so freundschaftlich begrüßten, als ob sie ihn kennen würden. Es waren die französischen Agenten, und ich fühlte mich angesichts dieser herzlichen Begrüßung ausgeschlossen, weil mir bewusst wurde, dass ich fast nichts über sein Leben wusste, außer dem, was ich direkt miterlebte, auch wenn ich zugeben muss, dass das manchmal mehr war, als ich ertragen konnte.

Die Bedingungen der französischen Agenten waren eindeutig: Sobald in der Stadt Vorbereitungen zur Verteidigung getroffen würden, würde Singen durch Luftangriffe zerstört werden. Bei kampfloser Übergabe der Stadt würde nichts geschehen. Bäder sicherte zu, alles in seiner Macht Stehende zu tun, um Kampfhandlungen zu verhindern, doch die Franzosen schienen ihm nicht ganz zu trauen und ließen sich von Herrn von Nohlen bestätigen, dass auf ihn Verlass sei.

Bis nächste Woche im Frieden, verabschiedeten uns die Franzosen, und ich passte diesmal mehr auf, als wir durch den Stacheldraht stiegen. Hinterher fuhr ich mit Herrn von Nohlen und Bäder zur Konstanzer Parteileitung der NSDAP. Der Bürgermeister wollte sein Vorgehen von oben absegnen lassen, verständlicherweise, schließlich war er Parteimitglied, auch wenn Herr von Nohlen dagegen war. Es gebe jetzt keine funktionierende Hierarchie mehr, also könne man die Partei getrost ignorieren, doch Bäder setzte sich durch, schließlich gehe es hier um seine Stadt. Es war schon nach Mitternacht, als wir ankamen, doch Gauleiter Wagner und Regierungsrat Schmidt waren noch in ihren Büros. Ich wunderte mich darüber, aber Herr von Nohlen meinte, sie müssten jede Sekunde hier auskosten, denn ihre Zeit sei abgelaufen, auch wenn die beiden nicht so auftraten, als wüssten sie das.

Was Bäder vorhabe, sei Verrat, sagte Wagner. Fahnenflucht. Dafür werde man bestraft. Mit aller Härte und Konsequenz, denn Deutschland werde bis zum letzten Blutstropfen verteidigt, gerade jetzt, wo es darauf ankomme, dass auf jeden Einzelnen Verlass sei, und in der entscheidenden, in der größten Schlacht dieses Krieges sich zeige, dass das deutsche Volk würdig sei, auch in Zukunft zu bestehen. Schließlich habe Goebbels erst gerade versprochen, dass Deutschland nach diesem Kriege in wenigen Jahren aufblühen werde wie nie zuvor. Setzten aber die Feindmächte ihren Willen durch, so würde die Menschheit in einem Meer von Blut und Tränen versinken. Kriege würden sich mit Kriegen, Revolutionen mit Revolutionen abwechseln, und in ihrer furchtbaren Folge würde auch noch der letzte Rest unserer Welt zugrunde gerichtet werden. Am besten, sie würden uns daher alle direkt festnehmen und verurteilen lassen.

Einen Augenblick lang wurde es sehr still.

Bäder schwieg und blickte zu Boden. Er hatte allen Mut verbraucht, den er hatte. Von ihm war in dieser Situation nichts zu erwarten, und dennoch hoffte ich, dass er die Verantwortung auf sich nehmen würde, denn zumindest ich war ja nur ein Begleiter, nicht wahr? Doch das konnte ich nicht sagen, jetzt nicht mehr, daher blieb ich stumm, wich dem Blick des Gauleiters aus und starrte stattdessen auf das Bild des Führers hinter ihm. Regierungsrat Schmidt beugte sich zum Gauleiter, flüsterte ihm etwas ins Ohr, und in diesem Moment zog Herr von Nohlen seine Pistole aus einem Schulterhalfter und legte auf ihn an.

Ich dachte an die Posten vor der Tür, die Wachen im Erdgeschoss und hätte mich am liebsten auf ihn gestürzt, denn ich hatte keine Lust, wegen der Todessehnsucht Herrn von Nohlens erschossen zu werden, schließlich war ich noch jung, ich hatte den Krieg überlebt, knapp nur, Bauchschuss, das sagte ich schon, oder? Ich wollte nicht in den letzten Stunden dieses Krieges sterben, doch mit einem kurzen Kopfnicken brachte Herr von Nohlen mich zum Schweigen. Bäder sah kurz auf und schüttelte ungläubig den Kopf, dann legte er sein Gesicht in die Hände und ergab sich seinem Schicksal, was immer es sein würde.

Das wagen Sie nicht, sagte der Gauleiter, nicht hier, nicht in diesem Haus, aber er sah immer unsicherer aus.

Wenn ich Sie jetzt erschieße, sagte Herr von Nohlen mit seiner ruhigsten Stimme, der Stimme, die einem am meisten Angst einjagte, dann bekomme ich dafür in ein oder zwei Wochen einen Orden. Umgekehrt ist es anders. Wenn Sie mich jetzt erschießen, kommen Sie dafür in Kürze vor ein Kriegsgericht der Alliierten. Sie sollten daher aufpassen, was Sie tun.

Ihren Orden würden Sie höchstens posthum bekommen, sagte Wagner.

Glauben Sie wirklich, das würde mir etwas ausmachen, fragte Herr von Nohlen leise. Wagner schwieg, weil er die Antwort spürte, wie wir alle in diesem Raum. In diesem Moment sprang die Tür auf, und zwei Wachen stürmten herein, Gewehr im Anschlag. Ich ließ mich auf den Boden fallen und sah von unten auf Herrn von Nohlen, der sich nicht gerührt hatte. Gleich würde er erschossen werden; wir alle würden erschossen werden, und Herr von Nohlen würde sein Ziel erreicht haben und sah deswegen so glücklich aus, breit lächelnd, die Waffe in der Hand und die Kugel erwartend, die nicht kam, denn Wagner schüttelte den Kopf und befahl den Posten, wieder vor die Tür zu gehen. Ich sah, wie sie sich zurückzogen, langsam und nachdenklich, den Lauf des Gewehrs auf Herrn von Nohlen gerichtet, der davon vollkommen unbeeindruckt blieb. Ich stand auf, als die Tür wieder ins Schloss fiel, und sah, wie Herr von Nohlen Bäder anstieß, der wie eine Aufziehpuppe lossprang und mit steifen Schritten vor mir und Herrn von Nohlen das Zimmer verließ, vorbei an den beiden Uniformierten, den Flur entlang und die breiten Sandsteintreppen nach unten. Bei jedem Schritt die Stufen hinunter spürte ich die Kugeln, die uns gleich den Rücken zerfetzen würden, bei jedem Schritt starb ich und lebe doch noch immer.

Giebendorff atmete schwer durch, und Gero spürte eine Erleichterung, die das Weiterleben auch jetzt noch, sechzig Jahre danach, nicht als selbstverständlich ansah.

Nichts dergleichen geschah, sagte die Stimme des alten Mannes, gar nichts, ein Wunder, und wir stiegen in den Wagen, der direkt vor dem Haus am See stand, und rollten durch den Nebel nach Singen. Ich war müde und hungrig. Klar, dass ich Bäders Einladung annehmen wollte, als er sagte, er habe noch Brot und Rauchfleisch von einem befreundeten Bauern, dazu einige Flaschen Wein, die man trinken sollte, bevor die Franzosen sie requirierten, doch Herr von Nohlen verabschiedete sich bis zum kommenden Morgen von ihm. Wir trafen uns mit zwei seiner Bekannten, deren Namen ich kenne, auch wenn ich sie hier nicht nennen will, mit deren Hilfe wir die Panzersperren aufbrachen. Es war kalt und neblig, mir taten die Arme weh, und ich hatte Angst, dass wir von aufrechten Nazis erwischt würden, vielleicht der SS-Truppe, die sich in der Gegend festgesetzt hatte. Sie hatten keine Zukunft und wussten das und waren daher gefährlich, aber Herr von Nohlen trieb uns erbarmungslos an. Als es gegen Morgen langsam etwas heller wurde und der Nebel von einem inneren Glanz erstrahlte, einem Leuchten, das uns zeigte, dass irgendwo, weit weg von uns die Sonne aufgegangen sein musste, warfen wir die letzten Baumstämme in die Aach. Gegen sieben klingelten wir bei Bäder, doch niemand öffnete, obwohl wir verabredet waren. Wir gingen ums Haus, und Herr von Nohlen stemmte die Hintertür auf. In der Wohnung roch es muffig, als sei schon lange nicht mehr gelüftet worden. In der Küche stand eine offene Flasche Rotwein, und ich nahm einen Schluck, den ich gleich wieder in die Spüle spuckte. Es war Kriegswein, nicht zu vergleichen mit dem, was es bei Herrn von Nohlen gab. Anschließend durchsuchten wir alle Zimmer nach Bäder, was mir schwer fiel, wissen Sie, in eine fremde Wohnung eindringen, das tat ich an der Front, doch hier war das ungehörig.

Bäder war fort.

Wir fuhren durch die Stadt, um ihn zu suchen; eine Stadt, die fast völlig ausgestorben war. Die Hakenkreuzfahnen waren schon verschwunden, und auf manchen Fensterbänken ahnte man schon die weißen Laken, die beim Einmarsch der Franzosen ausgehängt werden sollten. Einige versprengte Soldaten irrten durch die Straßen und zuckten zusammen, als sie den Wagen Herrn von Nohlens sahen, verständlicherweise, denn es gab ja längst keinen Treibstoff mehr, außer für die Autos der Nazis, es war überhaupt ein Wunder, dass der Maybach noch nicht requiriert worden war. Es kursierten damals drei verschiedene Theorien dafür, warum Herr von Nohlen seinen Wagen behalten durfte, doch alle sind so unglaubwürdig, dass ich sie hier nicht wiedergeben möchte.

In einem Hinterhof qualmte ein Feuer, und Herr von Nohlen stieg aus, doch es waren nur einige Männer mit verbissenen Gesichtern, die Bücher verbrannten, Hitlerbilder, Parteiausweise und Uniformen. Er brachte von dort ein Stoffbündel mit, doch ich erkannte nicht, was es war, und das war auch nicht wichtig, denn es ging uns um Bäder. Wir fanden ihn schließlich durch den Hinweis einer verhärmten Frau, die mit einem schweren Rucksack die Ausfallstraße Richtung Radolfzell entlanghumpelte.

Der Bürgermeister sei direkt gegenüber bei den Aluminiumwalzwerken, sagte sie und hinkte weiter die Straße entlang, wobei sie leise Schlaflieder sang.

Die Luft hier roch nach Ruß und Diesel von den Fabrikhallen gegenüber, die bei dem letzten Luftangriff ausgebrannt waren, doch der Geruch störte Bäder offensichtlich nicht mehr, gar nichts störte ihn mehr, denn er hing an einem Baum und sah sehr ruhig aus, so ruhig, wie ich ihn lebend nie gesehen hatte, mit einem Gesichtsausdruck, der fast zuversichtlich war.

Ein Zettel klebte auf seiner Brust: *So geht es Verrätern.*

Herr von Nohlen fühlte die Hand Bäders und sah ihn mit einem Blick an, von dem ich zuerst dachte, er sei bedauernd, bis ich merkte, dass darin ebenso viel Neid lag. Ich hätte ihn gerne gefragt, warum er dem Toten den Tod neidete, da ließ er die Hand los, und Bäder pendelte leicht hin und her. Ich wollte ihn anhalten und kam dabei an seine Hose, die klebrig war und stank. Mir wurde übel, und ich setzte mich, während Herr von Nohlen die Taschen des Toten durchsuchte, ohne etwas Interessantes zu finden. Ich wollte ihn abschneiden und beerdigen, doch Herr von Nohlen drängte zum Aufbruch. Dafür sei jetzt keine Zeit, in wenigen Stunden sei die Front hier, jetzt gebe es andere Aufgaben, sodass wir sofort nach Konstanz müssten, zumal der Sturmbannführer Wadel vielleicht noch in der Nähe sei, der vermutlich für die Hinrichtung verantwortlich war. Er wolle mich nicht gefährden.

Ich blieb trotzdem bei Bäder. Es war das erste Mal, dass ich Herrn von Nohlen erfolgreich widersprach, eine außergewöhnliche Erfahrung, die mich fast ein wenig euphorisch machte, obwohl ich nur angesichts des Todes die Stärke dazu fand. Herr von Nohlen ließ mich zurück, überrascht und verletzt. Sein Wagen schoss die Radolfzeller Straße entlang, wo kleine Gruppen von Flüchtlingen versuchten, sich vor dem Krieg und dem Auto in Sicherheit zu bringen.

Als ich viel später am Tag wieder nach Konstanz kam, hieß es, Herr von Nohlen sei festgenommen worden und werde im Moment nach Bregenz transportiert, wo er einem Oberfeldrichter zur Aburteilung vorgeführt werden solle. Ich setzte mich über einen Schweizer Kontaktmann sofort mit den französischen Agenten in Verbindung, mit denen wir uns am Vortag getroffen hatten, und sie ließen dem zuständigen deutschen General Schmidt ausrichten, dass er als Erster gehängt werde, falls man ihrem Gefangenen auch nur ein Haar krümme.

Einige Stunden später klingelte Herr von Nohlen bei mir. Sein Anzug war an den Schultern zerrissen, und er hielt die Hose mit einer Hand fest, weil sie ihm den Gürtel abgenommen hatten. Sein Gesicht war völlig eingefallen, und in den blaugrauen Bartstoppeln hingen Schweißtropfen. Ich wusste, dass er seit zwei Tagen weder geschlafen noch gegessen hatte, und immer wieder klappten seine Augenlider schwer nach unten, und er riss sie gewaltsam auf. Der Schmiss auf seiner Wange leuchtete unnatürlich rot.

Ich reichte ihm einen Gürtel von mir und bot ihm etwas zu essen an, doch er lehnte wütend ab, und ich fürchtete, dass er es mir nicht verzieh, dass ich für seine Rettung verantwortlich war. Vielleicht war das der Grund dafür, dass er sich nie bei mir bedankt hat, weder damals noch später.

Für Sie ist alles vorbei, sagte er und stand schwankend auf, aber ich bin noch nicht fertig, ich habe noch etwas zu erledigen.

Mit diesen Worten ging er zur Tür. Ich folgte ihm, ohne zu wissen, was er vorhatte.

Giebendorffs Stimme klang immer fremder, weil das Band sich langsamer drehte, manchmal kurz hängen blieb und mit einem leisen Rucken weiterlief.

Herr von Nohlen torkelte die Treppen hinunter, sagte Giebendorff. Mir befahl er zu gehen, aber ich wollte ihn nicht allein lassen, ich hatte das Gefühl, ich müsste etwas Schlimmes verhindern. Sein Auto war weg, natürlich – er sollte es erst nach dem Krieg wiederbekommen – doch ich hatte zwei Fahrräder im Keller und radelte hinter ihm her in die Friedrichstraße, was er mir gestattete, ohne weiter Notiz von mir zu nehmen.

Ich wartete unten, während er dort kurz in seiner Wohnung verschwand. Als er ein paar Minuten später wieder auftauchte, mit einem Packen Stoff unter dem Arm, war sein Gesicht vollkommen verzerrt wie von einem riesigen Schmerz. Ich war verunsichert, natürlich, denn so kannte ich ihn nicht, und fragte, was passiert sei, aber er antwortete nicht. Ich schüttelte den Kopf, als er begann sich auszukleiden, mit eckigen Bewegungen, als habe er die Kontrolle über seinen Körper verloren. Schließlich stand er in Unterhosen mitten auf der Straße. Seinen Anzug hatte er auf den Boden geworfen, wickelte das Bündel aus, das er in der vergangenen Nacht in Singen eingesteckt hatte – ausgerechnet eine SS-Uniform – und zog sie an. Ich war vollkommen fassungslos, doch Herr von Nohlen zwängte sich in die Lederstiefel und begann, in dieser Verkleidung den Franzosen entgegenzugehen. Die Stadt war komplett ausgestorben, verständlicherweise, denn die Front war nur noch einige Kilometer entfernt, und man wusste nicht, was geschehen würde. Aus einzelnen Fenstern wehten schon weiße Tücher, doch an den meisten Häusern waren die Läden geschlossen. Herr von Nohlen ging die breite Straße Richtung Westen, auf der niemand mehr unterwegs war, natürlich nicht, kein Auto, kein Fahrrad, kein Fußgänger. Nichts war zu sehen und nichts zu hören, außer einzelnen Maschinengewehrsalven, hin und wieder einem Granateinschlag und einem tiefen Brummen, das die Luft so sehr erfüllte, dass es fast natürlich wirkte. Wenn die Franzosen ihn so sahen, in dieser Uniform, die Waffe in der rechten Hand, dann würden sie ihn sofort erschießen, doch er hat gelacht, als ich ihm das sagte, das bittere Lachen eines Wahnsinnigen, das mich erschreckte, denn er war immer vollkommen vernünftig gewesen, klar, überlegen, und ich wusste nicht, was ich tun sollte, um ihn zu beruhigen. Vermutlich war die Anspannung zu groß gewesen, dachte ich, der Mangel an Schlaf und an Essen, und ich bot ihm an, zu mir zu kommen, dort könne er sich ausruhen, er solle doch bloß nicht weitergehen, das sei sein sicherer Tod, und was für ein unsinniger Tod, in dieser Uniform und wegen dieser Uniform erschossen zu werden, gerade er, das sei doch absurd, doch er lächelte einfach und ging weiter, mit Schritten, die immer sicherer wurden, immer ausgreifender, sodass ich kaum noch mithalten konnte. Ich war völlig außer Atem und konnte nicht mehr mit ihm sprechen, sondern lief ihm nach wie ein Hund, unfähig, selbst umzudrehen und wenigstens mich zu retten. Es schien mir, als würde die Straße nie mehr aufhören, als gingen wir ewig so, wie zwei Verdammte in einer Welt ohne Menschen, wenn man das so sagen kann, immer weiter, immer atemloser, schon längst nicht mehr lebend und noch nicht ganz tot, doch dann sahen wir plötzlich rechts und links der Straße, versteckt hinter Häusermauern zwei Dutzend Hitlerjungen, die mindestens so gefährlich waren wie die Franzosen. Schon seit Tagen streiften die Kinder in Patrouillen durch die Straßen und beschlagnahmten alles, was ihnen brauchbar erschien. Sie hatten sich in Vorgärten eingegraben und ihre Panzerfäuste in Stellung gebracht. Auf jeder Seite stand ein leichtes MG, und die meisten der Jungs hatten Gewehre umgehängt, die zu groß und schwer für sie waren. Der Anblick bremste Herrn von Nohlen offensichtlich, er kam aus dem Tritt und schritt jetzt nicht mehr seinem Tod entgegen, sondern stolperte hilflos weiter, mehr wie ein Automat und weil ihn seine Beine schon so weit getragen hatten. Plötzlich trat ihm ein hagerer Junge mit bleichem, ernstem Gesicht entgegen, grüßte respektvoll, und in dem Moment blieb Herr von Nohlen stehen.

Bist du der Anführer, fragte er mit einer Stimme, die ich nicht erkannte, so leise und unsicher war sie geworden.

Der Junge nickte feierlich und winkte den anderen, die jetzt aus ihren Verstecken krochen: Das letzte Aufgebot Deutschlands, ein Haufen Kinder, die bereit waren zu sterben für Ziele, die sie nicht verstanden, und Herrn von Nohlen ansahen in der Erwartung einer Ansprache, die ihrem Opfer Sinn geben würde, einem Opfer, dessen Größe sie nicht erahnten.

Nach ihm würde kein Erwachsener mit ihnen sprechen, kein Uniformierter sagen, was sie zu tun hätten, und er sank in sich zusammen angesichts der Verantwortung, die sie ihm aufbürdeten.

Neue Befehle, flüsterte Herr von Nohlen schließlich. Alle Waffen hier zurücklassen und sofort in die Klosterkaserne. Ihr werdet über den See nach Bregenz gebracht und in die Befreiungsarmee eingegliedert.

Der hagere Junge sah ihn an, voller Wut und Todesverachtung, und schüttelte den Kopf.

Jetzt sofort, sagte Herr von Nohlen lauter. Ihr werdet anderweitig gebraucht. Das ist ein Befehl.

Der Junge schien zu überlegen, trat von einem Bein auf das andere und sah immer jünger aus, immer wehrloser, immer weniger wie ein Soldat.

Beeilt euch, brüllte Herr von Nohlen ihn plötzlich an. Ihr werdet bei der regulären Truppe benötigt. Sofort Abmarsch, und zwar ohne Waffen. Es muss schnell gehen.

Der Junge fuhr zusammen und wurde wieder zu einem Kind, das schließlich dankbar die Autorität der SS-Uniform akzeptierte und sein Gewehr hinter den provisorischen Unterstand in dem Gärtchen warf. Die anderen folgten seinem Beispiel, ohne zu zögern, und waren im gleichen Moment verschwunden, sodass die Straße wieder weit und leer lag; nur Herr von Nohlen stand dort, verlassener, als ich je einen Menschen gesehen habe. Ich weiß nicht, ob er zitterte oder ob es an den Panzern lag, die höchstens ein paar hundert Meter weit weg waren und alles vibrieren ließen. Plötzlich drehte er sich um und ging mit schleppenden Schritten zurück, weg von der Front, weg vom sicheren Tod in ein Leben, das …

Gero drückte die Stopptaste und fragte sich, warum er sich das alles anhörte. Wieder eine Geschichte über Großvater, ein weiteres Märchen vom Weißen Ritter. Kroll hatte sein Urteil über Großvater gesprochen, und kein Giebendorff würde ihn je davon reinwaschen können.

Der ICE von Karlsruhe nach Frankfurt hatte eine halbe Stunde Verspätung, sodass Gero erst eincheckte, als der Schalter gerade schloss, und direkt zum Flugzeug geschickt wurde. Nach der Zwischenlandung in London verschlief er den größten Teil des Fluges und wachte erst wieder auf, als sie in Phoenix landeten. Hier ließ er sich über die Laufbänder zum Ausgang bringen. Vielleicht würde Tony dort auf ihn warten. Wenn nicht, würde er sich ein Hotelzimmer nehmen und ihm eine Mail schicken. Er sah sich noch einmal das Bild mit Eva Spiegler an. Wenn Tony seiner Großmutter ähnlich sah, würde er ihn leicht erkennen.

Weil er nicht auf die Gepäckausgabe warten musste, kam Gero als Erster aus dem Tor, wo die Ankommenden abgeholt wurden. Ein paar Männer mit Ansteckern von Autovermietern oder Reisebüros hielten Namensschilder hoch. Gero ging kopfschüttelnd an ihnen vorbei. Dann hörte er, wie jemand seinen Namen rief.

Er drehte sich um.

Guten Tag, Herr von Nohlen. Schön, dass Sie gut gelandet sind.

Vor ihm stand Tony Spiegler und lächelte ihn an.

Er war eine Frau.

Gero sah auf das Foto in seinen Händen. Sie hatte denselben Mund wie ihre Großmutter, nur trug sie das blonde Haar kurz. Ihre Augen waren klar und spöttisch und ließen keinen ausweichen, den sie ansahen.

Ich bin Tony, sagte sie und hielt ihm ihre Hand hin. Sie hatte schmale Finger, ein dünnes Handgelenk, fast wie ein Kind, doch mit deutlich ausgeprägten Sehnen auf dem Handrücken. Sie hielt seine bleiche Hand wie eine Beute mit einem kräftigen Händedruck, und er war froh, als sie wieder losließ.

Ich bin Gero, sagte er. Woher wissen Sie, dass ich der bin, auf den Sie warten?

Sie haben geschrieben, dass Sie direkt von einer Beerdigung kommen, sagte sie. Das passt zu Ihrem Anzug. Was ist das für ein Foto?

Später, sagte er und steckte das Bild wieder ein. Können wir jetzt gehen?

Sie fuhren schweigend im Aufzug nach unten. Gero war aufgeregt, weil er hier war, weil er Eva Spiegler begegnen würde und weil Tony ihr so ähnlich sah, dass ihn fröstelte. Er zweifelte daran, dass er gekommen wäre, hätte er gewusst, dass Tony eine Frau war, und hoffte, dass sie einen Mann und drei Kinder hatte.

Ihr Pick-up parkte in der Tiefgarage. Die Scheibe auf der Beifahrerseite war zerbrochen, und auf der Ladefläche lag eine aufgeweichte Packung mit Hundefutter. Keine Kindersitze. Das war ein schlechtes Zeichen.

Sie kurbelte ihr Fenster herunter und fuhr aus der Garage. Ein warmer Wind wehte durch den Wagen. Gero musste die Augen schließen, weil die Sonne von einem leuchtend blauen Himmel schien, der aussah, als kenne er keine Wolken.

Sind Sie das erste Mal hier, fragte sie.

Ich war noch nie im Westen, sagte er. Nur früher einmal in New York, aber das war kein großer Erfolg. Ich hoffe, hier wird es besser.

Was muss passieren, damit Sie das Gefühl haben, dass es besser wird, fragte sie.

Ich weiß nicht, sagte er, immerhin ist jetzt der Nebel weg. Das ist ein guter Anfang.

Sie fuhren auf einer vierspurigen Autobahn durch die Stadt. Auf dem Zwischenstreifen schnappten magere Hunde nach Plastiktüten. Die Autobahn wurde zu einer

Hochstraße, und er sah weit in die Wüste, bis hin zu ockerfarbenen Bergen, die sich sanft gegen den Horizont lehnten. Nach einer Dreiviertelstunde lag die Stadt hinter ihnen. Rechts standen ein paar verlorene Kakteen, links von der Straße war eine Zitronenplantage, ein grüner, quadratischer Fleck in einer ockerfarbenen Einöde.

Wo fahren wir hin, fragte er. Ich dachte, Sie leben in Phoenix.

Haben Sie Angst, ich entführe Sie, fragte Tony.

Ich habe nie Angst, sagte er.

Sie sah ihn von der Seite an, ohne etwas zu sagen, überholte einen Sportwagen und hüllte ihn in eine Wolke aus Wüstensand. Irgendwann nickte Gero ein und wachte erst wieder auf, als Tony in einem Ort ohne Namen tankte. Hinter der Tankstelle bog sie nach rechts auf eine Schotterpiste. Der Staub wehte durch das Fenster, und der Anzug seines Bruders war schon längst nicht mehr tiefschwarz. Einige Kilometer später würgte sie den Motor ab und zog die Handbremse an.

Wir sind da, sagte sie.

Wo, fragte er und sah skeptisch auf das Fragment einer Stadt, durch deren brüchige Arkaden der Wind heulte.

In Arcosanti, sagte sie, der Stadt von morgen.

Hoffentlich nicht, sagte er, meine Zukunft stelle ich mir anders vor.

Trinken Sie einen Kaffee, fragte sie.

Aus den Fenstern einer kleinen Cafeteria sah man einen kleinen Canyon, in dem sich hellgrünes Gestrüpp an kahle Felsen klammerte. Ein depressiver Hippie brachte ihnen zwei Becher mit Kaffee. Er war süß und stark. Den letzten Kaffee hatte er noch vor der Beerdigung Krolls getrunken.

Was ist das hier, fragte er.

Die Stadt der Zukunft, sagte sie, oder die Vision davon. Es geht um eine harmonische Verbindung von Architektur und Ökologie. Eine Integration von Wohnen und Arbeiten, Freizeit und Versorgung, die im Gegensatz steht zu der naturschädlichen und flächenverbrauchenden Architektur in unseren Metropolen.

Sie klang, als mache sie Waschmittelwerbung.

Wie oft haben Sie den Satz schon gesagt, fragte er.

Oft, sagte sie. Ich mache die Führungen für die Besucher. Die Sätze fressen sich im Hirn fest. Ich kann schon nichts anderes mehr sagen.

Was ist es für Sie, fragte er.

Ich bin seit fast zwanzig Jahren hier. Damals war es ein Traum, ein Projekt für die Menschen von morgen. Wir hatten nur einen alten Kran, einen Betonmischer und einen Architekten mit einer Vision. Fünftausend Menschen sollten hier einmal wohnen. Aber wir sind erst drei Dutzend, für mehr ist bisher kein Platz.

Haben Sie den Traum auch geträumt, fragte er.

Nein, sagte sie. Ich wollte an einen Ort ohne Vergangenheit. Hier gab es nichts, nur Wüste. Hier fing alles an. Ich war damals jung, aber ich schleppte zu viel mit mir herum. Zu viel Schweres. Meine Familie hatte immer dafür gesorgt, dass wir wussten, wo wir herkamen, und dass es ein harter Weg gewesen war. Hier gab es nichts von alledem. Keine Erinnerungen, keine Kultur und keine Religion. Nur Menschen, die mit einem Spaten in der Hand unter der glühenden Sonne standen und Fundamente aushoben, in die der Beton fließen konnte. Hier ist alles aus Beton.

Das verstehe ich, sagte er. Das mit der Vergangenheit. Aus dem Haus, in dem ich lebe, wurden Juden deportiert. Da hat die Gegenwart keine Chance. Man müsste das Haus abreißen, um wirklich neu anzufangen. Aber was ist mit der Geschichte Ihrer Familie? Ihrer Familie und meiner. Ist Ihnen das jetzt nicht mehr zu schwer?

Ich bin keine achtzehn mehr, sagte sie, ich bin vierunddreißig. Ich laufe nicht mehr weg.

Und warum sind Sie noch hier, fragte er, in dieser Stadt ohne Vergangenheit?

Schauen Sie sich doch um, sagte sie und lachte. Arcosanti hat keine Vergangenheit, aber was noch wichtiger ist: Die Stadt hat auch keine Zukunft. Die Wüste holt sich den Platz zurück, und wir kämpfen nur noch hin und wieder gegen den Verfall. Hier wird nichts bleiben, sondern alles zu Staub werden, den der Wind verweht. Deshalb bin ich noch hier. Um das Ende zu erleben.

Sie trank ihren Kaffee mit zwei schnellen Schlucken aus und stellte die Tasse hart auf den Tisch. Der Kellner schaute tadelnd zu ihr her, aber sie ignorierte ihn.

Sie sind sicher müde nach dem Flug, sagte sie. Hier ist der Schlüssel zu meiner Wohnung. Sie liegt schräg hinter dem großen Halbbogen, fragen Sie sich einfach durch; hier gibt es keine Straßennamen. Wir sehen uns heute Abend. Ich rufe meine Großmutter an. Sie lebt in einem Altersheim nicht weit von hier. Ich sage ihr, dass ich Besuch aus Deutschland habe, der mit ihr über damals reden möchte.

Später lief Gero durch den Ort und probierte den Schlüssel an verschiedenen Türen aus. Bei der vierten ließ er sich drehen. Er trat in eine Eingangshalle, die sich drei Meter über ihm nach oben wölbte und sich in ein Zimmer fortsetzte, das etwas größer als ein Volleyballplatz war. Die Fenster standen schräg nach innen geneigt und nahmen die gesamte Südseite des Raumes ein. Die Leere der Wüste fiel durch sie ins Zimmer und auf das Bett, das unter ihnen stand, sodass man nachts darin die Sterne über sich leuchten sehen konnte. Er suchte das Klo. Die erste Tür, die er öffnete, führte in eine Art Meditationszimmer. Auf dem Boden lagen japanische Reisstrohmatten und Sitzkissen; an der Wand hingen Bilder von fetten, grinsenden Buddhas. Die zweite Tür öffnete sich auf einen kleinen Balkon, gerade groß genug, um darauf zu stehen, eine Zigarette zu rauchen und in den Himmel zu sehen. Tür Nummer drei war die, die er gesucht hatte. Die Badewanne war aus Holz und sah aus wie ein Einbaum. Der Boden bestand aus winzigen Mosaiksteinchen, und das Waschbecken war in einen Sandsteinfelsen eingelassen. Das Klo war erfreulich normal.

Hinterher legte er sich in das Meditationszimmer und schob eines der Sitzkissen unter den Nacken. Er wollte eine Viertelstunde schlafen, damit er munter war, wenn Tony kam.

Als er aufwachte, sah er, wie durch das schmale Fenster ein Streifen Mondlicht so ins Zimmer fiel, dass der Buddha an der Wand gegenüber aufleuchtete. Es war vier Uhr morgens Ortszeit; er hatte seine Uhr gestern auf dem Flughafen umgestellt und versuchte auszurechnen, wie spät es in Konstanz war. Er schaffte es nicht, obwohl er hellwach war, weil er über zehn Stunden geschlafen hatte. Was Horst wohl in diesem Moment in seiner Wohnung machte? Dessen Gesicht konnte er sich nicht mehr vorstellen. Es war verschwommen, ein grauweißer Fleck in einer weißgrauen Stadt.

Die Tür zu dem großen Raum öffnete sich lautlos. Der Mond stand am Himmel wie ein Fallbeil, und die Nacht über der Wüste war heller als ein Nebelmittag in Konstanz. Er ging leise zu der Fensterfront, um rauszusehen. Der kleine Canyon gegenüber lag im Schatten; ein schwarzer Einschnitt in der weiten, glänzenden Ebene.

Tony drehte sich in ihrem Bett. Gero stand ganz still, denn er wollte sie nicht wecken. Der Mond schien ihr von schräg oben direkt ins Gesicht und störte ihren Schlaf. Sie atmete durch den Mund, der halb im Schatten ihrer Nase lag. Ein Knopf des Kopfkissens hatte eine runde Spur auf ihrer Wange hinterlassen, und ihr Ohr zuckte leicht, als ahnte etwas in ihr seine Gegenwart. Ihr rechter Arm hing aus dem Bett. Die Härchen darauf waren ihm gestern nicht aufgefallen; erst jetzt, im Licht des Mondes, erkannte er sie und ging in die Hocke, um ihre Hand genauer betrachten zu können. Tony atmete tief und fest. Unter den kurzen Fingernägeln hing etwas Dreck. Vielleicht machte sie nicht nur die Führungen, sondern arbeitete auch auf einer der Baustellen oder den Feldern. Am ersten Glied des kleinen Fingers hatte Tony eine Wunde, ein gerader Schnitt mit braunem Schorf darüber. Er fragte sich, ob sein Großvater jemals die Hände von Eva Spiegler so genau betrachtet hatte, und ging zurück in sein Zimmer und legte sich hin, ohne wieder einschlafen zu können.

Das Foto, sagte sie am nächsten Morgen beim Frühstück in der Cafeteria, das möchte ich jetzt sehen.

Er holte das Bild aus der Tasche und legte es umgekehrt vor sich auf den Tisch. Sie nahm es nicht in die

Hand, sondern blieb zurückgelehnt auf ihrem Stuhl sitzen. Er fragte sich, ob sie überhaupt etwas erkennen konnte oder ob das Licht sich auf dem Bild spiegelte und sie ins Nichts sah. Tony war fast so schön wie ihre Großmutter auf dem Foto. Stärker, kantiger, eine Spur männlicher. Sicher auch eine Folge des Lebens hier in der Wüste, bei dem alles Überflüssige verdampfte, während Eva Spiegler jahrelang die Wohnung nicht verlassen durfte.

Wer ist das da, fragte sie, beugte sich nach vorn und tippte mit dem Zeigefinger auf seinen Großvater.

Es wundert mich, dass Sie nach ihm fragen, sagte Gero, man sieht ihn ja kaum. Wollen Sie nicht wissen, wer die beiden im Vordergrund sind?

Sie sah ihn an. Eine Falte schnitt von ihrer Stirn bis zum Ansatz der Nase.

Wer die Frau ist, weiß ich selbst, sagte sie, auch wenn ich nie Fotos meiner Großmutter aus jener Zeit gesehen habe. Und der Mann, den sie anlächelt, ist nicht wichtig. Überhaupt nicht. Er ist reine Dekoration. Aber der hier, sagte sie und berührte vorsichtig das Gesicht seines Großvaters, der ist entscheidend. Ein gefährlicher Mann.

Das ist Gero von Nohlen, sagte er, mein Großvater. Der Ihre Großmutter gerettet hat.

Das dachte ich mir, sagte sie und atmete tief aus. Er hat meine Großmutter gerettet. Warum hat er das gemacht? Hat er sie geliebt? Sein Blick ist so seltsam, so fixiert auf sie, als gäbe es sonst nichts auf der Welt.

Ich weiß nicht, sagte er, aber es könnte sein. Der andere Mann ist vermutlich Helmut Spiegler. Mein Großvater hat ihn den Nazis ausgeliefert, aber das habe ich Ihnen ja alles geschrieben.

Helmut Spiegler, sagte sie langsam und sah sich den Mann auf dem Bild genauer an. Warum hat er die Augen geschlossen, fragte sie. Was will er nicht sehen?

Reiner Zufall, sagte Gero. Wenn man drei Leute fotografiert, hat einer immer die Augen zu. Das kenne ich.

Es gibt keine Zufälle, sagte sie. Alles hat einen Sinn.

Das habe ich auch einmal gedacht, sagte er. Deswegen wurde ich in die Psychiatrie gesteckt. Dort gewöhnen sie einem ab, an den Sinn von allem zu glauben. Sie lassen einen erst raus, wenn man glaubhaft versichern kann, dass das meiste von dem, was man wahrnimmt, keinen tieferen Sinn hat.

Hat die Therapie bei Ihnen angeschlagen, fragte sie und sah ihn das erste Mal wirklich interessiert an.

Wenn sie es hätte, wäre ich nicht hier, sagte er.

Tony nickte. Die Antwort schien ihr zu gefallen.

Was machen wir jetzt, fragte Gero. Was kann Ihre Großmutter uns erzählen?

Sie hat nie von der Zeit in Deutschland gesprochen, sagte Tony. Aber nicht so, als habe ihr Leben erst hier angefangen. Eher so, dass wir immer das Gefühl haben mussten, alles sei so schrecklich gewesen, dass sie nicht davon berichten könne. Als seien wir ihr etwas schuldig, weil sie so sehr gelitten hatte. Aber das ist doch Unsinn. Wer keine Verantwortung hatte, kann auch nicht schuldig sein.

Das glaube ich nicht, sagte Gero. Verantwortung ist eine Idee. Schuld ist eine Kraft. Sie ist stärker und älter.

Sie reden wie einer aus dem Mittelalter, sagte sie. Aber das hier ist Amerika. 21. Jahrhundert.

Ich weiß nicht, ob ich da wirklich schon angekommen bin, sagte er. Weder in dem Land noch in der Zeit.

Aber eigentlich bin ich nicht wegen der amerikanischen Gegenwart hier, sondern wegen der deutschen Vergangenheit. Was sagt Ihre Großmutter? Kann ich sie treffen? Und wann?

Sie weigert sich, sagte Tony. Ich habe mit ihr telefoniert und ihr gesagt, dass jemand extra aus Konstanz gekommen sei, der mit ihr über die Zeit damals sprechen wolle. Ein Journalist. Aber sie wollte nicht. Einmal hat sie einfach wieder aufgelegt. Sie sagte, ich solle sie allein besuchen. Ich würde viel zu selten kommen, dabei war ich erst vor kurzem bei ihr. Ich könne gerne kommen, aber kein Journalist. Sie kann sehr stur sein, nicht erst, seitdem sie so alt ist. Sie war es schon immer. Wenn sie Nein sagt, meint sie nein. Vergessen Sie nicht: Sie hat den Holocaust überlebt. Sie musste stark sein, sonst hätte sie das nicht geschafft.

Wir machen einen neuen Versuch, sagte er und zeigte auf das Foto.

Schicken Sie das Ihrer Großmutter, sagte er. Schreiben Sie ihr, dass Gero von Nohlen sie sprechen will. Nicht ein Journalist aus Konstanz, sondern der Enkel des Mannes, der sie gerettet hat.

Nicht ohne ihren Mann umzubringen, sagte Tony.

Genau, sagte er, schreiben Sie das auch. Wenn sie mich immer noch nicht sehen will, fahre ich wieder heim. Wenn doch, dann werde ich mit ihr reden.

Tony steckte das Foto ein. Gero gab es ungern her, denn ohne das Bild wäre er nicht so weit gekommen.

Drei Tage später brachte einer der Bewohner der Stadt mittags einen Brief Evas von der Tankstelle mit, an der die Post aufbewahrt wurde. Er war direkt an Gero adressiert. Er öffnete den Umschlag mit dem Werbeaufdruck eines jüdischen Altersheims. Tonys Großmutter hatte nicht selbst geschrieben, aber eine Pflegerin teilte in ihrem Auftrag mit, dass sie sofort zu ihr kommen sollten. Sie würde sich freuen, ihn und Tony zu sehen.

Das sieht ihr gar nicht ähnlich, sagte Tony. Ich erinnere mich überhaupt nicht daran, dass sie schon einmal ihre Meinung geändert hat.

Am nächsten Morgen fuhren sie los. Die Luft, die durch die zerbrochene Scheibe in den Jeep fegte, war um die Zeit schon so heiß, dass Gero sie kaum ertragen konnte. Sie holperten über die Schotterpiste auf die Schnellstraße und fuhren Richtung Norden. Das Erste, was er von Sedona sah, waren die roten Felsen, die er aus Western kannte. Einige Kilometer hinter dem Ort bogen sie rechts in einen kleinen Canyon ab. Zehn Minuten später kamen sie an ein bewachtes Tor. Rings um die Siedlung, die man hinter der Ligusterhecke mehr ahnte als sah, ging ein Zaun, mindestens zwei Meter hoch mit einer Krone aus Stacheldraht. Eine Wachmann mit einer Pistole im Schulterhalfter fragte Tony nach ihrem Ziel. Sie musste ihren Führerschein und Gero seinen Pass zeigen. Der Wachmann trug ihre Namen in eine Kladde ein und winkte sie durch.

Was ist das, fragte Gero.

Privatgelände, sagte Tony. Hier wohnen Leute, die nicht gestört sein wollen, weder von anderen Menschen noch von der Wüste. Selbst die muss vor dem Zaun bleiben, sonst wird sie erschossen.

Sie fuhr im Schritttempo weiter. Die Straßen in dem Gelände waren rot und kontrastierten mit den weißen Randsteinen des Bürgersteigs und dem Grün des Rasens vor den Häusern, der überall exakt die gleiche Farbe und Länge hatte. Vor jedem Hauseingang wuchsen zwei Palmen, auch vor dem Altersheim, das nur an dem Schild davor als solches zu erkennen war. Sie stiegen aus dem Jeep. Gero blieb stehen und bewunderte die Palmen. Noch war Zeit umzudrehen, dachte er, noch stand er vor der Schwelle des Hauses. In der Krone des linken Baumes quietschte es plötzlich. Er erwartete einen Kakadu oder wenigstens einen Wellensittich, farblich abgestimmt auf das dezente Rosa des Hauses, aber der Lärm oben wurde lauter, und schließlich flog ein weißer Klumpen nach unten, direkt vor seine Füße und platzte auf. Gero sah auf die blutigen Fetzen, die von seinem Schuh tropften. Er wollte sie wegwischen, war aber wie gelähmt; sein Blick klebte daran, bis er Tonys Stimme hörte:

Ein Rattenbaby, sagte sie. Ratten wohnen gerne da oben. Es ist schattig, sicher und die Aussicht ist gut. Aber wenn die größeren Kinder die Neugeborenen aus dem Nest werfen, bleibt nicht mehr viel übrig. Warten Sie, bis Ihnen eines auf den Kopf fällt oder können wir rein?

Er sah den Stamm der Palme hoch, schüttelte den Kopf und folgte ihr die hölzernen Stufen hinauf zu der Veranda, auf der sie eine Schwester in weißer, gestärkter Tracht erwartete und durch die Vorhalle nach hinten in den Garten an der Rückseite des Hauses dirigierte. Unter einer riesigen Magnolie standen ein paar Tische und Korbstühle auf einem kreisrunden Kiesplatz. Nur ein Stuhl war besetzt. Gero sah den sehr geraden Rücken einer Frau, den das Alter verkrümmen wollte, der sich aber dagegen wehrte mit aller Gewalt und der sich auch nicht anlehnte an das weiche Polster des Stuhls, sondern aus eigener Kraft aufgerichtet blieb. Vor ihr auf dem Tisch war das Foto gegen ein Glas Wasser gelehnt, sodass sie es ansehen konnte, ohne sich zu bewegen.

Tony ging ein paar knirschende Schritte über den Kies und legte der Frau eine Hand auf die Schulter.

Ihr seid das, sagte die Frau. Ich wusste, dass ihr kommen würdet. Das habe ich nicht vergessen, obwohl ich so vieles vergesse, so vieles, was ich gelernt habe. Sogar, wer der Präsident ist, habe ich vergessen. Nixon, den weiß ich noch, sogar, wie er abtreten musste, doch keine Ahnung, wer danach kam. War das schon der, den sie erschossen? Aber egal. Je neuer etwas ist, desto eher verschwindet es. Nur das Alte, das bleibt. Bald werde ich den Colorado mit dem Rhein verwechseln, doch auch das ist egal. Schlimm ist nur das mit der Sprache. Die englischen Begriffe verschwinden im Nichts, was bleibt, sind deutsche Wörter, die hier keiner versteht. Wenn das so weitergeht, spreche ich in einem Jahr nur noch Kölsch.

Sie kicherte.

Nur noch Kölsch, sagte sie auf Deutsch.

Oma, sagte Tony fragend, und Eva Spiegler drehte sich um.

Sie sah noch älter aus, als Gero gedacht hatte, fast als wäre sie mumifiziert in dem heißen und trockenen Klima der Wüste. In ihrem Gesicht regte sich nichts. Jede Falte saß an ihrem Platz wie eingekerbt. Gero versuchte eine Beziehung herzustellen zwischen dem Bild der Frau, das auf dem Tisch lag, und der Greisin, die vor ihnen saß, aber es gelang ihm nicht. Er wusste nicht, was er sagen sollte, und wartete ab, während sie ihn ansah, aus furchtlosen Augen, deren Blick immer milder wurde, während sie ihn betrachtete. Ihre Zunge rutschte aus dem Mund und leckte über die eingefallenen Lippen.

Gero von Nohlen, sagte sie, aber nicht der Gero, und zeigte mit einem knochigen Zeigefinger in Richtung Foto.

Ohne das Bild hätte ich Sie nicht eingeladen. Das wissen Sie doch? Aber ich wollte den Enkel sehen. Den Enkel.

Das sagte sie mehr zu sich als zu ihnen, und Gero blickte zu Tony, die besorgt aussah.

Kommen Sie näher, sagte Eva.

Er schob seinen Stuhl etwas weiter zu ihrem.

Noch näher.

Jetzt saß er direkt vor ihr.

Sie strich mit ihrer knochigen Hand ganz leicht über sein Haar. Einen Moment lang fuhr sie ihm über das rechte Ohr und streifte über seine Schulter.

Ich kenne diese Augen, sagte Eva. Diesen Blick, der dauernd in Gefahr ist, aus der Welt zu gleiten und nicht wieder zurückzukehren. Ich kenne diese Haare, dieses Gesicht. Ein Enkel ist ein kleiner Großvater, das habe ich einmal gehört oder gelesen, und trotzdem ist es erschreckend, wie sehr es stimmt. Ein kleiner Großvater.

Gero schüttelte unwillig den Kopf.

Doch, sagte Eva mit einer Stimme, die jetzt leicht zu beben begann. Sie sehen Ihrem Großvater sehr ähnlich.

Das hat mir noch nie jemand gesagt, sagte Gero zweifelnd, im Gegenteil.

Das liegt nur daran, dass die Leute Ihren Großvater nicht kannten, sagte Eva.

Dann schwieg sie wieder.

Niemand hat ihn wirklich gekannt, sagte sie. Nie kennen wir einander tatsächlich, doch von allen kannte ich ihn am besten. Keiner kannte ihn wie ich, weil ihn keiner so liebte, trotz allem, was kam. Die Zeiten waren schlecht für die Liebe. Zu anderen Zeiten hätten wir uns anders geliebt. Da hätte sich nichts zwischen uns gestellt.

Den letzten Satz sprach sie wieder laut auf Deutsch.

Tony sah irritiert aus, und daher übersetzte Gero ihn ins Englische, doch Tonys Misstrauen blieb, und sie sah Gero und ihre Großmutter sehr wachsam an, als fürchtete sie, die beiden hätten Geheimnisse vor ihr.

Die Schwester kam, brachte ihnen eine Kanne selbstgemachter Limonade mit drei Gläsern, und Gero schenkte ein.

Geben Sie mir Ihre Hand, sagte Eva.

Er reichte ihr seine Rechte wie zur Begrüßung, aber sie schloss die Augen und befühlte seine Finger ausgiebig mit ihren gichtigen Händen.

Gero fühlte sich unwohl und sah Tony an, damit die ihm half und dafür sorgte, dass das hier ein Ende nahm. Etwas jagte ihm Angst ein. Er sah auf das Foto, das noch immer auf dem Tisch lag, und dann auf Evas Gesicht, in dem Moment, in dem sie ihre Augen öffnete. Die Pupillen in dem Gesicht der alten Frau weiteten sich, und Gero konnte seinen Blick nicht mehr abwenden. Sie wurden immer größer, immer dunkler, bis sie sich zu zwei riesigen schwarzen Löchern öffneten, in die er gestürzt wurde, ohne widerstehen zu können. Er glitt durch sie hindurch und wurde ausgespien in einer Zeit, die nicht die seine war: Mit einem Mal stand die junge Eva Spiegler in dem Salon seines Großvaters, die Hand auf der Schulter eines Pianisten, und winkte ihn zu sich her, und ihre Schönheit erschütterte ihn bis ins Mark, obwohl er vorbereitet hätte sein müssen, weil er die Geschichten kannte, die man sich von ihr erzählte, weil er das Foto kannte und Tony, die einen Abglanz ihrer

Schönheit in sich trug, und er spürte seinen Großvater hinter sich, der ihm die Hand auf die Schulter legte und leise fragte: Verstehst du mich jetzt, aber das störte Gero, denn Großvater wollte etwas rechtfertigen, aber vor Eva Spiegler gab es keine Rechtfertigung.

Eva ließ seine Hand los, und Gero glitt zurück in den Garten des Altersheimes.

Alles klar, fragte ihn Tony, und er wusste nicht, was er antworten sollte. Vielleicht war die Hitze verantwortlich für seinen Aussetzer.

Eva trank einen winzigen Schluck Limonade.

Sie wissen nicht viel, stimmt's, fragte sie.

Zu wenig, sagte Gero noch immer unsicher.

Manchmal kann man gar nicht wenig genug wissen, sagte Tony. Sie sah unglücklich aus, als bedaure sie die Idee, Gero und ihre Großmutter an einen Tisch zu setzen.

Da hast du Recht, sagte Eva und sah Gero an.

Spielen Sie Klavier, fragte sie ihn.

Ja, sagte Gero. Nicht viel, aber ich hatte früher einmal Unterricht.

Eva nickte befriedigt und stellte das Glas sehr sanft vor sich hin. Vielleicht sollte ich Sie von Nohlen den Zweiten nennen, sagte sie, damit man Sie nicht mit ihm verwechselt.

Man hat mich noch nie mit ihm verwechselt, sagte Gero, da bestand nie irgendeine Gefahr.

Das ist auch besser so, sagte Eva. Von Nohlen war kein guter Mann, das war er ganz sicher nicht, doch ein mutiger Mann. Das ist leider mehr, als man über die meisten anderen Menschen sagen kann. Es brauchte viel Mut, um uns dreieinhalb Jahre lang bei sich zu verstecken.

Eva hustete. Sofort kam die Schwester und fragte, ob sie noch etwas bräuchten, vielleicht eine Kleinigkeit zum Essen, aber Eva Spiegler winkte ab.

Es geht ihnen nicht so sehr ums Essen, sagte sie, sondern sie wollen kontrollieren, ob ich mich zu sehr aufrege oder anstrenge. Sie schonen einen hier sehr. Sie wollen, dass man stirbt wie ein Blütenblatt, das sich unendlich sanft und langsam löst und auf einem leisen Windhauch zart zur Erde getragen wird. Das schätze ich sehr, obwohl ich keinen sanften Tod verdient habe.

Oma, protestierte Tony.

Lass nur, sagte Eva, meine Wunden sind verheilt, nach über sechzig Jahren.

Sicher, fragte Tony.

Ganz sicher, sagte Eva, weil ich es so wollte, nur deswegen. Und das ist das Einzige, was ich von Gero von Nohlen gelernt habe. Wenn man etwas wirklich will, dann bekommt man es auch. Von Nohlen bekam alles, was er wollte.

Alles, fragte Gero.

Alles, bestätigte Eva und sah auf das Foto.

Gero. Eva. Helmut.

Ein Standbild.

Wir können dieses Thema gerne lassen, sagte Tony schnell. In Arcosanti gibt es jetzt auch einen kleinen Theatersaal, neulich haben wir ein Festival veranstaltet, und diesen Sommer wird es wieder viele Workshops geben und außerdem …

Es ist keine schöne Geschichte, wegen der ihr hier seid, sagte Eva, als ob sie ihre Enkelin nicht gehört hätte. Sie sah dabei nach oben in den Magnolienbaum mit seinen fleischigen Blüten und reckte den Kopf wie eine Schildkröte, die nach einem Salatblatt schnappen will.

Die Geschichte ist hässlich und lang, sagte Eva, und ich weiß nicht, ob ich bis ans Ende komme. Ich weiß auch nicht, wo sie begann. Ob die Geschichte anfing, als mein Vater seine Stelle als Beamter verlor? Ob sie anfing, als wir nicht mehr ins Freibad durften? Anfing, als sie mich Sara nannten? Als die Synagogen brannten? Die Kinos für uns verboten wurden? Ich von der Schule geworfen wurde? Man uns die Radios wegnahm? Die Einkaufszeiten beschränkte? Meine Eltern deportierte?

Fangen Sie in Konstanz an, schlug Gero vor.

Konstanz, sagte die Frau, ich erinnere mich. Eigentlich nur eine Zwischenstation, eine Stadt auf dem Weg, kaum der Rede wert. Ein Ort des Übergangs, so war es geplant, doch es kam anders, sonst hätte ich auch den Namen vergessen.

Gero sah fasziniert auf das Gesicht der alten Frau, das mit einem Mal zu leben begann. Die Falten, die vorher wie eingemeißelt schienen, begannen sich jetzt zu bewegen und lächelten der Sonne entgegen, und ihr Mund genoss etwas, ein Stück Kuchen vielleicht oder einen Schluck Kaffee.

Mehr noch als ihre Worte berührte Gero ihr Gesicht, auf dem jedes einzelne Gefühl sich abzeichnete: ihre Verzweiflung angesichts der erfolglosen Versuche, in Konstanz über die Grenze zu kommen; die Panik bei der überstürzten Flucht aus dem Gasthof; die Angst, Gero von Nohlen könnte sie verraten, als sie dort ankamen, müde und ohne Kraft, noch weiterzugehen.

XII

Ein alter Mann mit Krückstock humpelte an ihnen vorbei, ohne aufzuschauen. Er verschwand im hinteren Teil des Gartens, und sie hörten eine Glocke im Inneren des Hauses läuten.

Er hat eine Nummer auf dem Arm, sagte Eva. Einer der Letzten. Die meisten mit Nummern hier sind schon gestorben. Er geht jetzt rauchen. Das ist im Heim verboten. Auf der Straße vor dem Heim auch, aber zum Glück für ihn liegen wir am Rand des Wohngebietes und haben eine Tür, die direkt in die Wüste führt. Die Klingel sorgt dafür, dass die Schwestern wissen, ob einer draußen ist, sodass keiner verloren geht.

Willst du dich nicht ausruhen, fragte Tony.

Eva schüttelte den Kopf.

Danke, mein Kind, aber nicht jetzt. Aber könntest du mir noch ein wenig Limonade einschenken?

Tony füllte ihr Glas; Eva trank und hielt es anschließend in der Luft, als ob sie vergessen hätte, es abzustellen.

Die Äste der Magnolie hingen immer tiefer. Ihr Schatten drückte Gero auf den Schädel, und er bekam Kopfschmerzen von dem schweren Duft, der aus den Blüten fiel. Eva sah immer lebendiger aus, nicht mehr verdorrt, aber gleichzeitig sehr müde. Sie stellte das Glas vorsichtig auf den Tisch.

Wird es dir zu viel, fragte Tony heiser. Sollen wir nicht lieber gehen? Du hast schon so viel geredet. Mehr wäre nicht gut.

Eva sah sie strafend an und bekam einen Hustenanfall. Gero beruhigte die Schwester, die sofort bei ihnen stand, während Tony Eva besänftigend über die Schulterblätter streichelte.

Wenn du willst, kommen wir ein anderes Mal wieder, sagte Tony, morgen vielleicht, es muss ja nicht jetzt sein.

Nichts da, sagte Eva, ich habe schon gehustet, da warst du noch gar nicht geboren. Der Husten hat nichts zu sagen. Aber komm näher, Gero. Ich will dich gerne bei mir haben.

Eva nahm seine Hand wieder, strich ihm über die Finger und neigte ihren Kopf ein wenig zu ihm.

Ich mache es *kurz und schmerzlos*, sagte Eva auf Deutsch. So sagt man doch?

Gero nickte, während sich Tony auf die Lippen biss und Eva weitersprach. Weder Tony noch Gero wagten sich zu rühren, sondern durchlitten mit ihr die bleiernen Jahre in der Wohnung und flüchteten endlich an Fasnacht 1944 mit ihr durch die Konstanzer Nebelnacht zu einem Gasthaus, in dem Geros Großvater sie an sich riss.

Das kann ich nicht glauben, sagte Tony.

Eva lächelte sie an.

Es tut mir leid, wenn ich dich enttäusche, sagte sie. Ich war auch enttäuscht. Von von Nohlen. Von mir.

Tony sah Gero angewidert an, als trage der eine Verantwortung für seinen Großvater.

Ging es länger zwischen euch, fragte sie langsam. Oder war das einmalig?

Ist das wichtig für das Urteil, das du über mich fällen willst, fragte Eva. Für das Strafmaß?

Sie sah Tony wütend an, doch ihre Enkelin blickte auf den Boden und schüttelte den Kopf.

So war das nicht gemeint, sagte Tony. Ich will nur verstehen.

Du brauchst nichts zu verstehen, sagte Eva. Manche Dinge liegen jenseits von dem, was man verstehen kann.

Also ging die Geschichte zwischen dir und von Nohlen länger, sagte Tony. Ich hoffe, du weißt wenigstens, dass es keine Liebe war, sondern er dich nur ausgenützt hat.

Liebe, sagte Eva und zögerte. Liebe ist ein sehr großes Wort. Man darf es nur sparsam im Mund führen, sonst verliert es an Wert, vor allem in den Zeiten des Krieges.

Sie nahm einen Keks von dem Teller, aber aß ihn nicht, sondern zerbröselte ihn zwischen Daumen und Zeigefinger und ließ die Krümel auf den Rasen fallen. Dann sprach sie weiter, immer leiser, immer heiserer, sodass Gero nur Bruchstücke verstand, doch selbst die waren schon zu viel für ihn, denn es blieben keine Worte, sondern sie wurden zu Szenen, die er durchlebte, aufgeladen mit Schmerz, Wut, Hass und Trauer, und er versuchte, sich das vom Leibe zu halten; er wollte nicht hören, wie Helmut wieder die Goldberg-Variationen spielte, die er selbst so gut kannte. Gero wollte nichts von dem wissen, was Helmut und seine Großmutter unter dem Klavier taten, während Eva die Tür zum Wohnzimmer wieder schloss. Er wollte nicht hören, dass Eva die beiden an seinen Großvater verriet, der so reagierte, wie Eva es geahnt hatte, wie alle es hätten ahnen können, die Gero von Nohlen kannten.

Nichts wollte er von der Gestapo hören, die ins Haus kam, um Helmut abzuholen, der sich ohne Widerstand abführen ließ. Nichts davon, dass Eva seinen Großvater durch Schweigen bestrafte, aber Gero war nicht der Einzige, der keine Kraft mehr dafür hatte, denn plötzlich unterbrach Tony ihre Großmutter sanft.

Es ist genug, Oma, sagte sie fürsorglich. Lass gut sein. Kein Wort mehr davon. Du regst dich zu sehr auf. Ich verbiete dir, weiterzusprechen.

Das kannst du nicht, mein Kind, sagte Eva sehr leise. Und du wirst mir nie einen Vorwurf machen können, den ich mir nicht selbst schon gemacht habe.

Tony schüttelte den Kopf, aber sie sagte nichts mehr.

Eva machte eine Pause und hustete. Ein Vogel tschilpte im Baum über ihnen. Evas Gesicht war aufgedunsen. Je mehr sie redete, desto mehr verwandelte sie sich von einer Mumie zurück in eine Frau, dachte Gero. Eine Frau, die starb.

Tony und Gero neigten sich zu ihr, um sie besser zu verstehen.

Nie wieder habe ich ein einziges Wort mit von Nohlen gewechselt, flüsterte sie. Keinen Ton mehr, seit er Helmut wegbringen ließ, keinen einzigen. Nie ihn angesehen. Nie ihn berührt, obwohl …

Eva verstummte.

Obwohl, fragte Tony und lehnte sich im gleichen Augenblick zurück, als wollte sie es doch nicht hören.

Obwohl, fragte Gero und versuchte, Eva in die Augen zu sehen.

Obwohl ich damals schon sein Kind in meinem Leib spürte. Meine Tochter. Deine Mutter, Tony.

Die Zeit gefror einen Augenblick. Gero bekam keine Luft mehr. Vielleicht der Blütenduft. Er musste hier weg.

Ich bin, sagte Tony sehr langsam, so als ob sie nach Wörtern suchte, die sie gar nicht finden wollte, ich bin die Enkelin deines Vergewaltigers.

Die Krankenschwester machte wieder ihre Runde, und Tony sah sie so drohend an, dass sie rückwärts die Treppen hinaufstieg und verschwand.

Die Erbin eines Mörders, schrie Tony plötzlich. Des Mörders an dem Mann, der mein Großvater sein sollte.

Gero hörte ihre Worte, ohne den Sinn zu begreifen. Er wusste, dass es wichtig war, aber er wollte nicht mehr. Das alles war ihm zu viel. Er wollte zurück nach Konstanz. Heim in den Nebel.

Er stand auf und sah, wie der Korbstuhl hinter ihm umfiel und die Schwester aus dem Haus schoss, so als hätte sie nur darauf gewartet, dass irgendetwas passierte. Ihm war hier alles zu eng: die Krone des Baumes, die über ihren Köpfen hing; die lauernden Schwestern und der Zaun, der alle einsperrte; er wollte raus ins Freie und atmen und nachdenken und ging in die Richtung, in die der Alte zum Rauchen verschwunden war. Die Tür war hinter einer Oleanderhecke, und er hörte es vom Haus her läuten, als er sie öffnete. Tony und Eva waren sitzen geblieben. Er war froh, dass keiner ihm gefolgt war. Mit einem Schritt war die Wüste da. Der Boden war heiß und staubig und wusste nichts von dem fetten Rasen, den blühenden Bäumen und den alten Geschichten, die hinter dem Maschendraht wucherten. Der Alte lehnte sich gegen seinen Krückstock, sog an einer Zigarre und sah Gero mit wässrigen Augen an.

Ich hatte einst ein schönes Vaterland, sagte er auf Deutsch und fing an zu husten, kurz und trocken. Gero wollte ihm nicht zuhören, doch er fühlte sich ihm gegenüber verpflichtet, wegen des Krückstocks und der tätowierten Nummer auf seinem Arm, also blieb er stehen.

Ich hatte einst ein schönes Vaterland, begann der Alte wieder. Dann griff er mit der Linken durch die Luft, als wollte er etwas festhalten, die Worte vielleicht, die ihm entglitten waren. Schließlich lächelte er, richtete sich ein wenig mehr auf und zitierte ohne zu stocken:

Ich hatte einst ein schönes Vaterland.
Der Eichenbaum wuchs dort so hoch,
die Veilchen nickten sanft.
Es war ein Traum.
Das küsste mich auf Deutsch und sprach auf Deutsch
(Man glaubte kaum, wie gut es klang)
das Wort: »Ich liebe dich.«
Es war ein Traum.

Als er fertig war, zielte er mit der Zigarre auf Gero.

Tucholsky, fragte Gero.

Heine, sagte der Alte. Und jetzt verschwinde.

Gero fing an zu laufen, immer geradeaus, auf den roten Felsen zu, der sich in den Himmel reckte wie eine gotische Kathedrale. Das würde sein Wegweiser sein, und er brauchte einen Wegweiser, mehr als je zuvor, denn er wusste überhaupt nicht mehr, wer er war und wo und warum.

Großvater war ein Mörder, das wusste er seit dem Gespräch mit Kroll, aber was das wirklich hieß, verstand er erst, als er es aus Evas Mund hörte.

Gero stolperte und stieß mit dem Schienbein an einen rostigen Metallstab, der im Boden steckte. Der Schmerz schoss das Bein hinauf durchs Rückgrat ins Hirn.

Der Mörder war auch der Großvater Tonys, die die Augen von ihm hatte und die Furchtlosigkeit, aber Augen waren kein Beweis. Furchtlosigkeit auch nicht. Vielleicht täuschte sich Eva. Kroll hatte immer vor Zeitzeugen gewarnt: Die reden viel und glauben, was sie sagen, aber das macht es nicht besser.

Die Sonne stand fast senkrecht über ihm, und Geros Schatten passte unter die Schuhsohlen. Zum Glück waren es gute Schuhe. Kein Klebstoff, der sich auflösen konnte, sondern stabile Nähte, gefertigt in Handarbeit. Sein Bruder kaufte Qualität, und er lobte ihn laut dafür, aber die Wüste schluckte seine Worte wie ein Schwamm. Seine Zunge war pelzig von der Tasse Kaffee im Altersheim. Er würde bald umdrehen. Gero blickte zurück. Am Horizont sah er den grünen Streifen der Siedlung in der Wüste liegen wie eine ferne Oase. Er war weiter gegangen, als er vermutet hatte. Also würde er es auch bis zu dem Felsen schaffen. Zurückgehen würde er später, zurück zu Tony.

Seiner Cousine.

Er lief schneller. Der Boden flimmerte rotbraun. Vor ihm saß eine Echse auf einem kleinen Fels, mit gelbem Schwanz, grünem Kopf und vollkommen unbewegt. Nur ihre Augen drehten sich und folgten ihm, als er an ihr vorbeilief.

Cousine Tony.

Die Luft flimmerte. Gero lief durch eine kleine Senke und kam auf der anderen Seite ins Schwitzen, weil er beim Hochlaufen immer wieder abrutschte und es kaum vorwärts ging. Er spürte weder, wie der Sand in den Schuhen die Haut an seinen Füßen aufrieb, noch wie die Sonne sich durch die Kopfhaut brannte oder seine Zunge im Mund anschwoll, sondern ging immer weiter, viel schneller, als er normalerweise hätte gehen können. Eine Kraft trieb ihn an, die er nicht kannte. Der rote Fels, der vorhin noch am Horizont gestanden hatte, war deutlich näher gekommen.

Zeyra kam auch aus der Wüste, einem Dorf nicht weit von der Grenze zum Irak. Sie hatte vom Wind erzählt, der dort immer wehte, heiß im Sommer und eiskalt, wenn er im Winter von den Hängen des Ararat kam, den man an klaren Tagen im Nordosten sehen konnte. In ihrer Familie gab es noch Nomaden, die in schweren schwarzen Zelten durch Kurdistan zogen auf der Suche nach Weideplätzen für ihre Ziegenherden. Als Kind musste Zeyra das Wasser vom Dorfbrunnen holen, in einem blauen Kanister ohne Henkel, den sie auf dem Kopf balancierte. Wenn sie in diesem Augenblick so vor ihm stünde, wüsste er nicht, auf wen er sich zuerst stürzen würde: das Wasser oder die Frau.

Jetzt ragte der Fels vor ihm in den Himmel. Der Boden war kahl. In seinem Schatten klammerten sich einige stachlige Sträucher fest, und er hoffte einen Moment, Gott würde einen von ihnen entflammen und durch den brennenden Dornbusch zu ihm sprechen.

Eigentlich war der Felsen ein kleiner Berg aus weichem roten Sandstein, der sich warm und rau anfühlte, vielleicht hundert oder zweihundert Meter hoch. Er war so steil, dass er nicht hinaufklettern konnte, daher beschloss er, ihn zu umrunden und lief los. Nach einer halben Stunde glaubte er, wieder an seinem Ausgangspunkt zu sein, aber er war sich unsicher. Der Berg sah von allen Seiten gleich aus, und er hatte nicht auf den Schatten geachtet, der ihm hätte helfen können. Gero suchte nach seinen Fußspuren, doch der Boden war zu hart, und er konnte nur ahnen, wo er hergekommen war. In gerader Linie ging er von dort zurück, obwohl die ganze Welt schwankte und er sich sehr konzentrieren musste, weil sein Kopf brannte. Das Licht der Sonne ritzte seine Pupillen wie ein Messer, seine Zunge war geschwollen, und die Siedlung war nicht da, wo sie sein sollte.

Es war gar nichts da, nur Wüste, aber er konnte sich nicht verlaufen haben, er war auf direktem Weg hierher gegangen. Der Felsen, der jetzt wieder am Horizont lag, sah genauso aus, wie er ihn in Erinnerung hatte. Es dämmerte inzwischen. Vielleicht wäre es besser, zu warten. In der Dunkelheit musste der Ort leicht zu finden sein, denn andere Lichter gab es hier nicht. Daher wartete er ab, bis die Sonne untergegangen war, und lief in Richtung des Lichtscheins der Siedlung, doch er kam nicht näher. Vielleicht war es nur ein Stern, der kurz über dem Horizont stand. Seine Haut tat weh. Jetzt, wo es kühler wurde, merkte er, dass die Sonne ihn verbrannt hatte. Er hob die Hand, um sich übers Gesicht zu streichen, aber er kam nicht so weit, weil er stolperte und fiel und unendlich langsam in eine grundlose Schlucht stürzte. Erst im allerletzten Moment vor dem Aufprall, der ihn zerschlagen hätte, fing er sich wieder und hielt sich an dem Türrahmen fest. Es war die Tür zum Wohnzimmer Gero von Nohlens, aus der er die ersten Takte der Aria der Goldberg-Variationen hörte, zu der dreißig oder vierzig Paare Wiener Walzer tanzten. Gero wollte sich beschweren, weil man zu dieser Musik keinen Walzer tanzte, man tanzte überhaupt nicht zu dieser Musik, man saß still und hörte zu, wie sich eine ganze Welt darin entfaltete, aber dann sah er Eva Spiegler, die ihn zu sich herwinkte, mit der Geste, die er bereits kannte, einer Bewegung, die gleichzeitig beiläufig und bedeutungsvoll war. Er hatte etwas Mühe, zwischen den tanzenden Paaren hindurch zu dem Flügel zu gelangen. Einige Male musste er einer Drehung ausweichen und kam selber ins Tänzeln, was ihm peinlich war, denn er war nie ein Tänzer gewesen.

Schließlich war er angekommen und wollte gerade etwas zu Eva sagen, als sie dem Pianisten auf die Schulter tippte.

Der hob seinen Kopf, ohne mit dem Spielen aufzuhören.

Gero kannte das Gesicht von dem Foto. Es war das Gesicht Helmut Spieglers. Nur die Augen hatte Gero nie gesehen, denn Helmut hielt sie auf dem Foto geschlossen. Jetzt sah Gero sie und erschrak: Er blickte in seine eigenen Augen. Sie lagen in einem fremden Gesicht, das viel zarter als seines war, fast ohne Bartwuchs und mit Lippen, die verletzlich waren wie bei einer Frau, aber es waren Geros Augen, ohne jeden Zweifel.

Opa, fragte Gero zögernd, und Helmut nickte leicht und sah dann wieder auf die Noten. Gero schaute ihm beim Spielen zu und erkannte seine eigenen Hände in denen von Helmut Spiegler: die Art, wie er den Daumen ein wenig zu weit abspreizte, und den kleinen Knick in beiden Mittelfingern, der Geros Klavierlehrer immer frustriert hatte.

Helmut war inzwischen bei der dritten Variation angelangt, und Gero beobachtete fasziniert seine Finger. Als er wieder aufblickte, sah er, dass es eine kleine Störung im Kreis der Tänzer gegeben hatte: Einer der Männer in langem Frack war zu Boden gesunken, und Gero wollte zu ihm, um zu helfen, aber Eva Spiegler legte ihm die Hand auf den Oberarm, schüttelte leise den Kopf und hielt ihn zurück. Im nächsten Augenblick fing eine der Tänzerinnen an, nach Luft zu schnappen.

Sie griff sich an die Kehle, krächzte irgendetwas und begann zu röcheln, während ihr Gesicht blaurot anlief. Sie ging auf die Knie, wobei sie ihr Ballkleid sorgfältig ordnete und darauf achtete, dass es schöne Falten warf, bevor sie seitwärts zu Boden kippte und eines der tanzenden Paare zu einer raschen Ausfallbewegung zwang; einer Bewegung, die im selben Moment dadurch ein Ende fand, dass der Schädel des Mannes explodierte und Blut und Hirnmasse auf seine Partnerin spritzten. Einer Frau wuchsen plötzlich braune Flecken im Gesicht und auf den Armen, die ihr das Fleisch von den Knochen fraßen, bis ihr Skelett zusammenstürzte.

Gero hatte Angst, auch vor den anderen Tänzern, die innerhalb von Sekunden vollkommen abgemagert waren, und rannte zur Tür, aber auf der Schwelle lag ein steifgefrorener Mann, in dessen Arm eine Infusion mit blaugrüner Lösung steckte. Gero stieg über ihn hinweg und sah an der gegenüberliegenden Wand des Flures eine Frau. Er wusste, dass es Laura Ferber war, die Frau aus seinem Haus. Sie zitterte, schrie und zuckte, als ob ein Blitz in sie eingeschlagen hätte, und ein hagerer Mann sah Gero an und hob die Schultern und sagte, sie sei in den Strom gegangen. Gero rannte zurück in den Salon, wo die meisten der Tänzer schon am Boden lagen und nur manche einzelne sich noch auf den Beinen hielten, mit erloschenen Blicken und sich in immer kleiner werdenden Kreisen um sich selbst drehten.

Eva stand schön wie immer hinter Helmut, und Gero war froh, dass die beiden noch lebten, wenigstens das, und trat neben sie. Helmut spielte die fünfte Variation, aber sein Spiel war holpriger geworden und unbeholfener, was kein Wunder war, denn seine Hände waren ganz anders. Es waren nicht mehr die feingliedrigen

Hände eines Pianisten mit den blauen Adern auf den Handrücken, sondern grobe Pranken, mit Schwielen und gelber, vernarbter Hornhaut, und Gero erkannte sie nur an dem Knick im Mittelfinger. So kräftig die Hände geworden waren, so mager waren die Arme, die unter den Manschetten seines weißen Hemdes hervorschauten. Helmut sah nach oben und lächelte ihn an mit einem Mund ohne Zähne und einem Blick, der durch ihn hindurchging und durch Eva, die sanft sein Haar strich, das grau war und büschelweise in ihren Fingern hängen blieb.

Opa, sagte Gero, aber Helmuts Kopf sackte schwer nach unten, schlug auf die Tasten und sandte einen letzten dissonanten Akkord durch die Wohnung, und die Stille, die diesen Tönen folgte, jagte Gero aus dem Zimmer, der Wohnung, der Stadt und der Zeit zurück in die Wüste, wo die Sonne schon hoch am Himmel stand. Der Traum, aus dem er gerade auftauchte, war so deutlich, dass er nie wieder ganz verschwinden würde. Er würde ihn sein ganzes Leben lang verfolgen, aber das hieß nicht viel, denn sein ganzes Leben reduzierte sich möglicherweise auf wenige Stunden, obwohl er noch laufen konnte, immer zehn Schritte, dann musste er eine Pause machen, in der er sich nicht hinsetzte, sondern stehen blieb und wartete. Er hustete dauernd, ohne dass der Husten Erleichterung brachte.

Wieder zehn Schritte.

Er hatte keine Kraft, auf die Uhr zu schauen, und er wusste nicht, wie lange er gegangen war, bis er zusammenbrach, auf dem Boden lag und Blut spuckte. Es war ihm egal, ob Geros Blut darin war oder Helmuts. Es schmeckte gleich, Opferblut wie Täterblut.

Er kroch auf allen vieren weiter.

Später hörte der Husten auf, weil ihm die Kraft dazu fehlte. Das Einzige, was noch ging, war sich voranzuschieben, Handbreit für Handbreit, bis er nicht mehr weiterkam. Gero schloss die Augen, blieb liegen, spürte, wie sein Mund offen stand von einem Krampf und der Wind Sand hineinwehte, aber es war egal.

Dann hörte er das Wasser. Genau gesagt, nicht das Wasser, sondern wie jemand hineinsprang und anfing zu schwimmen. Er wusste, dass es jetzt nicht mehr lange gehen würde, denn wenn es so anfing, war das Ende nah, und das war gut so. Er konnte nicht länger widerstehen, sondern hörte beglückt, wie jemand durchs Wasser kraulte und roch den leichten Chlorgeruch. Er öffnete die Lider. Vor ihm im Sand krabbelte ein Käfer. Er folgte ihm mit den Augen. Das Tier kämpfte sich einen Sandhügel hinauf, zwanzig, dreißig Zentimeter, und brauchte sechs oder sieben Anläufe, bis es oben war.

Tapferer kleiner Käfer.

Schließlich hatte er es geschafft und kletterte den Metallpfahl hoch, der aus dem Sandhügel ragte.

Ein Metallpfahl.

Gero wusste, dass das etwas zu bedeuten hat.

Er sah den Pfahl genauer an.

Seine Augen konnten ihn schwer fokussieren, das Ding wurde immer wieder unscharf, aber Gero hatte Zeit, und schließlich erkannte er einen Zaunpfahl. Er hatte solche Pfosten gesehen, erst gestern, und sich gewundert, dass Menschen sich damit einsperren lassen. Er hob seinen Kopf und versuchte zu sehen, was sich dahinter befand. Durch die Lücke in der Hecke sah er eine Frau. Sie war braun gebrannt, höchstens zwanzig Jahre alt und trug einen neongrünen Bikini, aber das Schöne war nicht die Frau, sondern dass sie auf einem Sprungbrett stand, sich abstieß und dann in einem Pool untertauchte.

Gero war nur zwanzig Meter vom Wasser entfernt. Er sah, wie sie mit exakten Bewegungen durch das Becken pflügte, am anderen Ende wendete und auf ihn zuschwamm. Es waren höchstens zwei Meter von ihm bis zum Zaun, aber sein Körper gehorchte ihm nicht mehr. Die Beine, die ihn nach vorn schieben sollten, zuckten nur ein wenig, und die Hände waren wie tot. Trotzdem kam er voran und erreichte schließlich sein Ziel. Die Frau schwamm immer noch, und Gero wollte rufen, doch es ging nicht, er konnte nicht einmal krächzen. Er hoffte vergebens, dass sein Atem laut genug rasselte, um sie auf sich aufmerksam zu machen. Jetzt stieg sie aus dem Wasser und schüttelte ihre langen braunen Haare aus. Er sah die Wassertropfen im Sonnenlicht und hoffte, dass einer davon bis zu ihm fliegen würde, doch vergebens. Die Frau legte sich in einen Stuhl unter einen gelben Sonnenschirm, und er starrte auf das Glas Cola, das sie sich einschenkte. Er hatte in seinem ganzen Leben nie wieder etwas so begehrt wie dieses Glas und versuchte, wenigstens zu husten. Heute Morgen hatte er die ganze Zeit gehustet. Jetzt nicht mehr.

Sie klaubte sich eine Zeitschrift vom Boden und fing an zu lesen. Gero versuchte ohne Erfolg, sich am Zaun nach oben zu ziehen. Wenn er einen Stein hätte, dann könnte er gegen den Metallpfahl schlagen, das müsste sie hören. Ein einziger kleiner Stein, statt dieser staubigen Erde, doch er konnte nichts tun als liegen und hoffen, dass sie hersehen würde. Das Wasser in dem Pool leuchtete immer blauer. Irgendwann floss es in seine Augen und er ertrank.

XIII

Ich habe schon gesehen, wie Schlangen sich häuten. Das sah genauso aus wie bei Ihnen, sagte eine Stimme ganz nah an Geros Ohr.

Er drehte sich um und sah Tony. Sie saß in einem weißen Plastikstuhl direkt vor ihm. Die Laken, in die er eingehüllt war, fühlten sich wunderbar kühl an, doch die Bewegung tat seinem Arm weh wegen der Kanüle, die darin steckte und zu einem Plastikbeutel führte, der an einem Metallständer neben dem Bett hing.

Was, fragte er.

Sein Hals schmerzte, aber er konnte wieder Laute von sich geben.

Eine der Patrouillen hat Sie gefunden, sagte sie. Zwei- oder dreimal am Tag gehen sie um das Gelände. Da lagen Sie. Glück gehabt: Hundert Meter weiter in der Wüste hätte Sie niemand entdeckt.

Wo bin ich, fragte er heiser.

Tony sah aus dem Fenster. Er konnte nicht sehen, was sie dort so sehr interessierte.

In Evas Zimmer, sagte sie. In Evas Bett.

Sehr großzügig von ihr, sagte Gero. Das wäre nicht nötig gewesen.

Sie verstehen nicht, sagte Tony und machte eine Pause.

Sie sah noch immer aus dem Fenster, doch er konnte

sich nicht umdrehen, um herauszufinden, worauf sie die ganze Zeit starrte, denn die Schmerzen waren zu groß. Er hätte gerne ihre Augen gesehen.

Eva ist tot, flüsterte sie schließlich.

Es dauerte eine Weile, bis er verstanden hatte, was sie sagte. Als er es endlich begriff, wollte er raus aus dem Bett.

Tony schüttelte den Kopf, als er begann, die Laken zur Seite zu schieben und sich aufzurichten.

Bleiben Sie liegen, sagte sie. Sie haben gute Ärzte hier. Meine Großmutter hätte das auch gewollt.

Was ist passiert, fragte er.

Sie ist so gestorben, wie sie sterben sollte, sanft wie ein Blütenblatt, sagte Tony. Vor zwei Tagen, als Sie durch die Wüste liefen. Außerdem können Sie nicht weg. Das in Ihrem Arm ist Kochsalzlösung. Sie waren völlig verdorrt. Und Ihre Haut kommt angeblich auch wieder in Ordnung.

Gero fuhr mit den Fingern über sein Gesicht und zog einen Fetzen von der Wange, der zart wie Seidenpapier war.

Kann ich einen Spiegel haben, fragte er.

Besser nicht, sagte Tony.

Er sah seine Arme und Hände an und verstand, warum sie das sagte.

Woran ist sie gestorben, fragte er.

An der Erleichterung des Herzens, sagte Tony. Sie hatte gesagt, was noch zu sagen war.

Aber warum mir, fragte er. Warum erzählt sie mir, was sie Ihnen und Ihrer Familie nicht erzählen konnte?

Tony schüttelte den Kopf.

Keine Ahnung, sagte sie, wirklich nicht.

Was hat Eva noch erzählt, fragte Gero.

Sie verließ von Nohlen am Tag der Befreiung, an dem Tag, an dem sie herausfand, dass er bei der SS gewesen war, sagte Tony. Ich glaube, das war das einzige Verbrechen, das sie ihm nicht verzeihen konnte. Dass er sie über Jahre hinweg belogen hatte.

Das mit der SS ist eine etwas zweifelhafte Sache, sagte Gero.

Warum, fragte Tony, und ihre Stimme klang so scharf, dass er sich entschied, Giebendorffs Version der Geschichte der SS-Uniform zu verschweigen. Was der alte Mann erzählte, hatte angesichts des Todes von Eva seine Bedeutung verloren.

Gero schüttelte den Kopf, und Tony sprach weiter:

Anschließend verbrachte sie einige Wochen in Konstanz, in dem Zimmer des Gasthofes, in dem sie vorher mit Helmut gelebt hatte. Später wurde sie eine Art Hilfspflegerin auf einer kleinen Insel im Bodensee. Dort hatte man ehemalige Häftlinge aus Dachau untergebracht. Sie hatte erfahren, dass Helmut nach Dachau deportiert worden war, und gehofft, dass einer von ihnen vielleicht wüsste, was mit ihm geschehen war, doch keiner dort kannte ihn.

Als die Insel wieder geräumt wurde, fuhr Eva nach Köln in die zerstörte Heimat, doch ihre Familie war tot, das Haus zerbombt, und die Nachbarn wollten sie nicht mehr erkennen. Hier bekam sie Kontakt zu einem entfernten Cousin, der rechtzeitig in die USA geflüchtet und inzwischen Offizier der Besatzungsarmee war. So kam sie hierher, doch sie lernte nie, hier wirklich zu leben. Die Jahre in Konstanz würden sie immer wieder verfolgen, sagte sie, wie ein endloser Film, der erst jetzt ein Ende fand, als Sie hier aufgetaucht waren.

Heißt das, wenn ich nicht gekommen wäre, würde sie noch leben, fragte Gero.

Tony sagte nichts und sah ihn an, als hätte sie diesen Gedanken auch schon gehabt.

Keiner lebt ewig, sagte sie schließlich leise.

Gero nickte schwach.

Tony stand auf, ging zum Fenster und sah in den Garten, in dem sie vor zwei Tagen noch mit Eva und Gero gesessen hatte. Das Licht schien ihr ins Gesicht, und sie sah ihrer Großmutter ähnlicher als je zuvor.

Es ist alles nicht einfach, sagte Tony. Ich weiß nicht, ob ich Eva glauben soll. Sie war alt. Ich will nicht das sein, was sie sagt. Auch wenn ich manchmal spüre, dass sie Recht haben könnte.

Das Blut des Täters, fragte er.

Tony nickte.

Meine Großmutter stirbt, sagte sie, und im Tausch für sie bekomme ich einen Mörder als Großvater. Ein schlechtes Geschäft, finden Sie nicht?

Vielleicht ist alles nur eine Geschichte, sagte Gero. Aber lügt man in der letzten halben Stunde seines Lebens?

Ich weiß nicht, sagte Tony. Ich weiß gar nichts mehr. Doch Sie klingen, als ob Sie nicht traurig wären, wenn alles stimmen würde.

Ich hatte so eine Idee, sagte Gero, als ich in der Wüste war. Es klingt seltsam, aber mir kam der Gedanke, dass möglicherweise Helmut …

Er sprach nicht weiter, weil ihm das zu absurd erschien, hier zwischen den kühlen weißen Laken des Krankenbettes.

Ich kann es mir denken, sagte Tony. Dass Helmut Ihr Großvater sein könnte.

Sie lachte, als sie das sagte, kein glückliches Lachen, sondern leise und gepresst.

Das wäre sehr praktisch für Sie, nicht wahr, fragte Tony. Auf der Seite der Opfer zu stehen und nicht der Täter. Aber Sie täuschen sich doppelt. Zum einen ist Helmut nicht Ihr Großvater. Zum anderen gibt es kein Leben jenseits der Schuld.

Es blieb lange still in dem Zimmer.

Was werden Sie jetzt machen, fragte Gero sie endlich.

Weiß nicht, sagte Tony. Und Sie? Wissen Sie schon, was Sie tun?

Ich werde einen Artikel für die Zeitung schreiben. Das wird dazu führen, dass die Straße von Großvater umbenannt wird. Als Nächstes werde ich Yad Vashem benachrichtigen, dass der Baum von Großvater in der Allee der Gerechten einen neuen Namensgeber braucht. Das Ganze wird vermutlich verhindern, dass mein Bruder Oberbürgermeister wird, weil der Name von Nohlen die Wähler an etwas erinnert, was sie lieber vergessen wollen. Aus meinem Haus werde ich ausziehen, vielleicht finde ich auch Nachfahren der Besitzer. Außerdem könnte ich bei der Zeitung aufhören. Ich bin kein Journalist; ich bin Fotograf, ich sollte Bilder machen, nicht schreiben, sogar Bilder von Menschen.

Beeindruckend, sagte Tony und verzog das Gesicht. Ein neues Leben also, das volle Programm. Sehr amerikanisch.

Gero schämte sich, doch sie lächelte und nahm seine Hand.

Er versuchte, ihr Lächeln zu erwidern, obwohl die Haut im Gesicht sich anfühlte, als würde sie dabei reißen, und erwiderte ihren Händedruck.

Berühren wir uns gerade, fragte Gero, oder sind das unsere Vorfahren, die sich durch uns die Hand reichen?

Schwer zu sagen, sagte Tony. Was uns verbindet, liegt sechzig Jahre zurück.

Aber noch lebt es, sagte Gero, in uns und durch uns.

Und doch ist es nicht unsere Geschichte, sagte Tony.

Nein, sagte Gero bedauernd, unsere Geschichte ist es nicht.

Das langt jetzt, sagte die Schwester, die durch die Tür ins Zimmer schaute. Er ist ja gerade erst aufgewacht und muss sich erst noch erholen. Lassen Sie ihn wieder schlafen, heute Nachmittag können Sie es noch einmal versuchen.

Tony stand folgsam auf, drehte sich um und ging.

Die Tür fiel leise ins Schloss.

Aber, sagte er, wir könnten sie dazu machen.

»Das hier ist die rote Mühle,
da kommen Sie oben rein
und ganz klein wieder raus.«

Marc Buhl
drei sieben fünf
Roman
288 Seiten · geb/SU
€ 19,95 (D) · sFr 35,90 · € 20,60 (A)
ISBN 978-3-8218-5782-4

Ein gescheiterter Selbstmord ist grausam – vor allem, wenn man nicht mehr weiß, warum man es getan hat. Als der Antiquitätenhändler Paul Cremer Monate später aus dem Koma erwacht, fehlen ihm zwanzig Jahre seines Lebens – nicht nur die Erinnerung daran, wie es ist, einer der letzten Gefangenen des Stasi-Gefängnisses Hohenschönhausen zu sein . . .

Ein aufwühlender und brillant erzählter Roman über einen Mann, der sich auf die Suche nach einer Vergangenheit macht, die ihn fast getötet hätte.

Eichborn
Kaiserstraße 66
60329 Frankfurt/Main
Tel. 069/25 60 03-0
Fax 069/25 60 03-30
www.eichborn.de